HEYNE
BÜCHER

Fantasy

Herausgegeben von Wolfgang Jeschke

Ein Verzeichnis weiterer Bände dieser Serie
finden Sie am Schluß des Bandes.

STEVE PERRY

CONAN
DER UNBEZÄHMBARE

Einundvierzigster Roman der Conan-Saga

Deutsche Erstausgabe

WILHELM HEYNE VERLAG
MÜNCHEN

HEYNE SCIENCE FICTION & FANTASY
Band 06/5098

Titel der amerikanischen Originalausgabe
CONAN THE INDOMITABLE
Deutsche Übersetzung von Edda Petri
Das Umschlagbild malte Thomas Thiemeyer
Die Karten auf Seite 6/7 und 8 zeichnete Erhard Ringer
Die Innenillustrationen sind von Klaus D. Schiemann

Redaktion: Friedel Wahren

Der Roman erschien ursprünglich bei TOR Books,
Tom Doherty Assoc., New York

Printed in Germany 1994
Umschlaggestaltung: Atelier Ingrid Schütz, München
Technische Betreuung: Manfred Spinola
Satz: Schaber Satz- und Datentechnik, Wels
Druck und Bindung: Presse-Druck, Augsburg

ISBN 3-453-07263-4

Die Hyborische Welt Conans

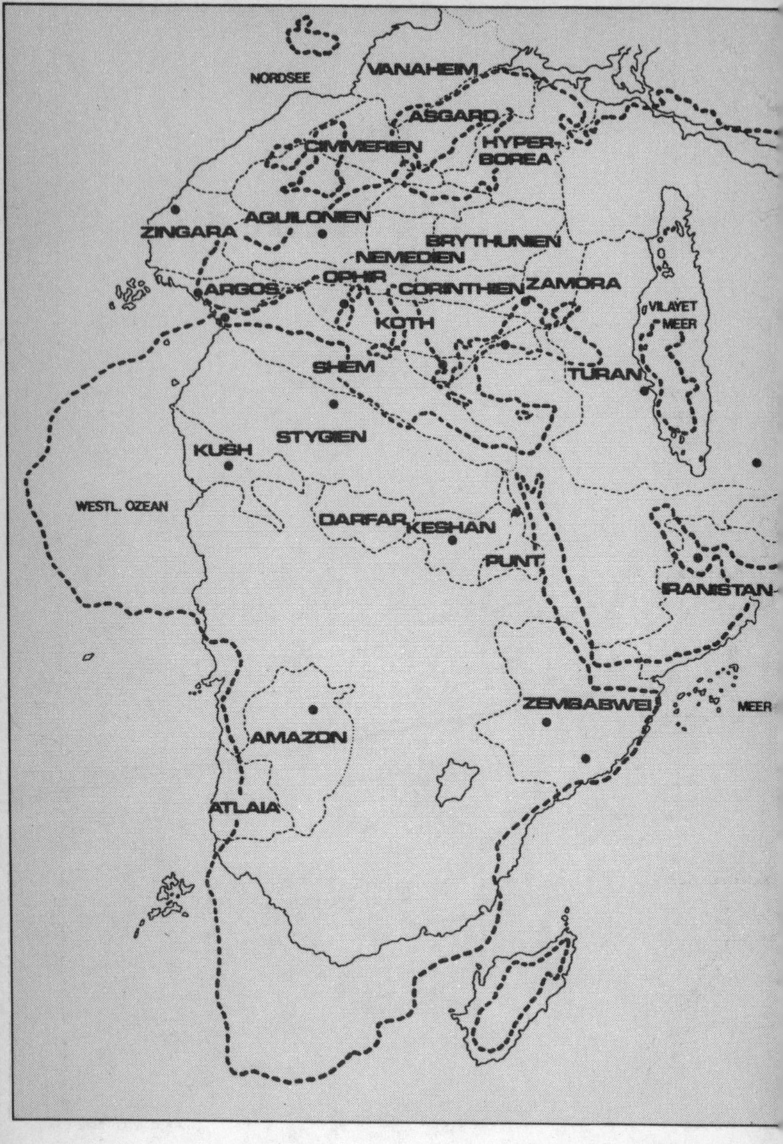
NORDSEE
VANAHEIM
ASGARD
CIMMERIEN
HYPER-
BOREA
AQUILONIEN
ZINGARA
BRYTHUNIEN
NEMEDIEN
OPHIR
ARGOS
CORINTHIEN
ZAMORA
VILAYET
MEER
KOTH
SHEM
TURAN
STYGIEN
KUSH
WESTL. OZEAN
DARFAR
KESHAN
PUNT
IRANISTAN
ZEMBABWEI
MEER
AMAZON
ATLAIA

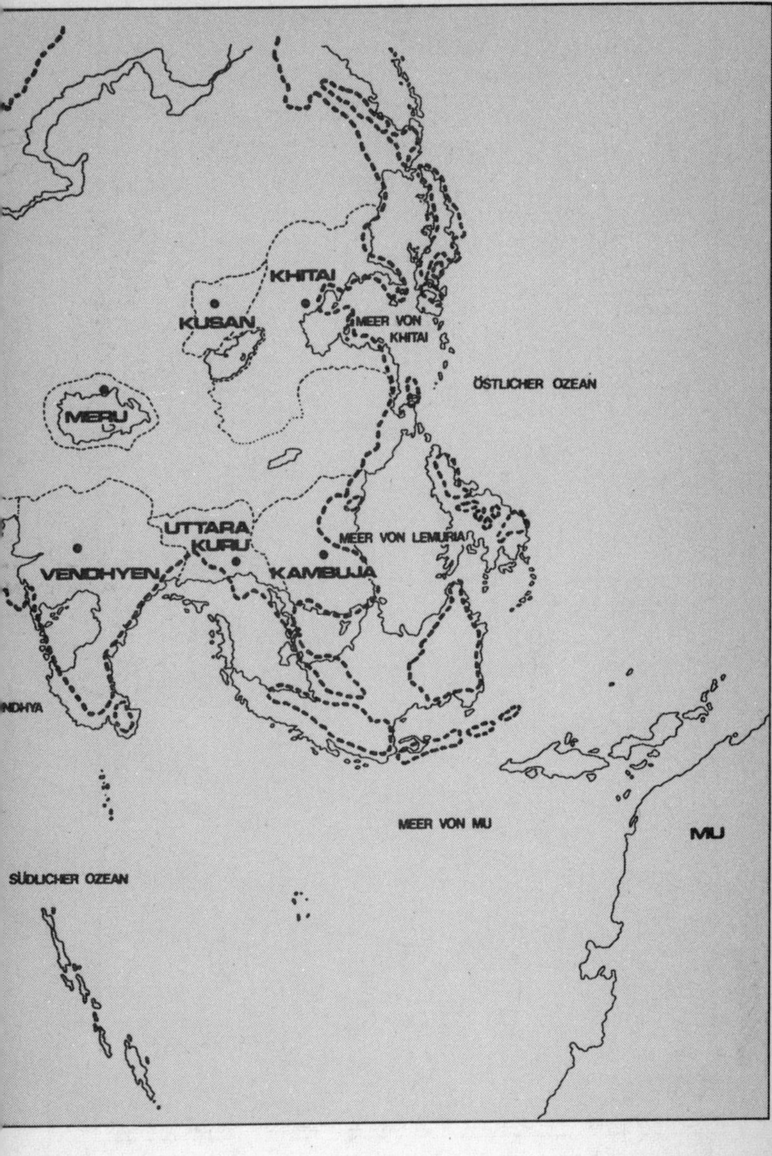
KHITAI
KUSAN
MEER VON
KHITAI
ÖSTLICHER OZEAN
MERU
UTTARA
KURU
VENDHYEN
MEER VON LEMURIA
KAMBUJA
NDHYA
MEER VON MU
MU
SÜDLICHER OZEAN

BLAUE BERG
Bruthelm
ASGARD
TUNDRA
HYPERBOREA
Paß
Gletscher
Wolfraven
Haloga
Pohiola
Paß
Sigtona
Schädeltor
GRAASKAL GEB
Atzels
Burg
Cragsfell
GRENZKÖNIGREICH
SALZMARSCHEN
Burg
VARAKIEL
Edram
Kelbaza
Charnina
Nezvaya
MEDIEN
Wiccana
Hain
BRYTHUNIEN
Lema
Ebenen
Zikkurat
Paß
Dinander
Tempel
KEZANKIAN
Pirogia
Potrebia
Yezud
Numalia
Stadtstaaten
Burg Slott
Mornstadinos
Paß
CORINTHIEN
Opkothard
ZAMORA
Urlaub
Zahmahn
KARPASH GEB
Shadizar
Paß
Larsha
Vanatta
Blutbe
Gottes
Dagoth
Hügel
Negs Burg
Arenjun
Salzsee
Khalis
Elkad
Korveka
Khauran
VARETH
Kherdpu
Tantusium
Yivga
QIRLATA
STRASSE DER KÖNIGE
Paß
Khoraja
DUALI
Akrel Oase
Khanyria
ZAHEEMI
KHAROYA
Vezek
ZUAGIRS
Shamla Paß
ÖSTLICHE
WÜSTE
SHAN
E
SORKH
Altaku
Nippr
Akhlat
Oase
Kizil - Bezzin
Makan
- E -
Mordan
Akbltana
Yukku
Tamba - Syn

Eins

Ein mannshoches Steinmal markiert die verlassene Verbindungsstelle, wo sich die Länder Brythinien, Corinthien und Zamora treffen. Jahrhundertelang haben Wind, Regen, Sonne und Schnee unerbittlich an den aufgetürmten Steinen gezerrt und geschliffen, so daß jetzt das Mal beinahe einem glatten Findling im kahlen Bergland gleicht. Der Gebirgspaß, wo er steht, ist fast immer von Schnee und Eis bedeckt und den starken Stürmen offen preisgegeben. Nur wenige Besucher verirren sich hier hinauf und bekommen den kahlen geographischen Wegweiser von nahem zu sehen.

Auf dem schmalen, eisigen, von Schnee bedeckten Pfad, welcher neben dem Steinmal vorbeiführt, gingen ein Mann und eine Frau. Sie stritten sich.

»Du hast die Pferde doch auch gesehen«, sagte die Frau vorwurfsvoll. »Aber natürlich ist dir nicht der Gedanke gekommen, zwei einzufangen!«

Eine wunderschöne junge Frau sagte dies. Sie hieß Elashi und war in der Khauranischen Wüste geboren worden. Ihre sehnige Gestalt mit den wohlgeformten Brüsten verriet, daß sie an harte körperliche Arbeit gewöhnt war. Die langen Beine waren von vielen Märschen durchtrainiert. Sie trug über einer wollenen Bluse und einem Wollrock einen schweren Umhang, da es im Gebirge bitterkalt war. Die Füße steckten in hohen Stiefeln. An der linken Hüfte hing ein kurzes Krummschwert an einem Lederriemen.

»Die meisten Pferde waren bereits tot oder kurz vor

dem Verenden«, verteidigte sich ihr Gefährte mit rauher Stimme. »Auf einem toten Gaul kommt man nur sehr langsam voran.«

Der Mann war ebenfalls jung, allerdings voll ausgewachsen. Er war sehr groß, hatte breite Schultern, muskelbepackte Arme und einen beeindruckenden Brustkasten. Eine gerade geschnittene blauschwarze Mähne umgab das glattrasierte Gesicht. Aus den blauen Augen leuchtete ein inneres durchdringendes Feuer. Er hieß Conan und entstammte dem wilden Bergvolk der Cimmerier, hoch oben im Norden. Auch er trug ein wollenes Hemd, wollene lange Beinkleider, schwere Stiefel und einen dicken Umhang. Das Langschwert an seiner Seite steckte in der Scheide. Es war aus uraltem gebläuten Eisen, und die Klinge war so scharf wie ein Rasiermesser.

»Ach nein! Was du nicht alles weißt!« fuhr Elashi ihn wütend an. »Manchmal frage ich mich wirklich, wozu du nütze bist, du blöder Barbar!«

Conan schüttelte den Kopf. Seit er Elashi im Tempel der Suddah Oblaten zum erstenmal getroffen hatte, war sein Leben alles andere als langweilig verlaufen. Sie hatten eine schöne Zombie-Frau bezwungen und die blinden Priester eines bösen Zauberers und seine untoten Diener erfolgreich bekämpft. Beinahe wären sie mehrmals auf dem Marsch erdolcht worden. Obwohl er mit Elashi nachts meist unter einer Decke geschlafen hatte, hielt sie ihm bei jeder Gelegenheit flammende Reden, in welchen sie ihm seine Fehler — wahr oder eingebildet — vorhielt.

»Gestern abend, als das Feuer allmählich erlosch, hast du dich aber nicht beklagt«, entgegnete der Cimmerier und lächelte.

Nach mehreren Sekunden konnte Elashi nicht mehr

ernst bleiben und mußte ebenfalls lächeln. »Nun, Ausnahmen bestätigen die Regel.« Dann ging sie einige Schritte schweigend weiter. »Aber wir hätten für derartige Allianzen viel mehr Energie, wenn wir Pferde besäßen und nicht zu Fuß gehen müßten.«

»Bei *mir* habe ich keinen Mangel an Energie bemerkt«, widersprach Conan. »Aber wenn wir uns schon etwas wünschen, das wir nicht haben, könnten es doch ebensogut ein Königreich sein mit zahllosen Dienern oder ein Palast aus purem Gold.«

»Ach, du, du — blöder Barbar!«

Conan grinste, und Elashi verfiel wieder in Schweigen. Nachdem der Cimmerier den ruchlosen Magier Neg getötet hatte, waren er und Elashi übereingekommen, gemeinsam weiterzuziehen, bis sich ihre Wege trennen würden. Conan wollte die verrufene Stadt Shadizar in Zamora aufsuchen, um sich dort als Dieb zu betätigen, während Elashis Pläne sie weiter in den Süden führten, ins heimische Khauran. Aufgrund der unterwegs eingeholten Kunde hatte Conan erfahren, daß die direkte Route nicht die beste war. Daher erschien es ihm ratsamer, den mehrtägigen Umweg durch Corinthien zu nehmen, ehe sie wieder nach Südosten und Zamora weiterwanderten. Während er gerade über diese Strecke nachdachte, machte der Pfad eine Wendung nach Westen und führte bergab.

Vielleicht lag dort unten ein Dorf oder eine Stadt, wo er seinem Diebeshandwerk nachgehen und genug Silber stehlen konnte, um zwei Pferde zu kaufen. Dann würden endlich Elashis ständige Nörgelei aufhören. Jedenfalls hoffte er das.

Über dem Land lag eine dichte Schneedecke. Nur der Pfad war festgetrampelt. Es herrschte Winter, der Himmel war strahlend blau, die Luft klar und kalt.

Conan fühlte sich in dieser Umgebung wohl. In Städten gab es mehr zu holen, aber dort stank die Luft nach Gerüchen, welche einem Mann aus den Bergen nicht behagten. Natürlich wußte er auch die Vorteile des einen gegen das andere abzuwägen. Braten und Wein und fröhliche Gesellschaft fand man leichter in der Zivilisation als auf abgelegenen, schneebedeckten Pfaden in der Mitte von Nirgendwo. Obgleich Conans Gott Crom in einem Berg lebte, hatte er nie von den Menschen verlangt, seinem Beispiel zu folgen.

Plötzlich hörte Conan weiter vorn auf dem Weg ein Geräusch.

Es war sehr leise, und Ohren, die weniger scharf als die des Cimmeriers waren, hätten es mit Sicherheit für das Rauschen des Windes in dürren Zweigen oder das Rollen eines Steins gehalten, den ein unvorsichtiges kleines Tier losgetreten hatte. Der junge Barbar blieb stehen und lauschte angestrengt.

»Was ist los?«

Conan bedeutete Elashi, still zu sein. Dann flüsterte er leise: »Jemand wartet da vorn auf uns. Gleich hinter dem großen Steinbrocken.«

Elashi spähte zu dem hausgroßen Felsen hinüber, auf den Conan gezeigt hatte. »Ich sehe nichts. Da ist niemand«, flüsterte sie ebenso leise wie er.

»Da war ein Geräusch«, behauptete Conan hartnäkkig.

»Ich habe nichts gehört. Dabei bin ich eine Tochter der Wüste, vergiß das nicht!«

Wie konnte er das je vergessen? Sie erinnerte ihn wenigstens einmal jeden Tag daran! »Vielleicht brauchst du Wüstensand, damit deine Ohren den Dienst richtig versehen. Ich habe jemanden husten gehört.«

Elashi warf ihm einen Blick zu, der, wenn er ein Dolch gewesen wäre, ihn zu kleinen blutigen Stücken im Schnee zerteilt hätte. »Hör zu, du blöder Barbar, da ...«

»Jetzt ist nicht der Augenblick zu streiten«, unterbrach er sie und zückte das Schwert. »Ich spüre, daß uns Gefahr droht.«

Elashi nickte. Trotz ihrer Schmähreden gegen den Weggefährten war sie lange genug mit ihm unterwegs, um zu wissen, daß seine Sinne in der Tat schärfer als die eines gewöhnlichen Menschen waren. Sie zog ihr Krummschwert und fragte: »Was tun wir jetzt?«

»Du umkreist den Felsen. Ich marschiere auf dem Weg weiter und lenke die Aufmerksamkeit der Fremden auf mich. Auf diese Weise kannst du sie überraschen, während sie mich beobachten.«

»Das werde ich *nicht* tun!« flüsterte sie empört. »Nur weil ich eine Frau bin, willst du mich immer vor jedem Risiko schützen! Vergiß nie, daß ich älter bin als du!«

Conan schaute sie verblüfft an, als wären ihr plötzlich Flügel gewachsen, welche sie im nächsten Augenblick ausbreiten und damit zum Himmel emporschwingen würde. Er war jung. Wahrscheinlich würde er mit zunehmendem Alter noch viel lernen; aber er hielt es für völlig unmöglich, daß er jemals die Beweggründe der Frauen verstehen würde. Das schaffte kein Mann! »Na schön«, sagte er. »Dann gehst *du* eben auf dem Weg weiter, und *ich* schleiche mich um den Felsen ... und um den oder die herum, welche dort lauern.«

»Das klingt schon besser!« sagte Elashi und lächelte triumphierend. Doch dann verging ihr das Lächeln, und sie runzelte die Stirn. »Du schickst mich also tatsächlich den Weg entlang? Obwohl ich möglicherweise direkt in den Rachen des Todes marschiere?« Ungläubig blickte sie ihn an. Ihre Stimme bebte. Sie tat, als hätte der Cimmerier sie angespuckt.

Conan schüttelte den Kopf und blickte hinauf auf die Berge. Lauerte irgendwo dort ein böser Dämon auf ihn, den jemand geschickt hatte, um ihm den Verstand zu rauben? Was — bei Crom! — wollte Elashi? Wenn er ihr widersprach, war es nicht recht. Stimmte er ihr zu, beschimpfte sie ihn noch mehr. Crom! Langsam stieg kalte Wut in ihm hoch.

Nur unter Aufbietung aller Kraft vermochte er die Stimme zu dämpfen. »Na schön, und was schlägst *du* nun vor?«

»Red nicht so laut!« fuhr sie ihn an.

Conans Wut stieg, als er sie hilflos anschaute. Das Weib war unzweifelhaft bildschön; aber es trieb ihn zum Wahnsinn.

»Du marschierst auf dem Weg weiter und versuchst die Aufmerksamkeit von wem auch immer hinter dem Felsen auf dich zu lenken«, erklärte sie. »Ich schleiche mich inzwischen außen herum. Vielleicht kann ich ihn oder sie überraschen.«

Starr vor hilfloser Wut blickte der Cimmerier sie an. Er brachte kein Wort über die Lippen.

»Na, ist mein Plan nicht viel besser als deiner?« fragte sie und schenkte ihm ein süßes Lächeln. Warme Ziegenbutter wäre in ihrem Mund nicht geschmolzen, dachte Conan. Mit Sicherheit mußte er irgendeinen Gott schrecklich erzürnt haben, und dies war jetzt die Strafe dafür. Stumm stand er einen Augenblick lang da. Dann marschierte er wortlos und kopfschüttelnd weiter.

Was oder wer auch immer hinter dem Felsen lauerte, täte gut daran, dem Cimmerier nicht zu widersprechen oder ihn zum Kampf zu reizen.

Conan hatte kaum den mächtigen Felsbrocken umrundet, als plötzlich fünf dunkelhäutige Männer vor ihm standen. Sie waren klein, muskulös, und jeder hielt eine Pike mit Dolchspitze in der Hand. Sie trugen brüchige, schweißbefleckte Lederharnische, Stulpenhandschuhe und schwere Stiefel. Hinter diesen fünf Kerlen saß jemand auf einem großen schwarzen Hengst. Dieses Wesen trug einen dicken Reiterumhang, ein Wollhemd und lederne Beinkleider. Mit der Hand im Panzerhandschuh hielt er ein dünnes Schwert quer im Sattel.

Conan war angesichts dieser Gestalt ehrlich verblüfft.

Auf den ersten Blick schien es sich nach Kleidung und Haltung um einen Mann zu handeln. Doch bei näherem Hinsehen war das bartlose Gesicht eindeutig weiblich. Das lag nicht nur an der glatten Haut, sondern auch an der Form und dem Gebrauch von Kosmetik. Die Lippen waren rot geschminkt, die Brauen gezupft, und die Augenpartie schimmerte blau. Das rötliche Haar war kürzer als das des Cimmeriers und an den Enden wie Federn zugeschnitten. Außerdem wölbten sich unter dem Hemd zwei Hügel, die zweifellos einer Frau gehörten ... Doch die Ausbuchtung zwischen den Schenkeln hatte er bisher nur bei Männern gesehen.

Conans Musterung der seltsamen Gestalt im Sattel wurde unterbrochen, als diese ihn ansprach. »Bleib stehen und gib alles heraus!« Die Stimme verwirrte ihn noch mehr. Sie war tief und paßte zu einem kräftigen Mann. Es klang mehr als seltsam, sie von diesen rubinroten Lippen zu hören.

»Was soll ich herausgeben?« fragte Conan. »Bist du blind, daß du mich für einen reichen Pfeffersack hältst, der mit Gold und Waren beladen ist? Was du siehst, ist alles, was ich besitze, und es ist wirklich nicht viel.«

»Ich will dein Schwert«, befahl die Mannfrau.

In diesem Augenblick tauchte Elashi hinter den sechs Männern auf. Sie war auf den Felsen geklettert, so daß sie jetzt hoch über den Köpfen aller stand.

Conan schwang das Schwert lässig ein paarmal durch die Luft, um die Schultermuskeln zu lockern. Dann packte er es mit beiden Händen und hielt die Spitze dem nächsten Pikenträger an die Kehle. Diese Technik hatte er vom Schwertmeister der Suddah-Oblaten gelernt. »Das bekommst du aber nicht«, erklärte er und lächelte.

Der Mann mit der Pike schluckte nervös.

»Sei kein Narr!« rief das Es auf dem Pferd. »Wir sind sechs, und du bist allein. Gib uns dein Schwert, und wir lassen dich leben. Weigerst du dich, mußt du sterben.«

»Ich finde es ziemlich eigenartig, daß du bereit bist, zumindest mehrere deiner Männer zu verlieren, nur um ein Schwert zu bekommen. Das ist ein schlechter Handel. Meiner Meinung nach führst du etwas anderes im Schild.«

Die Mannfrau lachte. »Für einen Barbaren bist du erstaunlich klug.«

Elashi hatte ihr Krummschwert weggesteckt und einen kindskopfgroßen Stein aufgehoben.

Der Anführer der Banditen beugte sich im Sattel nach vorn. Das Knarren des Sattelleders klang laut in der Stille der Bergwelt. »Nun gut! Dann werden wir uns das, was wir haben wollen, auf unsanfte Weise holen. Packt ihn!«

Genau in diesem Augenblick schleuderte Elashi den Stein. Die Tochter der Wüste verstand nicht allzugut mit dem Schwert umzugehen. Sie sprach auch für Conans Geschmack viel zuviel; aber im Steineschleudern war sie einsame Spitze. Der Felsbrocken traf den Kopf eines Pikenträgers und fällte ihn wie ein Schlächterbeil ein Schwein. Dieser Bandit tat niemandem mehr etwas zuleide.

Überrascht reckten die Männer die Hälse, um die neue Bedrohung zu erspähen. Der Hengst scheute bei der plötzlichen Bewegung und ging rückwärts auf den Felsen zu. Ehe der Reiter wenden konnte, sprang Elashi mit gezücktem Schwert und lautem Schrei auf ihn hinab.

Der Cimmerier nützte die Verwirrung und tat einen Satz nach vorn. Für einen so riesigen Mann bewegte er sich erstaunlich behende und geschmeidig. Mit der uralten Klinge machte er einen zweiten Pikenträger nieder. Auch dieser war jetzt auf dem Weg in die Grauen Länder — und die Gehanna.

Elashi stürzte samt Reiter vom Pferd. Conan sah gerade noch, wie die geheimnisvolle Mannfrau hochsprang und Elashi abschüttelte, als wäre die Tochter der Wüste eine lästige Ratte und die Mannfrau ein Bullterrier. Doch geschickt rollte Elashi ab und kam mit gezücktem Schwert wieder hoch.

Es spielte jedoch keine Rolle mehr. Ihr Ablenkungsmanöver hatte die gewünschte Wirkung erzielt. Conan schlug rechts und links auf die Männer ein, die nicht genug Raum hatten, um die Piken einzusetzen. Die scharfe Klinge des Cimmeriers zersplitterte die Holzschäfte und Knochen der Gegner. Wie ein Wirbelwind fegte Conan umher, bis außer dem durch Elashis Stein gefällten Feind noch drei weitere tot am Boden lagen.

Der fünfte hielt es offenbar für klug, sich vom Pikenträger in einen Eilboten zu verwandeln. Er ließ die Waffe fallen und lief davon. Conan überlegte kurz, ob er dem Fliehenden die Pike wie einen Speer hinterherschleudern sollte, hielt es aber dann für wichtiger, sich mit dem Anführer der Banditen zu befassen. Diesem war es gelungen, den Hengst wieder einzufangen und sich in den Sattel zu schwingen. Jetzt gab er dem Roß die Sporen, so daß es sich vor Conan aufbäumte.

Der Cimmerier wich gerade noch rechtzeitig aus und führte einen Hieb gegen das seltsame Wesen im Sattel. Jedoch lehnte dieses sich geschickt zur Seite, so daß Conans Schwert nur die Luft zerteilte. Der Schwung brachte den jungen Barbaren etwas aus dem Gleichgewicht. In Sekundenschnelle waren Roß und Reiter an ihm vorbeigeprescht. Jede Verfolgung zu Fuß war sinnlos.

Hilflos mußte Conan zusehen, wie der Pikenträger und der Reiter verschwanden. »Und ich werde mir doch eines Tages dein Schwert holen, Barbar!« höhnte der Reiter über die Schulter zurück.

Conan schüttelte den Kopf. Warum wollte jemand den Tod riskieren, nur um ein Schwert von zweifelhaftem Wert in seinen Besitz zu bekommen? Zugegeben, die Waffe war sehr alt und hervorragend geschmiedet; aber ansonsten unansehnlich. Der Griff war einfach und mit Leder umwickelt, nicht mit geschnitztem Elfenbein oder Juwelen verziert, und die Parierstange war aus schlichtem Messing gearbeitet. Dieser seltsame Straßenräuber mußte den Verstand verloren haben.

Elashi kam und wischte Erde vom Umhang.

»Hast du dir weh getan?« fragte Conan.

»Nein.« Sie schüttelte sich und musterte Conan von der Seite. »Zwei hast du entwischen lassen«, stellte sie lakonisch fest.

Der Cimmerier konnte ein Brummen nicht unterdrücken. Dann sagte er: »Du hast mir nie erzählt, daß die Bewohner der Wüste Blut trinken.«

»Ich hasse es, eine Arbeit nur halb zu erledigen«, sagte sie. »Aber im Augenblick kann man daran wohl nichts ändern. Komm, wir sehen uns die Toten näher an.«

»Warum?«

Sie betrachtete ihn, als wäre er ein schwachsinniges Kind. »Und du willst ein Meisterdieb werden? Wegen der Wertsachen natürlich, du blöder Barbar.«

Der Cimmerier nickte. Zum erstenmal hatte sie recht. Während er die dünnen Geldbeutel der toten Banditen leerte, wunderte er sich immer noch, warum sie ihn angegriffen hatten. Und warum hatte die Mannfrau beim Wegreiten gedroht, daß sie ihm das Schwert doch noch wegnehmen werde? Was sollte das alles?

Doch jetzt wollte er sich darüber den Kopf nicht länger zerbrechen. Die Sache war erledigt, und höchstwahrscheinlich würde er diesen komischen Zwitter niemals wiedersehen.

Zwei

Obwohl die Börsen der toten Straßenräuber nur wenige Kupferlinge enthielten, schämte sich der Cimmerier nicht, diese an sich zu nehmen und mit Elashi zu teilen. Die Schurken brauchten wirklich kein Geld mehr auf dem Weg, auf dem sie jetzt wandelten.

Der Cimmerier und die Tochter der Wüste marschierten weiter auf dem Paßweg durchs Gebirge dahin. Da sahen sie in einiger Entfernung unten ein Dorf. Dank der Banditen hatten sie Geld, um Essen, Trinken und ein Nachtlager bezahlen zu können. Noch vor wenigen Tagen hatte Conan zwei Silberlinge besessen, der Rest des Erlöses aus dem Verkauf eines Werwolffells, den er erlegt hatte. Unglücklicherweise war ihm das Silber bei der Flucht durch die Hallen des Magiers aus der Tasche gefallen. Nach dem Ärger, den ihnen diese Straßenräuber gerade bereitet hatten, hatten sie sich wirklich eine warme Mahlzeit und eine Unterkunft verdient.

Als der Abend den Tag zu überwinden suchte, sammelten sich schwarzpurpurne Sturmwolken am Horizont. Der Wind wurde schneidender. Die Kälte verhieß Schnee. Der Cimmerier kannte die Anzeichen: Ein Blizzard ballte sich zusammen. Wer bei diesem Schneesturm die Nacht im offenen Gelände zubringen mußte, hatte nichts zu lachen. Seiner Schätzung nach lag das Dorf weniger als eine Stunde weit entfernt. Wenn sie sich beeilten, konnten sie es noch vor dem Ausbruch des Sturms erreichen.

Das Dorf sah wie viele aus, durch welche Conan auf seinen Reisen gekommen war. Höchstens zwanzig kleine Steinhäuser, die meisten mit Grasnarbendächern, standen zu beiden Seiten der Straße, die hier natürlich breiter als im Gebirge war. Das größte Gebäude war die Dorfschenke. Das Schild über der Tür war ein aus Holz geschnitztes Schaf, offenbar die Haupteinnahmequelle der Dorfbewohner. Die Herberge war ebenfalls aus Stein gebaut. Der Zahn der Zeit und das rauhe Klima hatten die Mauern verwittern lassen. Über die Fenster waren geölte, oft eingerissene Schafshäute gespannt. Jetzt drang ein schwacher gelblicher Lichtschein hindurch.

Als Conan und Elashi sich der Schenke näherten, tanzten bereits die ersten Schneeflocken durch die Luft. Im nächsten Augenblick wirbelten die Flocken bereits dicht um sie herum. Der Schneefall und die einfallende Dunkelheit erschwerten die Sicht. Sie konnten auf Armlänge kaum noch etwas erkennen.

»Kein sonderlich anheimelnder Ort«, meinte Elashi.

»Unsere Auswahl ist leider etwas begrenzt«, sagte Conan.

»Stimmt.«

Der Cimmerier drückte die schwere Holztür nach innen auf. Dann blieb er stehen und sah sich um. Die Decke war so niedrig, daß sie ihm kaum eine Elle über dem Kopf schwebte. In der Gaststube befanden sich ungefähr zwanzig Menschen, hauptsächlich Männer. Sie saßen an rohen Holztischen oder standen am großen Kamin, in welchem ein dicker Stamm hellodernd brannte. Der Torbogen am Ende des Raums führte wahrscheinlich zu den Schlafstellen und Vorratskammern.

Conan trat einen Schritt vor und schloß hinter Elashi die Tür, während er keinen der Anwesenden aus den Augen ließ. Die meisten waren offenbar Einheimische: dunkelhäutige ältere Männer in der Kleidung von Schafhirten. Die wenigen Frauen waren ähnlich wie die Männer gekleidet, also offenbar ebenfalls aus der Gegend.

Am anderen Ende des Schankraums saß ein dünner Mann, der wie im Hochsommer gekleidet war. Er trug knielange Hosen und eine kurze Tunika darüber. Sein Haar war so gelb wie Stroh. Er grinste dümmlich übers ganze Gesicht. Der Kerl ist entweder betrunken oder schwachsinnig, dachte Conan.

Hinter dem Sommernarren saßen zwei Männer, welche den fünf Straßenräubern ähnelten, die Conan auf dem Paß angegriffen hatten. Allerdings sah er nirgends Piken. Jeder Mann trug am Gürtel ein Schwert und einen langen Dolch. Im Schein der flackernden Kerzen, die in unregelmäßigen Abständen an den Wänden steckten, wirkten die Gesichter der Burschen hartgesotten.

Conan hatte gerade die Musterung des Raums beendet, als ein spindeldürrer Mann auf ihn zukam, dessen Gesicht hinter dem struppigen grauen Bart kaum zu erkennen war. Zweifellos war er der Wirt.

»Willkommen, Reisende! Gewiß wollt ihr essen und trinken?«

Conan nickte. »Ja, und ein Zimmer für die Nacht.«

Der Graubart nickte begeistert. »Gewiß, gewiß. Ihr habt es gerade noch rechtzeitig geschafft. Da draußen braut sich ein übler Blizzard zusammen.« Wie um seine Worte zu unterstreichen, heulte der Wind auf und blies Schnee durch einen Riß in einer Schafshaut vor dem Fenster.

Der Graubart sagte: »Lalo, mach das Loch zu!«

Der dünne Blonde stand auf, trat ans Fenster und nähte einen Flicken auf den Riß. Die Schnur hatte er aus einer Tasche in seiner Tunika geholt. Die ganze

Zeit über lächelte der Mann und summte eine seltsame Melodie vor sich hin.

Conan und Elashi setzten sich an einen freien Tisch in der Nähe des offenen Kamins. Der Graubart ging, um Wein und etwas zum Abendessen zu holen.

Das Schafsfleisch war etwas fett, aber durchaus eßbar, dazu gab es hartes braunes Brot. Der Rotwein war leicht herb, aber der Cimmerier hatte schon schlechteren getrunken. Elashi zog ein kleines Messer hervor und schnitt das Fleisch in Streifen. Conan legte ein Stück auf einen Kanten Brot und spülte alles mit Wein hinunter. Auf alle Fälle übertraf das Mahl die Wurzeln und Erdhörnchen, von denen sie sich in den letzten Tagen auf dem Marsch ernährt hatten.

Der Graubart nahm sechs Kupferlinge für das Abendessen und weitere vier für ein Zimmer. Conan hätte normalerweise gefeilscht; aber er war müde, und überhaupt spielte es eigentlich keine Rolle. Er besaß das Geld erst seit ein paar Stunden. Da war es ihm noch nicht besonders ans Herz gewachsen. Als er widerspruchslos bezahlte, verzog sich der Mund im Bartgestrüpp des Wirts zu einem breiten Lächeln.

Beim dritten Becher Wein fühlte der Cimmerier sich langsam entspannt. Der Marsch durch die Berge war einigermaßen ruhig verlaufen — mit Ausnahme der unfähigen Banditen. Trotzdem war er lang und anstrengend gewesen. Satt und mit einem Becher Wein vor sich, ein Dach über dem Kopf als Schutz gegen die Unbilden des Winters — ja, Conan fühlte sich sehr behaglich.

Er hätte wissen müssen, daß dieses zufriedene Gefühl stets ein Vorbote von Ärger war. Bis jetzt war es jedesmal so gewesen.

»Paß auf, du Idiot!«

Conan schaute auf. Der strohblonde Jüngling, den der Graubart Lalo genannt hatte, wich von dem Tisch zurück, an dem die Schwertträger saßen. Offenbar war Lalo beim Vorbeigehen gegen den Tisch gestoßen, und jetzt regten sich die Gäste über seine Ungeschicklichkeit auf. Einem Krieger fehlte ein Ohr. Der andere hatte eine Nase, die mehr als einmal gebrochen war, denn sie saß eindeutig schief im Gesicht.

»Verzeihung, M'lord«, sagte Lalo.

Krummnase stand halb auf. »Machst du dich über mich lustig, Idiot? Wie kannst du mich einen Lord nennen?«

»Aber nein, M'lor —, ich meine, nein, Sir. Es wäre schwierig, sich über jemanden wie Euch lustig zum machen.«

»Das klingt schon besser.«

Lalos Grinsen wich nicht aus seinem Gesicht. »Ich meine: Wo nichts ist, kann man nichts machen.«

Krummnase runzelte die Stirn. Offenbar hatte er die Spitze nicht verstanden.

Conan lächelte. Er sah zwar aus wie ein Barbar, verfügte jedoch über viel Sinn für Humor.

Ungünstig für Lalo war, daß der einohrige Gefährte von Krummnase etwas schlauer war. »Du Schwachkopf, der Kerl hat dich beleidigt.«

Krummnase schaute ihn erstaunt an. »Wovon redest du?«

»Aha, du verfügst offensichtlich über einen messerscharfen Verstand«, spottete Lalo. Dann machte er eine Pause. »Nein, wenn ich dich so betrachte, ist das wohl nur zur Hälfte wahr.«

Conan lachte leise und gab Lalo recht.

»Warum lachst du?« fragte Elashi. »Die beiden werden den armen Kerl in blutige Fetzen schlagen.«

Conan zuckte mit den Schultern. »Das ist sein Problem. Eine scharfe Zunge ist kein Gegner für ein scharfes Schwert.«

Einohr sagte: »Du Idiot! Er hat dich schon wieder beleidigt.«

Jetzt reichte es Krummnase. Er zog das Schwert. »Ich werde mir aus deinem grinsenden Schädel eine Suppenschüssel machen lassen!« schrie er und ging auf Lalo zu.

Elashi sprang auf und zog ebenfalls das Schwert.

»Was tust du?« fragte Conan.

»Da keine *Männer* hier sind, um eine harmlose, unbewaffnete Seele vor solchen brutalen Kerlen zu schützen, muß ich selbst eingreifen.«

Conan seufzte. Warum störte man immer seine Ruhe? Er stand auf. »Setz dich! Ich erledige das.«

»Ich möchte aber nicht, daß du dich überanstrengst«, bemerkte Elashi spitz.

Conan schüttelte nur den Kopf. Warum stellst du mich so auf die Probe, Crom? Vielleicht hätte ich mit dem guten Cengh im Kloster bleiben und die Frauen aufgeben sollen. Manchmal hat man mit ihnen mehr Ärger, als sie es wert sind.

Krummnase schaute zu dem großen Cimmerier auf. Er schenkte Lalo keine Beachtung. »Was willst du, Fremder?«

Conan wollte es mit Vernunftgründen versuchen. »Ich hatte einen langen, anstrengenden Tag«, erklärte er ruhig. »Und ich möchte nicht, daß er mit Blutvergießen endet. Warum läßt du Lalo nicht leben?«

Krummnase zielte jetzt mit der Schwertspitze auf den jungen Barbaren. »Wie dein Tag war, ist mir so gleichgültig wie Mäusescheiße. Dieser Idiot hat mich beleidigt, und dafür soll er büßen!«

Conan hatte das Schwert noch in der Scheide stekken. Jetzt blickte er kurz zu Elashi hinüber, dann auf Lalo. »Vielleicht können wir die Sache friedlich beilegen, wenn du dich bei Krummnase entschuldigst«, sagte er.

»Krummnase? Wen nennst du hier Krummnase?«

Conan verzog das Gesicht. »Hast du noch nie in einen Spiegel geschaut?« fragte er.

»Ich nehme an, daß der letzte, in den er schaute, bei dem grauenvollen Bild sofort zersprungen ist«, meinte Lalo grinsend.

»Du bist wirklich eine große Hilfe«, sagte Conan.

»Jeeiii!« Mit diesem Schrei stürzte Krummnase mit erhobenem Schwert vor, um den Grinsenden wie ein Holzscheit zu spalten.

Es blieb dem Cimmerier ausreichend Zeit, die Klinge zu ziehen und den Angriff zu parieren; aber während er die Waffe aus der Scheide zog, warf Einohr die Weinflasche nach ihm.

Trotz seiner ungewöhnlich schnellen Reflexe schaffte Conan es nicht, die Flasche und dann noch Krummnases Schlag gegen Lalo abzufangen. Als die Flasche klirrend an Conans Klinge zersprang, sauste Krummnases Schwert auf den unglücklichen Lalo hinab …

Nein! Er verfehlte ihn! Lalo machte einen Satz zur Seite und wich so der Klinge aus, welche ihn in der Mitte gespalten hätte. Statt dessen blieb das Schwert tief in der schweren Tischplatte stecken. Krummnase zerrte daran; aber die Waffe rührte sich nicht.

Und dann tat Lalo etwas Erstaunliches: Er tanzte auf Krummnase zu, packte ihn am Handgelenk und sank dann unter merkwürdigen Körperverrenkungen blitzschnell auf die Knie. Fast gleichzeitig flog

Krummnase über seinen Kopf und landete mit dem Gesicht zuerst an der Wand.

Conan blieb allerdings keine Zeit, dieses Kunststück länger zu bestaunen; denn Einohr stürmte mit gezücktem Schwert und heulend wie ein tollwütiger Wolf auf ihn zu. Er wollte den Cimmerier über den Haufen rennen. Das war ein verhängnisvoller Fehler. Conan hielt lediglich die Klinge ausgestreckt, und Einohr spießte sich selbst auf. Die halbe Klinge ragte ihm aus dem Rücken. Einohr fiel zu Boden. Conan zog sein Schwert und wischte es an Einohrs Tunika ab. Er zweifelte keinen Augenblick, daß der Mann tot war.

Soweit also der friedliche Abend am Kaminfeuer!

Der junge Barbar schaute zu Elashi und Lalo hinüber. Die beiden untersuchten Krummnase. Die schiefe Lage des Kopfes verriet, daß sich der Mann das Genick und beim Aufprall gegen die Wand wahrscheinlich auch den Schädel gebrochen hatte.

So war es auch. Elashi stand auf und erklärte: »Er ist tot.«

Conan trat zu ihr. Die anderen Gäste der Herberge saßen wie erstarrt da. Sie glichen einem Gemälde. Keiner wagte es, sich zu rühren.

»Ich habe diese Art des Ringens noch nie gesehen«, sagte Conan zu Lalo. »Sehr wirkungsvoll.«

Lalos Grinsen wich keinen Augenblick. »Das habe ich bei den kleinen Männern in Khitai gelernt«, sagte er. »Ich habe dort mehrere Jahre verbracht. Man nennt diese Kampftechnik Jit-Jit. Damit kann ein schmächtiger, kleiner Mann jeden großen Gegner besiegen, auch wenn dieser bewaffnet ist.«

»Interessant«, meinte Conan. »Aber vielleicht brauchte ein Mann überhaupt nicht zu kämpfen, wenn er die Zunge etwas zügeln würde.«

»Ja, aber dafür kann ich nichts«, verteidigte sich Lalo. »Es ist mein Fluch.« Er machte eine Pause und schaute zu den beiden Toten hinüber. »Ich bin dir aber für deine Hilfe sehr dankbar, auch wenn ich mit den beiden Kerlen allein fertiggeworden wäre. Darf ich euch zu einer Flasche Wein einladen und alles erklären?«

Conan blickte Elashi fragend an. Die Tochter der Wüste nickte. Natürlich. Aber er mußte zugeben, daß auch er sehr neugierig war.

»Ich bin in den Bergen im östlichen Zamora aufgewachsen«, begann Lalo. »Als ich noch ein kleiner Junge war, bekam mein Vater Streit mit dem örtlichen Zauberer. Der war ein überaus hinterlistiger Bursche. Er hätte eine Mißernte auf den Feldern meines Vaters verursachen oder die Kühe verdursten oder auch die Pest auf meine Familie herabrufen können; aber dieser Magier war, wie ich schon sagte, äußerst hinterlistig. Nichtsdestotrotz war seine Magie sehr wirkungsvoll. Er verfluchte die Söhne meines Vaters.«

Lalo machte eine Pause und trank einen Schluck Wein. Sein Grinsen blieb.

»Meine Brüder — ich hatte drei — starben alle innerhalb von zwei Jahren nach dem Fluch des Zauberers. Ich suchte mein Heil in der Flucht und marschierte durch die riesige Wüste im Osten nach Khitai. Aber es half mir nichts. Der Fluch blieb.«

Elashi hatte sich fasziniert vorgebeugt. Conans Neugier war Unbehagen gewichen, wie immer, wenn man über Magie sprach. Derartige übernatürliche Dinge waren nicht nach seinem Geschmack. Allerdings mußte er zugeben, daß Lalos Geschichte pakkend war.

»In Khitai habe ich dann die Kunst des Jit-Jit erlernt«, fuhr Lalo fort. »Die Khitaianer sind in vielen Kampfsportarten wahre Meister. Aber dann mußte ich wegen meines Fluchs auch von dort wieder weggehen. Ich kann nirgends lange bleiben. Selbst Menschen, die mir wirklich gewogen sind, können den Fluch des Zauberers nur sehr wenige Wochen ertragen.«

»Was ist das eigentlich für ein Fluch?« erkundigte sich der Cimmerier.

»Ich kann nicht aufhören zu grinsen«, antwortete Lalo. »Und ich muß ständig über alle Menschen in meiner Umgebung boshafte Bemerkungen machen. Du, Conan, zum Beispiel bist ein solcher Muskelprotz, daß ich bezweifle, daß du dir den Rücken kratzen kannst.«

»Was?« Conan fuhr hoch.

Elashi legte ihm beruhigend die Hand auf den Arm. »Der Fluch, Conan.«

Conan entspannte sich wieder. »Schon gut, Lalo.«

Der Grinsende seufzte. »Nichts ist gut! Stellt euch nur mal vor — wenn ihr dazu imstande seid —, wie es ist, wenn man mit einer Frau zusammen ist und selbst bei der innigsten Umarmung beleidigende Bemerkungen nicht unterdrücken kann.«

»Wie schrecklich!« meinte Elashi.

»Ja, ihr seht es ja selbst: Ihr beide habt mir gegen die Schergen des Harskeel beigestanden, und trotzdem muß ich euch beleidigen.«

»Wer ist eigentlich dieser Harskeel?« fragte Conan.

»Nicht ›wer‹, sondern ›was‹«, antwortete Lalo. »Mit vollem Namen heißt es Harskeel von Loplain und ist Hermaphrodit — halb Mann, halb Frau.«

Elashi holte tief Luft.

»Ihr kennt den Harskeel?« fragte Lalo.

»Ja, wir sind ihm heute auf dem Weg hierher begegnet«, antwortete Conan. »Hat er den Verstand verloren?«

»Der Harskeel verrückt? Wie kommst du darauf, du dämlicher Gorilla?«

Conan spürte, wie die Wut in ihm aufstieg; aber er verdrängte sie. Schließlich war der Mann verflucht. »Dieser Harskeel hat fünf Männer bei dem Versuch verloren, mein Schwert zu stehlen. Sonst wollte er nichts.«

»Aha! Jetzt verstehe ich, warum du ihn für verrückt hältst. Nein, sein Wahnsinn hat Methode. Auf dem Harskeel von Loplain lastet auch ein Fluch; allerdings hat er diesen durch eigene Taten auf sich gezogen. Früher bestand er aus zwei Lebewesen, einem Mann und einer Frau. Diese beiden liebten sich und sehnten sich nach tiefster inniger Vereinigung — natürlich kann ein Barbar wie du das nicht verstehen. Daher stahlen sie einer Hexe das Zauberbuch. Pech für die beiden, daß sie den Zauberspruch falsch zitierten. Danach waren sie sehr viel inniger vereint, als sie ursprünglich wollten.«

»Scheußlich«, meinte Elashi. »Aber was hat das mit Conans Schwert zu tun?«

»Nun, er nimmt jedem das Schwert ab, der nur eine Spur von Tapferkeit beweist. Angeblich gibt es einen Gegenzauber, durch welchen in Form einer magischen Verwandlung der Harskeel wieder zu zwei Menschen wird. Zu diesem Zauber gehört, daß man ein Schwert in das Blut seines Besitzers taucht. Wenn der Besitzer tapfer genug ist — äh, war —, wird die Magie ausgelöst. Bis jetzt sind schon viele gestorben, ohne die richtige Waffe zu liefern.«

»Habe ich mir doch gedacht, daß dieses Monster mehr als nur mein Schwert wollte«, sagte Conan.

»Na, bestimmt nicht deinen Verstand«, sagte Lalo. »Verzeih mir, Freund«, fügte er rasch hinzu.

Conan nickte nur. Er hatte von Elashi schlimmere Beleidigungen gehört, und sie stand unter keinem Fluch!

Lalo meinte, daß er die Herberge bald verlassen müsse. Auch der Cimmerier und Elashi wollten weiter, sobald der Schneesturm aufgehört hätte. Möglichst am nächsten Morgen. Die drei leerten die Flasche Wein. Lalo warnte Conan, besonders vorsichtig zu sein. Nachdem er als Fremder so viele Männer des Harskeels getötet hatte, sähe der Hermaphrodit in ihm mit Sicherheit einen Spitzenkandidaten für den benötigten Zauber. Dann gingen sie auseinander.

Während Conan und Elashi ihr Zimmer aufsuchten, sagte sie: »Wie schrecklich, wenn man so verflucht ist.«

»Mir ist aufgefallen, daß er dich bei der Unterhaltung nicht beleidigt hat«, sagte der Cimmerier.

»Warum sollte er auch? Er fand doch in dir ein großartiges Ziel.«

»Ihr beide verstündet euch sicher prächtig«, meinte Conan. »Ihr habt soviel gemeinsam.«

Elashi nahm ihm diese Worte übel, was Conan allerdings nicht überraschte. Eigentlich überraschte ihn in letzter Zeit kaum noch etwas von dem, was sie tat. Doch dann kuschelte sie sich unter der rauhen Decke schnell an ihn, küßte und streichelte ihn ... als hätten sie am selben Morgen erst geheiratet. Der junge Barbar schüttelte den Kopf. Er würde die Frauen nie verstehen; aber im Augenblick machte ihm das überhaupt nichts aus.

Drei

Tief im Innern des Grotterium Negrotum befragte Katamay Rey wieder einmal die magische Quarztafel. Im grünlichen Schein der Schwämme an den Wänden spähte der Zauberer in den Kristall und suchte die Zukunft zu ergründen.

Das durchsichtige Gestein wurde milchig. Dann klärte sich ein Ende der Tafel, und das Gesicht eines Mannes erschien. Es waren starke Züge, umrahmt von einer rabenschwarzen Mähne, strahlend eisblaue Augen. Dieses Gesicht wußte nicht, daß Rey es betrachtete.

Dann vollführte Rey magische Gesten über den Kristall; aber der Rest der Tafel blieb verschwommen milchig. Er versuchte es noch einige Male. Jedoch zeichnete sich nur das Gesicht des jungen Mannes ab.

»Set lasse dich zerspringen, du verfluchter Stein!«

Der Kristall ließ sich durch diese Drohung offenbar nicht erschrecken. Als Antwort wurde nur das Gesicht des Fremden schwächer. Kurz darauf war nichts mehr zu sehen.

Mit weiteren Flüchen wandte Rey sich von der Kristallplatte ab. Nun, wenigstens wußte er jetzt ein wenig mehr: Die Gefahr für sein Herrschaftsgebiet ging offenbar von dem Gesicht dieses jungen Mannes aus. So konnte er sich darauf vorbereiten, die Gefahr abzuwenden.

»Wikkell!«

Auf den Ruf des Zauberers hin schlurfte etwas über den felsigen Boden. In dem unheimlichen grünlichen Licht tauchte eine Gestalt auf, die anderthalbmal so groß wie ein ausgewachsener Mann war. In der Mitte der fliehenden Stirn befand sich ein einziges rosarotes Auge. Den Rücken verunzierte ein gewaltiger Bukkel, ähnlich wie bei den Tieren, welche durch die unwirtlichen Landstriche im Süden an den Grenzen zu Punt und Stygien zogen. Der Zyklop war kahlköpfig, hatte aber einen Bart. Bis auf ein Lendentuch war er nackt. Die Handknöchel berührten beinahe den Boden, als er näher schlurfte.

»Du hast gerufen, Meister«, sagte der bucklige Zyklop. Seine Stimme klang, als ob Segeltuch zerrissen würde.

»Geh in die Höhlen im Norden!« befahl Rey. »Bereite dort alles auf den Empfang von jedem vor, welcher es wagt, das Land oben zu überqueren. Ich will, daß jeder, der auf den verbotenen Wegen geht, zu mir gebracht wird.«

»Jawohl, Meister.« Wikkell verneigte sich, wobei die Hände den Boden berührten, und machte kehrt.

»Aber lebend!« rief der Zauberer ihm nach. »Ich will alle lebend!«

Die Hexe Chuntha streichelte den Zauberstab und betrachtete ihren Diener. Der Wurm Gigantus lag vor ihr. Sein Körpergewicht drückte ihn nieder, so daß sein Bauch ganz flach war. Er sah aus, als hätte jemand einen gewöhnlichen roten Regenwurm genommen, ums Tausendfache vergrößert und gespenstisch weiß gebleicht. Es gab keinerlei Gesichtszüge, ein Ende sah wie das andere aus. Nur mehrere Flecken wiesen darauf hin, daß der Wurm Chuntha den Kopf zuwendete. Seine Länge betrug ungefähr dreimal Menschengröße. Er war so dick wie ein Weinfaß. Jetzt lauschte der Riesenwurm den Worten seiner Herrin.

»Begib dich in die Nordhöhlen, Deek«, sagte Chuntha. »Dort wird sich die Gefahr manifestieren, welche uns bedroht, und zwar schon bald. Wir müssen sie abwenden, um zu überleben und über den Schurken Rey zu triumphieren, welcher uns bekämpft. Ich gebe dir die Berechtigung, mit jedem, der uns helfen will, einen Pakt zu schließen: Fledermäusen, Blinden Weißen, Netzspinnern, von mir aus mit allen. Versprich ihnen alles, was sie verlangen; aber sorg auch dafür, daß die Truppen des Schurken nicht das bekommen, was ich haben will. Hast du verstanden?«

Der Wurm konnte nicht sprechen; aber wenn er mit den hornigen Bauchschuppen über die Steine glitt, brachte er eine Art Sprache zustande. »J-jaw-wohl.«

Nachdem Chunthas gefügiger Diener davongekrochen war, strich sich die Hexe mit dem Zauberstab über die Wange und dachte nach. Es war lange her, seit sie einen derartig starken Traum gehabt hatte. Die Gefahr drohte von einem einzelnen Mann. Soviel hatte sie gesehen; aber leider nicht das Gesicht des Fremden.

Nachdenklich musterte sie im grünen Lichtschein den Zauberstab. Er verlieh ihr viel Macht; aber vielleicht reichte seine Kraft diesmal nicht aus. Vielleicht sollte sie es mit dem Traumjuwel versuchen. In dem Zauberstein steckte viel magische Energie. Allerdings war die Benutzung gefährlich. Allerdings war jetzt nicht der Zeitpunkt, besonders vorsichtig zu sein. Die Zeichen verkündeten große Gefahr, und bei Gefahr mußte man auch riskante Mittel einsetzen. Ja, sie würde das Traumjuwel streicheln und sehen, welche Erkenntnisse es ihr brächte.

Hoch droben auf den Felsen stand das Schloß des Harskeel wie eine Bergziege. Er betrachtete sich in einem großen Spiegel. Zum erstenmal seit Jahren hatte er echte Hoffnung. Dieser Barbar im Gebirge ... war er der Richtige? Er war tapfer, das stand fest. Ohne zu überlegen, hatte er sich dem Kampf gestellt, obwohl es eins zu sechs gegen ihn stand. Nun, seine Gefährtin hatte ihm geholfen. Aber dann hatte er zwei weitere Männer in der Dorfschenke getötet ... so mühelos wie Schafe ... Das bewies doch wirklich seine Tapferkeit, oder?

Der Harskeel im Spiegel nickte. Ja, schien er zu sagen, das blutige Schwert dieses schwarzhaarigen jungen Barbaren kann durchaus die Waffe sein, auf die wir seit fünfzehn Jahren warten. Wenn dieser — Conan hieß er, so hatten ihm seine Spione aus dem Dorf mitgeteilt — Mann der Gesuchte war, dann könnten wir bald wieder so sein wie früher.

Ja, ein durchaus angenehmer Gedanke.

Den Kerl werden wir bald haben, dachte der Harskeel. Eine Schar Männer macht sich schon bereit, die Jagd nach ihm aufzunehmen. Ganz gleich, wie viele sterben müssen, wir werden diese Klinge bekommen ... und das Blut des Besitzers!

In der Tat, ein äußerst angenehmer Gedanke.

Der frisch gefallene Schnee hüllte das Dorf wie ein Leichentuch ein. Wie eine Decke aus uralter Zeit glitzerte er unter dem eisigen blauen Himmel. Der Sturm war vorbei. Jetzt war alles friedlich.

Die Sonne hatte schon einen großen Teil ihres Morgenspaziergangs vollendet, als Conan und Elashi in der Tür der Herberge auftauchten. Sie hatten gut gefrühstückt. Der Wirt hatte ihnen Schneeschuhe verkauft, mit denen sie leichter durch den tiefen Schnee vorwärts kamen, welcher die Wege bedeckte.

»Wir nehmen die kürzere Strecke, die der Wirt erwähnt hat«, erklärte Conan.

Elashi schüttelte den Kopf. »Hast du nicht auch gehört, was er über das Wächtertier gesagt hat, das manchmal dort lauert?«

»Doch schon; aber Conan der Cimmerier ist nicht bereit, fünf Tage länger durch den Schnee zu marschieren, um irgendeinem entlaufenen Hund auszuweichen, der sich vielleicht dort herumtreibt.« Er schlug aufs Schwert. »Eine Klinge, welche einen Werwolf getötet hat, wird auch jeden räudigen Köter beseitigen, falls er sich uns in den Weg stellt.«

»Der Wirt hat nicht gesagt, daß das Monster ein Hund ist.«

»Was denn sonst? Vielleicht eine wachsame Gans? Um so besser! Dann können wir ein Festmahl halten, wenn sie uns bedrohlich anzischt.«

Elashi schwieg zur Abwechslung einmal. Conan dankte Crom im stillen für diesen gar nicht kleinen Gnadenbeweis.

Die beiden stapften mit den Schneeschuhen dahin. Schon bald war das Dorf verschwunden, und sie hörten nur noch bei jedem Schritt das Knirschen des Schnees. Es war ein schöner kalter Tag. Conan fühlte sich durch die Nachtruhe und das gute Frühstück gestärkt. In zwei Tagen hätten sie das Karpash-Gebirge und Corinthien hinter sich. Danach käme die Hochebene von Zamora. Von dort müßte man noch einen halben Mond gehen, bis man Shadizar erreichte. Das hatte man ihm jedenfalls gesagt. Dort würde Elashi nach Süden weiterziehen, während er sich der Aufgabe widmen würde, mittels Diebstahls ein reicher Mann zu werden. Darauf freute er sich schon sehr.

Zwanzig Reiter hatten Mühe, die Pferde im Zaum zu halten. Der Atem von Männern und Tieren bildete dicke Wolken. Die Pferde tänzelten nervös.

Dann betrat der Harskeel den Schloßhof. Er saß auf einem prächtigen Hengst. Seine tiefe Stimme hallte über den Hof zu den Reitern. »Ich will den Mann und das Schwert. Wer mir beides überbringt, erhält einen Beutel Gold. Einen schnellen Tod erleidet derjenige, welcher schuld ist, wenn uns die beiden entkommen. Ist das klipp und klar?«

Zustimmendes Murmeln erhob sich unter den Soldaten.

Dann dröhnte Hufschlag durch den stillen Morgen, als der Harskeel und seine Mannen aus dem Hof preschten.

Der Cimmerier und Elashi legten drei Stunden hinter dem Dorf eine Rast ein. Sie aßen von dem luftgetrockneten Fleischstreifen, die allerdings ziemlich zäh waren. Zum Glück hatte der Wirt ihnen auch eine Lederflasche mit Wein mitgegeben, so daß sie das Fleisch hinunterspülen konnten. Wenn sie das Nachtlager aufschlugen, konnte Conan Fallen stellen, um Hasen und Ringeltauben zu fangen, die sie über dem Feuer braten konnten. Wenn sie Glück hatten, konnten sie noch vor dem Einbruch der Nacht den Paß hinter sich lassen.

Wikkell, der bucklige Zyklop, watschelte durch die engen, feuchten Korridore. Manchmal trat er in Pfützen, deren Kalkwasser laut blubberte. Es gab ein Dutzend Wege, um in die nördlichen Höhlen zu gelangen. Dieser Tunnel war einer der breiteren, allerdings nicht die kürzeste Verbindung. Aber Wikkell wollte unter keinen Umständen in einem engen Gang steckenbleiben, wenn er im Auftrag des Zauberers unterwegs war. Katamay Rey schenkte Entschuldigungen keinerlei Beachtung und war nicht zimperlich bei der Bestrafung jener, die versagt hatten. Wikkells Vorgänger als erster Assistent hatte den Zauberer verärgert. Deshalb war er vor Wikkells Augen zu einer ekelhaft stinkenden, ätzenden Pfütze geworden. Die erste Arbeit des Zyklopen hatte darin bestanden, die Reste seines Vorgängers aufzuwischen. Es war eine unangenehme Aufgabe gewesen. Doch seitdem gab er sich größte Mühe und war sehr vorsichtig im Umgang mit dem Zauberer, welcher über die Hälfte des Höhlensystems herrschte.

Beim Gedanken an das Ende seines Bruders schlug Wikkell mit den breiten Füßen eine schnellere Gangart an. Sollte er bei dieser Aufgabe versagen, wäre es besser, wenn er nie wieder in diesen Teil der Höhlen zurückkäme. Doch jetzt wollte er nicht weiter über die unangenehmen Alternativen nachdenken, sondern so schnell wie möglich ans Ziel gelangen.

Deek wand sich für jemanden ohne Gliedmaßen erstaunlich schnell durch die Tunnel. Die Bauchplatten, mit denen er sich vorwärts bewegte, hatten sich dem felsigen Untergrund angepaßt. Er kroch nicht einfach dahin, sondern bewegte sich wie eine Schlange in seitlichen Windungen, wobei er den Kopf über dem glitschigen Höhlenboden hielt.

Im Augenblick war Deek damit beschäftigt, Pläne zu entwickeln, wie er die anderen vernunftbegabten Arten von Bewohnern des Grotterium Negrotum überreden könnte, ihm zu helfen. Die Blutfledermäuse lebten nur fürs Essen und ihre Fortpflanzung. Sie brauchten immer neuen Lebensraum. Er hätte ihnen eine der riesigen Höhlen im Westen als Brutplatz anbieten können. Chuntha hatte sie bis jetzt aus ihm nicht bekannten Gründen leer gehalten. Die Fledermäuse würden fast alles tun, um soviel Raum zu bekommen.

Die Netzspinner waren äußerst bodenständig. Aus Mangel an Nahrung waren sie schon recht dünn geworden. Wenn Deek ihnen einen ständigen Nachschub an Verpflegung zusicherte, wären auch sie der Hexe sicherlich mit allen Kräften gefällig.

Und die Blinden Weißen? Nun, bei denen lag der Fall ganz anders. Diese ekelhaften affenähnlichen Geschöpfe waren mit den Zyklopen befreundet und brauchten bestimmt nichts, was Chuntha ihnen verschaffen konnte. Wahrscheinlich würden sie ihre Steindolche zücken, sobald sie einen Wurm in der Nähe entdeckten. Sie stachen zuerst zu und stellten sich beim Verzehren der Überreste dümmliche Fragen. Am besten war es, diese Biester ganz zu meiden.

Deek hatte Chuntha nicht mehr so erregt wie heute gesehen, seit die Würmer ihr vor mehreren Monaten diesen Wanderer gebracht hatten. Damals hatte sie vor Freude direkt getanzt. Unglücklicherweise hatte der Mann die Aufmerksamkeiten der Hexe nicht lange ausgehalten. Eine einzige Episode in ihrem Bett hatte gereicht, um ihn zu erledigen. Aber seine Überbleibsel hatten sehr gut geschmeckt. Daran erinnerte sich Deek gern. Vielleicht erlaubte die Hexe ihm wieder, die Reste zu verspeisen, sobald dieser neue Wanderer seinen Zweck erfüllt hatte. Aber vorher mußte er ihn erwischen!

Deek schlängelte sich schneller dahin. Auf keinen Fall durfte ihm diese Person entkommen. Deek hatte keine Lust, in den Gruben mit ungelöschtem Kalk zu enden. Dieses Schicksal erwartete jeden, der Chunthas Wunsch nicht erfüllte.

Die Sonne versank schon hinter dem höchsten Gipfel im Westen, als Conan und Elashi um einen Felsvorsprung bogen. Bis jetzt war der Marsch ziemlich eintönig gewesen. Außer ein paar Bergziegen, die ab und zu neugierig zu ihnen herabschauten, hatten sie niemanden gesehen. Conans Berechnung nach konnten sie in gut einer Stunde das Nachtlager aufschlagen.

Doch da trat unweit vor ihnen ein Monster aus dem tiefen Schatten der Felswand und versperrte ihnen den Weg.

Der Cimmerier und Elashi blieben sofort stehen und starrten das Ungeheuer an. Es war so groß wie ein Brauereiroß. Aber abgesehen davon, daß es auf vier Beinen stand, hatte es keinerlei weitere Ähnlichkeit mit einem Pferd. Irgendein wahnsinniger Gott schien das Biest aus einer Mischung von Hund, Katze und Ratte zusammengesetzt zu haben. Der Kopf war wie bei einem Hund, hatte aber die Schnauze und die Zähne einer Katze. Das Fell war wie bei einer niedlichen Hausmieze grau-weiß gestreift, doch die Körperkonturen ähnelten mehr denen eines Bluthunds. Der nackte rosarote Schwanz hätte eigentlich zu einer Riesenratte gehört. Auch die Füße mit den vier Zehen und schwarzen Krallen hätten einer Ratte Ehre gemacht. Das Monster knurrte bösartig wie ein großer Grizzlybär. Dann stieß es ein kurzes Bellen aus.

Ohne den Blick von dem Ungeheuer zu wenden, sagte Elashi. »Hast du nicht von einem räudigen Köter gesprochen? Oder von einer fetten Gans, die wir braten wollten? Also, deine Fähigkeiten, in die Zukunft zu schauen, erstaunen mich immer wieder, Conan.«

»Es wäre besser, wenn du deine Klinge anstatt des Mundes benutzen würdest«, antwortete der Cimmerier und griff nach seinem Schwert.

Da bellte das Biest wieder kurz auf und schnupperte in der Luft. Conan erstarrte und ließ das Schwert stecken. Der Wind blies dem Wächtertier in den Rükken, wie er mühelos am Gestank merkte, der ihm in die Nase stieg. Vielleicht konnte das Ungeheuer schlecht sehen, denn es kam keinen Schritt näher.

»Es ist sich nicht ganz sicher über uns«, flüsterte er. »Vielleicht verliert es das Interesse, wenn wir uns ganz still verhalten.«

»Ja, wir können ja einfach stehenbleiben, bis wir verhungert sind«, flüsterte Elashi zurück.

»Ich bin für jeden Vorschlag offen.«

»Warum sagst du das immer, wenn wir uns in einer Situation wie dieser befinden?« Ihre Stimme wurde etwas lauter.

»Warum schreist du nicht einfach, um seine Aufmerksamkeit zu erregen?«

Wütend schwieg Elashi. Danach starrten beide weiterhin das Biest an.

Irgendwie schien es verwirrt zu sein. Es legte den Kopf schief und äugte in Conans Richtung. Wenn es überhaupt etwas sah, dann konnte es das Paar unmöglich verfehlen, denn die Entfernung betrug kaum dreißig Spannen. Reglos schnüffelte das Monster mit erhobener Schnauze.

Conan juckte es in den Fingern, das Schwert zu ziehen; aber er verhielt sich weiterhin ruhig. Lieber ein paar Minuten warten und sehen, was das Ungeheuer tun würde. Wenn es sie angriff, blieb ihm immer noch genügend Zeit, um die Waffe zu zücken. Allerdings stellte er sich den Kampf mit diesem Monster nicht gerade als fröhlichen Zeitvertreib vor.

Der Reiter berührte die Spur im Schnee. Dann drehte er sich um und rief dem Harskeel und den übrigen Reitern zu: »Ganz frisch, Mylord. Man sieht sogar die Eindrücke der Schnüre von Schneeschuhen im Boden. Sie können höchstens ein paar Minuten vor uns sein.«

Der Harskeel lächelte zweideutig. »Gut, vorwärts!«

»Hast du irgendwelche Götter, die wir um Hilfe bitten könnten?« fragte Elashi leise.

»Nur Crom«, antwortete Conan. »Und Crom hört selten auf Gebete. Er verleiht einem Mann bei der Geburt ein gewisses Maß an Kraft und Schlauheit. Danach gestattet er ihm, sich selbst in der Welt durchzuschlagen.«

»Ein gestrenger Gott«, flüsterte Elashi.

»Ja, da er über ein rauhes Land herrscht, kann er gar nicht anders sein.«

»Meine Götter helfen bei der Jagd oder um Wasser zu finden«, fuhr sie fort. »Ich glaube nicht, daß wir irgendwelche Götter haben, die uns gegen so etwas wie dieses Biest da vorn helfen.« Sie nickte zu dem Wächtertier hin. Es hatte sich inzwischen auf die Hinterbeine gesetzt und blickte immer noch in die Richtung der beiden reglosen Menschen.

»Ich verstehe nicht, warum es nicht einfach näher kommt, um zu sehen, was wir sind«, sagte Conan.

»Bring ihn nur nicht auf solche Gedanken!«

»Wir können nicht für immer hierbleiben«, sagte er. »Vielleicht sollten wir den gleichen Trick noch einmal anwenden, der beim Harskeel gelang. Ich laufe schräg vorbei, und wenn es mich verfolgt, kannst du es von hinten angreifen.«

»Eine gute Idee«, stimmte sie ihm schnell bei.

Conan unterdrückte nur mit Mühe ein Lachen. Elashi riß sich nicht gerade darum, die Aufmerksamkeit des Monsters auf sich zu ziehen!

»Natürlich könnte es uns beide bemerken, wenn ich loslaufe«, meinte er. »Vielleicht zieht er dann einen Leckerbissen in Ruhestellung vor.«

Darüber dachte Elashi ganze drei Sekunden lang nach. »Hm, vielleicht ist dein Plan doch nicht so gut. Laß uns beide mit gezückten Schwertern loslaufen.«

»Ja, das ist besser als wie eine Statue zu sterben. Bist du bereit?«

»Bereiter werde ich nie sein.«

»Dann greif zum Schwert!«

Als Conan und Elashi die Waffen aus der Scheide zogen, erhob sich das Wächtertier. Es stellte das Fell auf, bellte mehrmals und knurrte wieder bösartig. Die beiden waren gerade losgelaufen, als sie eine Stimme hörten.

»Da sind sie!«

Conan warf einen Blick zurück und sah, wie eine Reiterschar um die Wegbiegung kam.

»Crom! Was ist das?«

Elashi stellte keine Fragen. Sie schlug sich blitzschnell rechts vom Weg in die Büsche. Conan verstand. Er folgte dem Beispiel der Tochter der Wüste und suchte ebenfalls Deckung. Dann lief das Wächtertier an ihm vorüber, direkt auf die Reiter zu.

Sein Knurren und Bellen mischten sich mit den Schreien der erschreckten Männer und dem Wiehern der Pferde.

Das Ungeheuer sprang hoch und riß drei Reiter aus dem Sattel. Wie ein Wolf einen Hasen, so zerfetzte es die Männer, um große Stücke zu fressen. Die anderen Soldaten warfen Piken auf das Biest. Einige blieben stecken. Das verwundete Tier wurde noch wütender.

Dann sah der Cimmerier hinter den Bewaffneten den Harskeel. Mit wilden Gesten und Schreien feuerte er seine Männer an.

»Ich glaube, es ist besser, wenn wir diesen Ort verlassen«, sagte Conan und deutete auf das Getümmel.

»Diesmal hast du ausnahmsweise recht.«

Schnell verließen die beiden den Kampfplatz.

Nachdem sie ungefähr zehn Minuten gelaufen waren, wurden sie etwas langsamer. »Ich glaube, der Harskeel hat alle Hände voll zu tun, die Wunden zu verbinden«, sagte Conan. »Außerdem kann er uns in der Nacht nicht verfolgen, und es wird gleich stockdunkel sein. Im Augenblick sind wir sicher.«

Elashi nickte. »Der Harskeel hält dich offenbar wirklich für einen Spitzenkandidaten seiner Magie.«

»Ja, aber ... wer weiß? Vielleicht bist *du* seine Wunschperson. Schließlich trägst du auch ein Schwert.«

Jäh blieb Elashi stehen und dachte kurz nach.

»Wir marschieren die ganze Nacht weiter«, erklärte der Cimmerier. »Morgen früh haben wir die Berge hinter uns und können auf der Hochebene jede beliebige Richtung einschlagen. Wenn wir unsere Spuren gut verwischen, können sie uns nicht weiter verfolgen.«

»Dann sind wir jetzt deiner Meinung nach außer Gefahr?«

»Ganz bestimmt«, antwortete Conan und lächelte.

In diesem Augenblick öffnete sich vor ihnen die Erde wie der Rachen eines riesigen Ungeheuers und verschlang sie.

Vier

Sie stürzten tief. Zum Glück landeten sie im Wasser. Conan sank in dem eiskalten Teich sofort bis zum Boden hinab. Schnell stieß er sich ab und kam wieder an die Oberfläche. Er konnte stehen. Das Wasser reichte ihm nur bis an die Brust. Elashis Kopf erschien. Sie schrie gellend. Dann versank sie wieder. Offenbar war in ihrer Erziehung in der Wüste Schwimmunterricht nicht eingeschlossen gewesen. Der Cimmerier packte sie am Arm und zog sie heran. Sofort schlang sie die Beine um seine Mitte und klammerte sich an seinen Hals. Dann spuckte sie Wasser.

Conan begutachtete die Umgebung. Der Teich war nicht sehr groß und füllte einen Tunnel, welcher in eine Höhle zu führen schien. Die Wände bestanden aus Urgestein und waren so glatt wie ein Kindergesicht. Sie wölbten sich nach oben. Da es keinerlei Vorsprünge gab, konnte man sie nicht erklettern. Cimmerier lernen gleichzeitig klettern und gehen, und wenn einer von ihnen diese Wände nicht erklimmen konnte, dann war es schlicht menschenunmöglich. Wäre die Decke niedriger gewesen, hätte Conan Elashi zur Öffnung hinaufwerfen können. Bestimmt hätte sie ein behelfsmäßiges Seil geknüpft, an dem er hätte hinaufklettern können. Aber so? Ja, wenn Eidechsen Flügel hätten, wären sie Vögel!

Oben brach die Nacht herein. Mit jeder Minute wurde es dunkler. Am sinnvollsten war es, erst einmal aus dem eiskalten Wasser zu steigen und einen anderen Ausgang zu suchen, ehe sie vollends im Dunklen standen. Conan watete ans Ufer. Elashis Gewicht beschwerte ihn überhaupt nicht.

»Crom!«

Elashi beugte sich vor, um dem Cimmerier ins Gesicht zu schauen. »Was ist?«

Conan antwortete nicht, sondern nickte nur zu der dunklen Höhle hin. Neugierig spähte Elashi hinüber, was wohl den Cimmerier zum Fluchen veranlaßt hatte.

Aus der verborgenen Tiefe der Höhle näherten sich ungefähr zehn ... Dinger. Es waren untersetzte weiße Kreaturen, näher mit Affen als mit Menschen verwandt. Sie trugen keine Kleidung, nur ein zottiges Fell. In jedem Gesicht gab es eine Nase und einen Mund; aber wo normalerweise die Augen lagen, war bei ihnen nur Fell. Allerdings hatten sie außergewöhnlich große Ohren.

»Mitra!« stieß Elashi hervor.

Das Wasser reichte dem Cimmerier jetzt bis an die Knie. Er watete schneller, um vor den weißen Ungeheuern das Ufer zu erreichen. Elashi lockerte den Griff um Conans Hals und faßte den Schwertgriff. Sobald sie das nasse Ufer erreicht hatten, zückte der Cimmerier sein Schwert.

»Vielleicht sind sie freundlich«, sagte Elashi; aber sie klang nicht besonders überzeugt von ihren Worten.

»Vielleicht«, meinte Conan. »Laß uns trotzdem die Klingen bereithalten, falls sie uns nicht gewogen sind.«

Elashi widersprach nicht.

Die blinden weißen Ungeheuer kamen näher.

Der Harskeel schäumte vor Wut: Sechs seiner Männer waren tot, zwei lagen im Sterben, und drei waren so schwer verwundet, daß sie die Verfolgung aufgeben mußten. Nachdem sie das Höllentier erschlagen hatten, das sie so unvermittelt angegriffen hatte, blieben ihm nur noch neun Bewaffnete. Der Barbar und die Frau waren entkommen. Die Nacht sank herab, als der Harskeel ein notdürftiges Nachtlager aufschlagen ließ. Verdammt! Die Beute war schon in Reichweite gewesen! Jetzt mußte er auf den Tagesanbruch warten, ehe er die Verfolgung wieder aufnehmen konnte, und wer weiß? Vielleicht hat das Monster noch einen Gefährtin oder Verwandte im Gebirge? Der Harskeel war bereit, Gold gegen Schafsdung zu wetten, daß Conan und seine Freundin nicht trödelten, um die Entfernung zu den Verfolgern zu verringern. Beim Namenlosen und allen seinen haarigen Dienern! Die Gewißheit, daß er nichts tun konnte, verminderte die Wut des Harskeels kein bißchen.

Wikkell kratzte an der Höhlendecke, um die nächste Fallgrube zu machen, als einer der Blinden Weißen in die Höhle stürmte. Um ein Haar wäre er gegen die Leiter geprallt, auf welcher der Zyklop stand.

»Idiot!« brüllte Wikkell, als die Leiter bedrohlich schwankte.

Der Blinde Weiße schnatterte etwas in seiner Sprache. Der Zyklop hatte sie lernen müssen, um seine Aufgaben bei Katamay Rey erfüllen zu können.

»Was? Was schnatterst du? Wiederhol das noch einmal!«

Der Weiße wiederholte seine Worte, aber diesmal etwas langsamer, so daß es Wikkell auch gelang, ungefähr den Sinn zu erfassen. Der Mann, den sie suchten, war in die Falle direkt hinter der Paßhöhe gefallen.

Schnell kletterte der Zyklop die Leiter hinab. Erfolg! Und so schnell! Der Zauberer würde begeistert sein. »Habt ihr ihn?«

Der Blinde Weiße versicherte Wikkell, daß dem so sei. Zehn seiner Brüder hätten den Mann umringt und würden ihn bestimmt jetzt schon in eine der abschließbaren Kammern in den Höhlen der Weißen bringen.

»Gut! Gut!« Wikkell folgte dem Weißen, um die Beute abzuholen.

Deek hörte die Geschichte von einer lederbraunen Blutfledermaus, die sich auf einem Stalagmiten neben ihm niederließ. Deek traute den Fledermäusen nicht besonders, da sie jederzeit bereit waren, den Verbündeten zu wechseln, wenn der neue Partner ihnen mehr Belohnung versprach. Doch im Augenblick schien der affengroße Blutsauger geneigt zu sein, für Chuntha zu arbeiten ... nachdem er das großzügige Angebot vom neuen Lebensraum gehört hatte.

Deek schob den Teil des Bauchs, den er als Sprechapparat benutzte, über den steinigen Boden. »B-bist d-du s-sicher?«

»Völlig sicher«, bestätigte ihm die Fledermaus. »Zwei mit Blut gefüllte Menschen sind in eine Falle der Einäugigen gestürzt. Der eine war groß und fleischig, der andere eher ein kleiner Leckerbissen.«

Deek schabte aufgeregt. »W-was ist m-mit d-den M-menschen g-geschehen?«

Darüber konnte die Fledermaus keine genaue Auskunft geben. Eine Führungsfledermaus hatte berichtet, daß die beiden saftigen Brocken von einer großen

Schar Blinder Weißer umringt seien, welche die beiden gefangennehmen wollten.

»V-verd-dammt!«

Deek schlängelte sich rasch weiter. Wenn Einäugige die Menschen hatten, war Deek Spitzenkandidat für die Kalkgruben. Kein angenehmes Schicksal! Er mußte etwas unternehmen, und zwar schnell! In diesem Teil des Höhlensystems hatten sich viele Netzspinner angesiedelt. Vielleicht konnte er sich ihre Hilfe sichern. Er mußte etwas tun, um zu überleben. Ohne den Mann, den die Hexe haben wollte, war sein Leben weniger wert als der Guano unter der blöden Fledermaus!

Der erste augenlose Weiße sprang unvorsichtiger, als es ihm guttat. Die Biester hegten eindeutig keine freundschaftlichen Gefühle. Conan tat einen Schritt beiseite und führte mit dem Schwert einen flachen horizontalen Bogen aus. Die Schwertspitze erwischte den Weißen in der Mitte und halbierte ihn beinahe. Klatschend stürzte der Weiße in den Teich hinter dem Cimmerier. Sein Blut färbte die Wellen rötlich.

Die übrigen Angreifer bewegten sich jetzt vorsichtiger. Als Conan vorwärts ging, wichen sie zurück. Dann schwärmten sie aus, um die Gegner einzukreisen.

Dann bemerkte Conan etwas Seltsames: Das Licht von oben war beinahe erloschen; aber von den Wänden und der Decke der Höhle ging ein unheimlicher grüner Schein aus. Zum Glück verfügte der Cimmerier über außergewöhnlich scharfe Augen, so daß er in der gespenstischen Beleuchtung alles deutlich erkennen konnte.

Die weißen Kreaturen schienen es nicht eilig zu haben, wieder anzugreifen. Conan hielt es für besser, wenn er und Elashi flohen. Das sagte er ihr.

»Und wie sollen wir das anstellen? Drüberfliegen vielleicht?«

»Nein, wir brechen ganz einfach durch«, erklärte er und packte das Schwert fester. »Uns versperren nur drei den Weg. Du nimmst den rechten und ich die beiden anderen. Auf mein Kommando hin schlagen wir los.«

Elashi seufzte, leckte sich die Lippen und nickte.

»Jetzt!«

Gleichzeitig sprangen sie auf die verdutzten Weißen los. Elashis Gegner drehte sich nur um und lief weg. Conans Widersacher knurrten und prallten gegeneinander, weil auch sie so schnell wie möglich weg wollten. Conan hörte laut, wie die Schädel zusammenstießen. Beide fielen zu Boden. Der Cimmerier setzte über sie hinweg und lief hinter Elashi her.

»Das war ein Kinderspiel«, erklärte Elashi.

Conan brummte nur undeutlich und sparte sich den Atem für den Lauf.

Sie flohen in den grünleuchtenden Tunnel. Die augenlosen weißen Kreaturen verfolgten sie mit wildem Geschnatter.

Wikkell stand am unterirdischen Teich und betrachtete die dahintreibende Leiche des Blinden Weißen. Dann lenkte er sein einziges Auge auf die beiden Weißen, die auf dem Boden saßen und sich die Beulen an den Köpfen rieben.

»Was ist mit den Menschen geschehen?« fragte Wikkell schließlich.

Die beiden Weißen schnatterten los. »Die beiden sind Monster«, behaupteten sie. »Einen Bruder haben sie mit riesigen Klauen niedergerissen. Wir haben gehört, wie die Waffen durch die Luft zischten. Und dann wollten sie uns auch aufschlitzen! Wir haben uns ihnen in den Weg gestellt; aber sie haben uns beiseite geschleudert, wie du eine Spinne wegwischen würdest. Wir haben tapfer gekämpft, aber diese übermächtigen Monster haben uns überwältigt und ...«

»Es reicht!« unterbrach sie der Zyklop. »In anderen Worten — ihr habt sie entwischen lassen!«

»Aber unsere Brüder verfolgen sie jetzt«, protestierten die beiden.

»Dann betet, daß sie die Menschen einfangen«, keuchte Wikkell. »Wenn sie entkommen, kostet es mich das Leben. Und ehe ich gehe, nehme ich von euren Brüdern noch so viele wie möglich mit!«

Sollten doch zehntausend Dämonen diese blöden Weißen verfluchen! Der Zyklop schritt in den Tunnel, durch welchen die beiden Menschen geflohen waren. Schon jetzt wußte er, daß die Hexe ihre fetten Würmer ausgesandt hatte, um ihm die Beute vor der Nase wegzuschnappen. Wenn sie die beiden bekam, konnte er den Rest seiner Tage darauf warten, daß der Fluch des Zauberers ihn in eine stinkende Pfütze verwandelte. Allerdings würde er nicht lange warten müssen. Nein, er mußte den Mann fangen, den Rey haben wollte, da führte kein Weg vorbei.

Deek gelangte in den weiten Abschnitt des Tunnels und bemerkte mit seinen verborgenen Augen den toten Blinden Weißen im Teich unter dem offenen Himmel.

Die Fledermaus, die sich vorhin mit ihm unterhalten hatte, flog herab und ließ sich auf der Leiche nieder, wodurch diese prompt versank. Kreischend stieg die Fledermaus wieder auf und nahm am Rand des Teichs Platz.

»Ist n-nicht d-der M-mühe w-wert«, schabte Deek. »D-das m-meiste B-blut ist sch-schon ausg-gef-flossen.«

Die Fledermaus meinte aber, daß ein bißchen besser als nichts sei, und bat den Riesenwurm, ihr den Toten aus dem Wasser zu holen. Sie wollte sich mit einer wichtigen Neuigkeit erkenntlich zeigen.

In Deek stieg Wut auf. Einen Augenblick lang überlegte er, ob er mit einem Schwanzschlag die Fledermaus zu blutigem Brei schlagen sollte. Doch dann sah er wieder die Kalkgruben vor sich und bezwang seine Wut. Er holte mit dem Schwanz aus und klatschte ihn hinter dem toten Blinden Weißen in den Teich. Durch diesen kraftvollen Schlag wurde nicht nur der Weiße, sondern das Wasser des halben Teichs hochgeschleudert. Kaum lag der Leichnam am Ufer, hockte der Blutsauger schon darauf und bohrte den spitzen Saugrüssel, mit dem er die Nahrung aufnahm, in den nassen Blinden Weißen.

»D-du w-wolltest m-mir etwas s-sagen«, schabte Deek.

Die Blutfledermaus zog den bluttriefenden Saugrüssel aus der Leiche. »Ach ja. Die beiden Menschen, die du suchst, ja, sie sind den Blinden Weißen und dem Einauge entwischt. Sie sind dorthin gelaufen.«

Der Riesenwurm konnte sein Glück kaum fassen. Entwischt? Das bedeutete, daß er immer noch Aussicht hatte, sie zu fangen! Mit neuer Hoffnung schlängelte sich Deek so schnell wie möglich in den Tunnel. Vielleicht konnte er den Kalkgruben doch noch entgehen.

Katamay Rey wartete in seinen Gemächern auf die Meldung über die Gefangennahme des Manns. Ursprünglich hatte er Wikkell den Befehl geben wollen, den Kerl sofort zu töten; aber dann überlegte er und hielt es für klüger, den Gefangenen zu verhören. Es war unwahrscheinlich, daß ein einzelner so viel Schaden anrichten konnte, wie er im Kristall gesehen hatte. Bestimmt kam der Mann im Auftrag eines anderen Zauberers oder einer Streitmacht. Es war klüger, ihn so lange leben zu lassen, bis er die Wahrheit kannte. Danach konnte er ihn töten. Außerdem gab es einige Zauber, für die man menschliches Blut und Körperteile benötigte. Keine unnötige Verschwendung! Der Zauberer lächelte selbstzufrieden. Schon bald wäre der kleine Zwischenfall erledigt, und er könnte sich wieder daran machen, dieses Miststück Chuntha zu vernichten.

Die Hexe Chuntha hielt das Traumjuwel in Händen. Es war ein feuergefüllter Rubin. Als sie damit gewisse Teile ihres Körpers berührte, stöhnte sie auf vor Lust. Der Edelstein verriet ihr zwar nicht, wann Deek mit dem Gefangenen zurückkehrte; aber er berichtete, daß es sich um mehr als einen Menschen handelte. Chuntha sah die verschwommenen Umrisse von zwei, vielleicht drei Gestalten. Das bedeutete Unheil! Ein Mann war schlimm genug. Sie mußte Sorge tragen, daß der Zauberer nicht erfuhr, daß es mehrere waren.

Chuntha lächelte inmitten des stinkenden Phosphornebels, der sie einhüllte. Das Juwel verriet ihr, daß die beherrschende Kraft von einem Mann ausging, welcher jung und stark war, voller roher männlicher Energie. Welch willkommene Abwechslung nach einer monatelangen Durststrecke! Mit einem derartigen Mann zu schlafen, würde ihre Kraft sehr stärken. Wenn Sensha sie beide in ihre Arme schloß, würde der Lebenssaft des Mannes, körperlich und seelisch, in sie einströmen. Ja, es versprach ein aufregendes Abenteuer zu werden.

Chuntha konnte es kaum erwarten!

Inzwischen liefen Conan und Elashi durch die Gänge des riesigen Höhlensystems und gaben sich Mühe, die Verfolger abzuschütteln. Sie gerieten immer tiefer in den Schoß der Erde. Die Luft wurde kälter.

Hoch oben breitete die Nacht ihren Mantel über die Erde. Doch das bemerkte niemand in dem mit Schwämmen und Flechten bedeckten unterirdischen Labyrinth, welches scheinbar niemals endete.

Fünf

Die Morgensonne warf ihr erstes Licht übers Gebirge. Allerdings erwärmten die hellen Strahlen die klare Winterluft nur schwach. Der Harskeel beobachtete vom Sattel aus, wie einer seiner Männer mit dem Oberkörper in einem Loch im Boden hing. Zwei Kameraden hielten die Beine fest. Gleich darauf stellten sie den Mann wieder auf die Beine. Er trat vor den Harskeel.

»Da liegt eine Höhle unter dem Pfad, Mylord. Eine große Höhle. Die Spuren enden direkt vor dem Loch. Sieht so aus, als wenn die beiden hineingefallen wären. Es geht ziemlich weit hinab, unten ist Wasser.«

Der Harskeel rutschte im Sattel hin und her. Das

steife Leder knarzte. »Ist von den beiden etwas zu sehen?«

»Nein, Mylord.«

»Könnten sie den Sturz überlebt haben? Ist das Wasser tief genug?«

Der Mann schüttelte den Kopf. »Das kann ich nicht sagen, Mylord.«

Der Harskeel nickte zwei Soldaten zu, die hinter dem Mann standen. Seine Nase deutete auf das Loch. Die beiden verstanden. Ehe der Mann wußte, wie ihm geschah, hatten die Soldaten den Kameraden gepackt und ins Loch gestoßen. Man hörte einen Schrei, dann Wasser plätschern, dann einen lauten Fluch.

»Hm, sieht so aus, als hätte er den Sturz überlebt. Na schön. Dann leben die beiden also noch. Wir brauchen eine Leiter und Fackeln. Die beiden sind da unten, also klettern wir auch hinab.«

Die Männer blickten einander nervös an; aber der Harskeel kümmerte sich nicht darum. Er war ganz sicher, daß dieser Conan das Werkzeug war, mit dessen Hilfe er den Fluch rückgängig machen konnte. O wie herrlich würde es werden, wieder zwei Personen zu sein!

»Beeilt euch!« befahl der Harskeel.

Eine Stunde später senkten die Männer eine Leiter in die Höhle hinab. Ein Mann blieb als Wache oben bei den Pferden, die übrigen Soldaten stiegen mit dem Harskeel hinunter.

Die blinden Verfolger waren hartnäckig, aber längst nicht so schnell zu Fuß wie der Cimmerier und die Tochter der Wüste. Sie hatten bereits einen beträchtlichen Vorsprung herausgeholt. Bis jetzt hatten sie Glück gehabt und waren bei den vielen gewundenen

Gängen auf keine Sackgasse oder Verengung gestoßen, durch welche sie nicht hätten entwischen können.

Doch nach der letzten Biegung schien sie das Glück zu verlassen. Sie kamen an eine Gabelung. Der rechte Tunnel wurde gleich so eng, daß sie hätten weiterkriechen müssen; aber links endete der weite Gang vor einem Wasserfall, der in einen tiefen See hinabdonnerte. Wenn Conan an Elashis Schwimmkünste dachte, hielt er diesen Weg für wenig aussichtsreich.

»Am besten kehren wir zurück zur letzten Gabelung«, sagte Elashi und sprach damit Conans Gedanken laut aus.

»Zu spät«, meinte er. »Der Boden bebt schon unter ihren Schritten.« Er riß das Schwert aus der Scheide. »Wir müssen uns ihnen stellen.«

Elashi nickte und zückte ebenfalls ihr Krummschwert. Dann standen die beiden Seite an Seite und warteten auf die weißen Ungeheuer.

»Hierher!« durchdrang die Stimme eines Mannes das Rauschen des Kataraktts.

Conan warf sich herum, doch er sah niemanden.

»Hierher!« wiederholte die Stimme.

Dann sah der Cimmerier, wie im linken Tunnel eine Hand aus dem Wasserfall auftauchte. Die Hand winkte ihm. »Schnell!«

Conan schaute Elashi an. Sie hatten eigentlich nichts zu verlieren. Vorsichtig pirschte sich der junge Barbar an den Wasserfall heran. Ein Felsband zog sich am Ufer entlang, so daß der See hier seicht war. Als Conan die Stelle erreicht hatte, wo die Hand gewinkt hatte, tat er mit gezücktem Schwert einen Riesensatz in den Wasserfall.

Der rauschende Vorhang war breit, aber dünn. Dahinter stand ein untersetzter Mann. Soweit der Cimmerier im grünlichen Dämmerschein erkennen konnte, war er Ende fünfzig. Er trug einen grauen Bart und verfilztes langes Haar unter einem Schlapphut. Bekleidet war er mit Hemd und Hosen aus Stoff und einfachen Sandalen. In der Hand hielt der Alte einen langen Dolch. Hinter ihm erstreckte sich der Tunnel weiter.

Elashi sprang hinter Conan durch den Wasserfall. Kaum war sie auf der anderen Seite tropfnaß gelandet, zeigte der alte Mann auf den Gang. Conan verstand ihn ohne Worte. Sie folgten dem Fremden.

Nach zwei Biegungen blieb der Mann stehen. »Die Blinden Weißen können uns wegen des Rauschens des Wasserfalls nicht hören und auch nicht riechen. Hierher kommen sie nie.«

»Wir danken dir für deine Hilfe«, sagte Conan.

»Ich heiße Tull«, erklärte der Alte.

»Wir freuen uns wirklich, dich kennenzulernen, Tull, vor allem geschah es in letzter Minute. Ich bin Conan und stamme aus Cimmerien, und das ist Elashi. Sie kommt aus Khauran.« Der junge Barbar machte eine Pause. Dann fragte er: »Was ist das für ein Ort, Freund?«

»Das ist eine lange Geschichte.«

Conan blickte sich um. »Im Augenblick gibt es für uns nichts zu tun.«

»Mein Versteck befindet ganz in der Nähe«, sagte Tull. »Warum gehen wir nicht dorthin, und ich erzähle euch alles, was ich weiß?«

Conan und Elashi nickten und folgten Tull.

Wikkell zog den Kopf ein, um einem scharfen Stalagtiten auszuweichen, der von der Decke hing. Der Blinde Weiße, der ihn führte, blieb stehen, legte den Kopf schief und schnatterte los. Offenbar kamen seine Brüder zurück. Ja, er hörte sie bereits. Im nächsten Augenblick mußten sie um die Biegung kommen.

Wikkell lächelte zufrieden. Dieser Auftrag war doch viel einfacher, als er befürchtet hatte. Die Blinden Weißen würden ihm gleich die Gefangenen ...

Was war das? Niemand bei ihnen!

Wo waren die Menschen?

Der Anführer der Weißen wetzte verlegen mit den Füßen über den Boden und meldete, daß sie zwei Menschen gesehen hätten, dem Geruch nach einen Mann und ein Weibchen. Aber sie waren entkommen.

»Entkommen?« Wikkell stieß das Wort aus, als wäre es ein grauenvoller Fluch.

Ja, so war es. Sie hatten sich in Luft aufgelöst und waren im festen Fels verschwunden.

»Menschen verschwinden nicht im Fels«, widersprach der Zyklop.

»Dann können sie aber auf dem Wasser gehen, oder sie sind Magier«, meinte der Anführer der Weißen.

»Zeig mir die Stelle! Das will ich mit eigenen Augen sehen!«

»Reine Zeitverschwendung«, maulte der Weiße.

»Es ist meine Zeit, die ich verschwende«, erklärte der Zyklop. Und wenn die beiden entkommen sind, habe ich nicht mehr allzuviel Zeit zu leben, dachte er.

Dann folgte der Zyklop den Blinden Weißen.

Die Fledermaus setzte sich auf einen Felsvorsprung direkt vor Deek und kratzte sich mit den Zähnen am linken Flügel.

»W-as ist?«

»Schlechte Nachrichten«, teilte die Fledermaus dem

Riesenwurm mit. »Die beiden Menschen waren ein Mann und eine Frau. Das habe ich gehört, als ich die Blinden Weißen mit ihrer grauenvollen Sprache belauscht habe. Und jetzt sind sie verschwunden, einfach weg.«

Deek überlegte. Es war schlimm, daß er diesen Mann und die Frau nicht in seiner Gewalt hatte; aber es war auch gut, daß Einauge sie auch nicht hatte. Vielleicht bestand noch Aussicht auf Erfolg.

»G-gibt es n-noch einen and-deren W-weg z-zu d-der St-stelle, w-wo sie v-verschw-wunden s-sind?« Das war eine lange Rede für Deek, der jedes Wort auf dem felsigen Boden schaben mußte.

Die Fledermaus nickte.

»Z-zeig ihn m-mir!«

Katamay Rey lief ungeduldig in seinen Gemächern auf und ab und wartete auf die Meldung, daß der Mann gefangen sei. Dann wühlte er in seiner Kristallsammlung. Er suchte einen blauen Stein, durch welchen er mit Wikkell Verbindung aufnehmen konnte. Ja, er mußte den Zyklopen rufen und fragen, warum es so lange dauerte.

Wo war dieser verdammte Kristall?

Chuntha schäumte vor Wut. Deek hatte sich immer noch nicht gemeldet. Wo steckte der elende Wurm? Sie gab ihm noch eine Stunde; danach würde sie mit einem Traumzauber Kontakt mit dem Wurm aufnehmen. Sie freute sich schon so auf den Gefangenen, daß ihr das Warten beinahe unerträglich wurde.

Tulls Versteck war eine Grotte, die man erreichte, indem man eine rauhe Wand in einer großen Höhle hinaufkletterte. Der schmale Eingang war mit einem Fell verdeckt, auf dem Steine lagen, so daß sie vom Boden der Höhle aus kaum zu erkennen war.

Die Innenwände waren dicht mit Schwämmen bedeckt, welche dieses merkwürdige grüne Licht abgaben. Es war ungewöhnlich hell. Conan sah einen kleinen Tisch, den Tull aus Knochen gebaut hatte, die er mit Därmen zusammengebunden hatte. Darauf stand eine Schale, die aus einem Tierschädel gefertigt war. In einer Ecke lagen mehrere Felle, wohl die Schlafstelle. Dem Cimmerier fiel auf, daß die Felle große Ähnlichkeit mit denen aufwiesen, welche die Blinden Weißen trugen. So hatte Tull diese Tiere genannt. Außerdem gab es noch mehrere kleinere Felle, die in der Form irgendwie an Vögel erinnerten, aber graubraun wie Ratten waren.

»Der Ort heißt das Grotterium Negrotum«, sagte Tull. »Die Schwarzen Höhlen. Ich bin jetzt beinahe fünf Jahre hier, wenn ich mich nicht irre.«

»Und wie bist du hergekommen?« fragte Elashi.

»Ich fiel durch ein Loch oben im Boden.«

»Das kommt mir bekannt vor«, meinte sie.

»Und wer sind diese Ungeheuer, die uns angegriffen haben?« wollte Conan wissen.

»Das sind die Blinden Weißen. Sie stehen die meiste Zeit auf Reys Seite.«

»Rey?«

»Ja, es gibt hier unten zwei Herrscher: Der eine ist Katamay Rey, ein Zauberer. Er benutzt für seine Magie hauptsächlich Kristalle. Die andere ist die Hexe Chuntha. Ihre Magie hat mehr mit — äh ...« Verlegen schaute er Elashi an. »... Nun ja, mit intimen Dingen zu tun.«

»Intime Dinge?« fragte Elashi.

Tull machte eine unmißverständliche Geste. Conan grinste. Elashi funkelte ihn wütend an.

»Ja so ist es. Die beiden bekriegen sich erbittert, solange ich hier bin. Ich habe gehört, daß sie schon über hundert Jahre um die Herrschaft über das Höhlensystem kämpfen. Alle ursprünglichen Bewohner arbeiten für die beiden. Die Blinden Weißen, die ihr bereits kennengelernt habt, die Netzspinnerpflanzen, die Blutfledermäuse, Riesenwürmer und die buckligen Zyklopen. Manchmal wechseln allerdings einige die Seite.«

»Klingt wie ein zauberhafter Ort«, sagte Elashi ironisch. »Warum bleibst du hier?«

»Ich kann nicht weg. Die Würmer und die Zyklopen machen die Löcher zur Oberwelt schnell wieder dicht. In fünf Jahren habe ich noch keinen Fluchtweg entdeckt.«

Conan starrte Tull verblüfft an. Den Rest des Lebens hier unten in der Falle sitzen? Ein widerwärtiger Gedanke.

»Ach, ich komme zurecht«, fuhr Tull fort. »Bis jetzt hat niemand diese Grotte entdeckt, und die Weißen und die Fledermäuse schmecken gar nicht so übel, wenn man sich an den Geschmack gewöhnt hat.«

»Gibt es noch andere Menschen hier unten?«

Tull schüttelte den Kopf. »Ab und zu fällt einer durch eine der Fallen. Wenn Rey ihn in die Finger bekommt, macht er kurzen Prozeß. Fällt der Mann Chuntha in die Finger, ist der Tod sehr viel angenehmer — habe ich jedenfalls gesehen und gehört. Aber er stirbt auch schnell. Obwohl ich mich lieber von ihr fangen ließe, gehe ich beiden möglichst aus dem Weg.«

Conan mußte diese Neuigkeiten erst einmal verdauen. »Ich habe jedenfalls nicht vor, den Rest meines Lebens in diesem Loch zu verbringen«, erklärte er schließlich. »Wir müssen einen Weg zur Oberwelt finden.«

»Wie gesagt, ich suche schon fünf Jahre lang und habe keinen entdeckt.«

»Aber es *muß* einen Ausweg geben!«

»Du mußt aber sehr vorsichtig sein«, warnte Tull. »Die Weißen wissen, daß ihr hier seid, und dann weiß auch Rey Bescheid. Und wahrscheinlich weiß es dann auch Chuntha. Beide werden nach euch suchen.«

Conan schlug gegen den Schwertgriff. »Durchaus möglich, daß sie es bereuen, wenn sie mich finden«, sagte er ruhig.

Tull musterte Conans Schwert, dann die muskulösen Arme des Cimmeriers und nickte. »Schon möglich; aber wahrscheinlich wird es dir noch mehr leid tun. Aus einem Zyklopen kann man leicht zwei wie dich machen, und es gibt Hunderte. Und die dicken Würmer können einen Zyklopen zerquetschen.«

Conan und Elashi schauten sich an.

»Ich halte es für besser, wenn wir einen Weg nach oben suchen«, sagte Elashi.

Der Cimmerier schwieg, war aber insgeheim ganz ihrer Meinung. Hexen, Zauberer und höllische Höhlenungeheuer waren ganz und gar nicht nach seinem Geschmack. Je schneller sie diesen unheimlichen Ort verließen, desto lieber wäre es ihm.

Sechs

Der Harskeel war von der Größe des Höhlensystems sehr beeindruckt, seine Männer aber hatten Angst. Die Fackeln warfen ihr unstetes Licht auf die nassen Felswände, von denen ein unheimlicher grüner Schimmer ausging. Der Harskeel hatte es nicht so schwierig vorgestellt, Conan und die Frau hier unten zu finden. Aber es machte keinen Unterschied! Conan war der Richtige! Davon war der Harskeel immer überzeugter. Sobald er das Schwert des Barbaren hatte, konnte er mit dem Zauber beginnen, welcher diese verfluchte enge Verbindung wieder löste. Die Worte des Zauberspruchs waren in seiner Erinnerung wie mit einem glühenden Eisen eingebrannt.

Weiter vorn fluchte der Spurenleser laut.

»Was ist los?« rief der Harskeel.

»Ich habe wieder die Spur verloren, Mylord. Sieht aus, als wenn etwas hinterhergekommen wäre und alles verwischt hätte. Seht selbst!«

Der Spurenleser hielt die Fackel dicht über den Boden. Die Salzkrusten und der schleimige Belag waren verwischt, als hätte man seitwärts einen schweren Gegenstand darübergeschleift. Mit etwas Mühe konnte man eine Art weites S erkennen.

»Hast du je eine derartige Spur gesehen?« fragte der Harskeel.

Der Spurenleser schüttelte den Kopf. »Nein, Mylord, eigentlich nicht. In der Wüste habe ich einmal ein solches Muster gesehen. Das war die Spur einer Schlange. Aber hier gibt es keine so großen Schlangen.«

Das hoffst du, dachte der Harskeel. Ich hoffe das allerdings auch. Es wäre schwierig gewesen, Conan und seine Klinge aus dem Bauch einer Riesenschlange zu holen.

»Wir gehen weiter diesen Tunnel hinunter«, bestimmte der Harskeel.

Die Weißen waren Wikkell bis zum Wasserfall vorausgelaufen. Der Zyklop war daher allein, als ihn der Ruf seines Herrn und Meisters erreichte. Plötzlich wirbelte neben ihm eine purpurrote Lichtwolke auf. Dann hörte er ein Summen wie von einem riesigen Insekt. Wikkell blieb stehen, da er den Grund dieses Phänomens kannte.

Aus dem Purpurnebel ertönte Reys Stimme: »HAST DU DEN MANN, DEN ICH SUCHE?«

Wikkell schluckte heftig und wählte seine Worte sehr sorgfältig. »Ich bin gerade dabei, ihn abzuholen, Meister. Die Blinden Weißen haben ihn in einem entfernten Gang gestellt.«

»WIE LANGE WIRD ES DAUERN, BIS DU MIT IHM ZURÜCKKOMMST?«

»Das ist schwer zu sagen, Meister. Wie ich schon sagte, ist der Gang ziemlich weit entfernt und liegt in der Gegenrichtung zu deiner Residenz.«

»BEEIL DICH, WIKKELL! ICH HASSE ES, WENN MAN MICH WARTEN LÄSST.«

»Ich werde schnellstens zurückkehren, Meister.«

Der purpurne Nebel wurde blasser und verschwand wieder. Der Zyklop stand im grünlichen Licht der Schwämme an den Wänden. Er wollte wieder schlucken; aber sein Mund war wie ausgetrocknet. Er hatte mit der Lüge etwas Zeit geschunden ... Naja, eigentlich war es keine richtige Lüge, eher eine Übertreibung. Aber jetzt mußte er sich in der Tat beeilen, um Reys Auftrag auszuführen. Denn sonst ...

Vor den Augen des Zyklopen stieg das Bild auf, wie er sich in eine stinkende Pfütze verwandelte. Er beschleunigte seine Schritte.

Obgleich Deek hellwach war, hatte er einen Traum. Darin lag er Chuntha zu Füßen, die plötzlich zehnmal so groß wie sonst war. »Wo sind die Menschen, die du zu mir bringen solltest?« fragte sie ihn zornig.

Deek spürte, wie er die ölige Flüssigkeit absonderte, die bei seiner Spezies Schweiß bedeutete. »Ich b-bin n-noch n-nicht d-da, H-herrin. Es ist s-sehr w-weit.«

Chuntha wurde noch größer. Sie packte den Wurm und hob ihn hoch, als wäre er ein Winzling, der gerade aus dem Ei geschlüpft war. Dann hielt sie ihn in den Händen, wie sie es manchmal mit ihrem Zauberstab tat. Mit Leichtigkeit konnte sie ihn zu Brei zerdrücken. »Beeil dich, Deek! Ich werde langsam ungeduldig, und das willst du doch nicht, oder?«

Ohne einen trockenen Felsen konnte Deek kein Wort hervorbringen; aber nein, er wollte auf keinen Fall, daß Chuntha ungeduldig wurde. Ganz bestimmt nicht.

Deek wachte auf. Er schlängelte sich weiterhin durch den Tunnel. Die Fledermaus, sein Führer, flatterte immer noch vor ihm dahin. Hätte er gekonnt, hätte er tief geseufzt. Statt dessen vergrößerte er seine Geschwindigkeit.

Conan hatte Tulls Geschichte mit großem Interesse vernommen; aber er war nicht bereit, dieselbe Schlußfolgerung wie der alte Mann zu ziehen. Er wollte einen Weg nach oben finden. Am besten, er fing sogleich mit der Suche an. Das sagte er auch.

Zu seiner abermaligen Überraschung widersprach ihm Elashi nicht. »Ja«, sagte sie. »Je schneller wir aus diesen elenden Höhlen heraus sind, desto besser.«

Tull schüttelte den Kopf. »Ich halte dich zwar für verrückt, mein Junge; aber ich lasse dich nicht allein hier unten umherirren. Vielleicht schaffst du auch, was mir nicht gelang. Auf alle Fälle kannst du auf meine Klinge zählen.«

Conan grinste. Das war viel besser als tatenlos herumzusitzen und abzuwarten, was das Schicksal brachte. »Gut, dann laßt uns aufbrechen!«

Die drei verließen Tulls Grotte.

Wikkell stand vor dem Wasserfall. »Seid ihr sicher, daß sie dort entlang gegangen sind?«

Die Blinden Weißen bestätigten ihm diese Tatsache.

Der Zyklop dachte angestrengt nach. Wenn die Menschen diesen Weg weitergegangen waren, dann konnte er auch dort gehen. Er watete ins eiskalte Wasser. Das Ufer fiel steil ab, so daß ihm nach wenigen Schritten die Flut bis ans Kinn reichte. Das war zu tief, als daß die Menschen hätten hindurchwaten können. Vielleicht war es am Rand seichter ...?

In der Tat! Wikkell trat zur Seite. Hier war ein Felsband, und das Wasser ging ihm nur bis über die Knie. Allerdings war das Vorwärtskommen wegen des donnernden Wasserfalls nicht leicht. Vorsichtig setzte er einen Fuß nach dem anderen auf den schlüpfrigen Untergrund. Die Flüchtigen mußten auch so am Wasserfall vorbeigegangen sein.

Da rutschte Wikkell aus. Er wäre in den tiefen See gestürzt, wenn er nicht so mit den Armen gerudert hätte. Statt dessen fiel er in Richtung der Wasserkaskaden und ...

Und hindurch.

He, was ist das? dachte er, als er wieder aufstand. Der Wasserschleier hat eine Höhle und einen weiteren Tunnel verhüllt! Er drehte sich um und steckte den Kopf durch den Wasserfall.

»Hier entlang, ihr blinden Idioten!« schrie er. »Hier sind sie weitergelaufen.«

Deek lag in einer Bodenvertiefung und beobachtete, wie Einauge im Wasserfall verschwand und danach den Kopf wieder hindurchsteckte und den Blinden Weißen etwas zurief.

Nachdem die Weißen hinter dem Wasservorhang verschwunden waren, ließ sich die Fledermaus neben Deek nieder.

»H-hast d-du d-das g-gew-wußt?«

Die Fledermaus bestätigte sogleich, daß sie von der Höhle und dem Tunnel hinter dem Wasserfall wußte, denn dieser führte zu einer Bruthöhle der Blutfledermäuse.

»G-gibt es n-noch ein-nen and-deren W-weg d-dorth-hin?«

»Gewiß«, antwortete die Fledermaus. »Du glaubst doch nicht, daß wir jedesmal durchs Wasser fliegen, wenn wir dorthin wollen, oder?«

»B-bring m-mich h-hin!«

»Wie du willst«, meinte der Blutsauger. Offenbar langweilte ihn das Unternehmen allmählich.

Deek schöpfte wieder Hoffnung, als er sich hinter der hochnäsigen Fledermaus durch den Tunnel schlängelte. Da Einauge und die Weißen diesen Ausgang versperrten, konnten die Gesuchten hier nicht zurückkommen. Wenn er rechtzeitig ans andere Ende käme, konnte er sie gefangennehmen. Mit der Hilfe der Fledermäuse in der Bruthöhle müßte das eine leichte Sache sein.

»Was liegt am Ende dieses Tunnels?« fragte Conan.

Tull zeigte hinüber. »Dort ist die Höhle, wo die Fledermäuse brüten. Am anderen Ende stürzt der Wasserfall herab, wie du weißt.«

»Können wir uns an den Fledermäusen vorbeischleichen?« wollte Elashi wissen.

»Gewiß, Lady, wenn man ganz still ist. Wenn sie nicht brüten, schlafen sie meistens.«

»Dann gehen wir dorthin«, sagte der Cimmerier. Obwohl er ein so junger Mann war, schwang in seiner Stimme deutlich ein Befehlston mit. Es war alles gut und schön, wenn er mit Elashi herumalberte, solange sie allein durchs Gebirge marschierten; aber jetzt, da echte Gefahr drohte, hatte er keine Lust, sich mit ihr auf ein Wortgefecht einzulassen. Er spielte ihre Spiele nur so lange mit, wie es ihm Spaß machte.

Conan übernahm die Führung. Elashi und Tull folgten widerspruchslos.

Bis zur Bruthöhle brauchten sie keine Stunde. Kurz davor blieb Tull stehen und begann zu flüstern.

»Die Fledermäuse sehen nicht sehr gut«, erklärte er leise. »Aber sie spüren schnelle Bewegungen, langsame bemerken sie kaum. Wenn ihr glaubt, daß euch ein Tier sieht, bleibt stehen. Wahrscheinlich schläft es wieder ein, ohne euch zu belästigen.«

Conan nickte, Elashi ebenfalls, wie er feststellte.

»Da ist nur noch ein Haken«, fuhr Tull fort. »Sie riechen Blut meilenweit. Wenn ihr auch nur einen Kratzer habt, stürzen sie sich auf euch wie Fliegen auf das Aas — Entschuldigung, Lady, ich wollte Euch nicht beleidigen —, und dann ergeht es euch schlecht.

Vier oder fünf können einen Weißen in einer Minute leersaugen, und es dürften mehrere hundert von der Decke und an den Wänden hängen. Seid vorsichtig, daß ihr euch nicht an einem scharfen Stein ritzt.«

Conan zog das Schwert.

»Das hilft dir nichts«, erklärte Tull. »Nicht, wenn dich Hunderte auf einmal angreifen.«

»Vielleicht nicht«, erwiderte der junge Barbar. »Aber wenn sie mein Blut trinken wollen, müssen sie mit ihrem dafür teuer bezahlen.«

Tull zog es vor, nichts mehr zu sagen. Unter Conans Führung marschierten sie weiter.

Wikkell fragte: »Weißt du, wohin dieser Tunnel führt?« Bevor die Weißen losschnatterten, war er sich bewußt, wie dumm diese Frage war. Selbstverständlich wußten sie es nicht! Bis er ihnen den Weg gezeigt hatte, wußten sie nichts von der Existenz dieses Gangs. Nun, er würde bald selbst herausfinden, wo der Tunnel endete.

»W-wie l-lange n-noch?«

»Wir sind gleich da«, versicherte ihm die Fledermaus. »Kannst du den herrlichen Duft der Bruthöhle noch nicht riechen?«

Deek hatte den ekligen Gestank schon bemerkt, der ihnen entgegenschlug, aber zum Glück hatte er sich nicht darüber beschwert.

»Die Schleifspur geht dort weiter, Mylord.«

Der Harskeel nickte. Er hatte das sichere Gefühl, daß ihn diese Spur zu Conan führte. »Folgt ihr!« befahl er.

Die Fledermäuse waren größer, als Conan erwartet hatte. Sie hingen von Vorsprüngen in der Decke und an den Wänden. Dabei hatten sie sich in ihre Hautflügel gewickelt, so daß sie riesigen, flachgesichtigen, schwanzlosen Ratten ähnelten. Ab und zu war ein Paar eng vereint; aber die meisten baumelten nur still und stumm.

Langsam bewegten sich die drei durch die Höhle. Überall lagen große Steine, über die man leicht stolperte. Außerdem ragten spitze Stalagmiten wie riesige Krallen empor und warteten nur darauf, daß sich ein unvorsichtiges Opfer darin verfing.

Aus der Höhle führten mehrere Ausgänge hinaus. Einige Öffnungen befanden sich in den grünlich schimmernden Wänden. Unmittelbar von dem Eingang, durch welchen Conan und seine Gefährten gekommen waren, lagen drei solcher Ausgänge. Der Cimmerier steuerte den in der Mitte an. Tull hatte gesagt, daß dieser Tunnel der längste und größte Gang des Systems war, in welchem es auch viele Verstecke gab, falls jemand oder *etwas* zufällig käme.

Die drei hatten bereits die halbe Strecke zurückgelegt. Die Fledermäuse schliefen ruhig. Da gab es plötzlich Ärger! Und wie üblich kam ein Unglück selten allein.

Eine rauhe Stimme hinter ihnen rief: »Da sind sie! Ergreift sie!«

Der Cimmerier fuhr mit gezücktem Schwert herum. Eine Horde Blinder Weißer kam schnatternd durch den Eingang. Dahinter folgte eine Kreatur, wie Conan sie noch nie gesehen hatte. Das Ding war anderthalbmal so groß wie er, hatte einen Buckel und nur ein einziges rosarotes Auge. Knurrend und mit ausgestreckten Armen schob es sich an den Weißen vorbei.

In diesem Augenblick stolperte der Anführer der Weißen über einen Stein und fiel so unglücklich, daß er sich an einem der Stalagmiten aufspießte.

Wenn das Geschnatter der Weißen und der Ruf des Zyklopen die Fledermäuse nicht geweckt hatte, dann aber der Blutstrom aus dem ungeschickten Weißen! Im Nu waren alle hellwach.

Aber es kam noch schlimmer! Conan hörte, wie Tull hinter ihm fluchte. Der Cimmerier warf einen Blick zurück. Da flatterte eine einzelne Fledermaus aus einem anderen Tunnel. Ihr folgte — Crom! — ein widerwärtiger blasser Wurm, dick wie ein großes Faß. Das Ungeheuer schlängelte sich auf die drei Menschen zu. Offenbar hatte es seine eigenen teuflischen Pläne mit ihnen.

Als sich die Fledermäuse wild kreischend herabstürzten, hoben die Blinden Weißen Steine auf und warfen sie auf die Blutsauger. Obwohl sie nur nach dem Gehör warfen, trafen sie ebenso genau, als hätten sie Augen. Getroffene Fledermäuse fielen zu Boden.

»Die Menschen! Packt die Menschen!« brüllte der Zyklop. Aber die Weißen hörten nicht auf den Einäugigen.

Eine Fledermaus flog zu Conan. Blitzschnell schlug der Cimmerier ihr einen Flügel ab. Gellend kreischend drehte die Fledermaus ab.

»Dort ist er!« Das war eine neue Stimme.

Conan blickte umher. Woher kam diese Bedrohung? Hinter dem weißen Riesenwurm tauchten jetzt sieben oder acht Männer mit Piken und Fackeln auf. Conan wußte sofort, um wen es sich handelte, noch ehe ihr Anführer, der Harskeel, in Erscheinung trat.

Auch die Fledermäuse hatten die neuen Eindringlinge bemerkt und schienen keineswegs erfreut, daß ihre Brutplätze gestört wurden. Mehrere Dutzend stürzten sich auf den Harskeel und seine Männer. Diese stießen mit den kurzen Piken wild um sich; aber sie richteten wenig aus.

Fledermäuse kreischten, Blinde Weiße schnatterten, Der Harskeel und seine Männer schrien, der Zyklop brüllte Befehle, und der Riesenwurm kratzte mit dem Bauch über den Boden. In der Höhle herrschte ein Höllenlärm.

»Komm, wir verziehen uns!« rief Tull dem Cimmerier zu, der gerade einer Fledermaus den Kopf abschlug.

Nochmals schwang Conan die Klinge, verfehlte aber den nächsten Blutsauger.

»Ja, die Idee ist hervorragend!«

Sieben

Die Fledermaushöhle zu verlassen, war leichter gesagt als getan. Conan erschlug noch eine Fledermaus, als ihn etwas von hinten ansprang. Wütend fuhr er herum und schleuderte einen Blinden Weißen zu Boden. Elashi gab dem Biest mit einem Schwertstoß den Rest. Blut schoß hervor.

»Hierher!« rief Tull.

Elashi und Conan folgten ihm. Allerdings mußten sie aufpassen, daß sie auf dem glitschigen Boden nicht ausrutschten.

Da stürmte einer der Bewaffneten auf sie zu schwenkte seine Pike. »Halt!« rief er. Doch dann hatten ihn eine Fledermaus und ein Weißer gleichzeitig gepackt.

Der riesige Zyklop brüllte wütend und fegte mit seinen mächtigen Fäusten Menschen, Weiße und Fledermäuse beiseite, die so töricht waren, ihm in die Quere zu kommen.

Links vom Cimmerier kroch ein Riesenwurm näher und erschlug mehrere Weiße mit dem Körperende, das wohl der Schwanz war. Erstaunt sah Conan, wie blitzschnell diese Waffe eingesetzt wurde. Die affenähnlichen Weißen wurden wie Puppen weggefegt oder zermalmt.

Conan erschlug wieder eine Fledermaus in der Luft, so daß ihr Blut Elashi ins Gesicht spritzte. »Paß doch auf!« schrie sie ihn an.

»Kommt mit!« rief Tull.

Der Cimmerier und die Tochter der Wüste liefen rasch durch eine plötzliche Bresche in den Reihen der Angreifer zu dem Tunneleingang, wo Tull stand. Im nächsten Augenblick hatten sie die Höhle verlassen.

Während sie den Gang hinuntereilten, fragte Conan: »Wohin laufen wir eigentlich?«

»Spielt das eine Rolle?« keuchte Elashi. »Hauptsache, weg von dieser Höhle.«

»Dieser Tunnel hat viele Abzweigungen und Windungen«, erklärte Tull schwer atmend. »Da können wir die Verfolger leicht abschütteln.«

»Vielleicht verfolgt uns niemand«, sagte Elashi.

»Das ist Wunschdenken, mein Kind. Offenbar sind alle Höhlenbewohner hinter dir und diesem jungen Hünen her.«

»Ja, ist das nicht großartig«, meinte Elashi.

Der Harskeel war bereit, alle seine Männer zu opfern, wenn er nur Conan bekam; aber es war sinnlos, sie abschlachten zu lassen, ohne dieses Ziel zu erreichen.

Der Tunnel, in den Conan, die junge Frau und der alte Mann — wer war er eigentlich? — geflohen waren, lag auf der anderen Seite der Höhle, in der es von Ungeheuern wimmelte, die alles vernichten wollten. Der Harskeel hielt es für besser, sich zurückzuziehen und seine Energie für eine spätere Verfolgung zu bewahren.

»Zu mir!« rief er.

Nur vier Soldaten konnten der Aufforderung Folge leisten. Der Harskeel führte sie mit blutigem Schwert in der Hand zum nächsten Ausgang. Dabei nahm er noch eine verwundete Fledermaus mit. Falls diese sprechen konnte, wollte er sie verhören.

Wikkell stand schweratmend vor dem Riesenwurm. »Ruf deine Fledermäuse zurück!« befahl er.

Deek suchte sich einen trockenen Felsen und schabte als Antwort: »D-dann m-müssen d-deine W-weißen auch aufh-hören!«

Zyklop und Wurm funkelten sich wütend an.

»Du hast sie entkommen lassen!«

»Ich? D-u!«

Hinter Wikkell schrie ein Weißer laut auf und wehrte sich gegen drei Fledermäuse, die ihre Saugrüssel in ihn gesteckt hatten.

»Während wir hier herumstehen und streiten, laufen die drei weiter in die Tunnel hinein. Vielleicht können wir ein Abkommen treffen? Laß uns zusammenarbeiten. Schließlich sind es drei Menschen. Wir können sie aufteilen, wenn wir sie haben. Sie sehen doch alle gleich aus. Wer würde es merken?«

Deek dachte über diesen Vorschlag kurz nach. Ja, es wäre besser, Einauge da zu haben, wo er ihn sehen konnte. Und die Idee war gar nicht übel. Natürlich hatte er nicht die Absicht zu teilen, wenn sie die drei hatten. »Einv-verst-standen.«

Wikkell unterdrückte ein Lächeln. Sobald sie die Menschen hatten, konnte er dem Wurm mit einem Stein den Kopf zerschmettern. Damit wäre das Problem endgültig gelöst. Bis dahin war es besser, ein Auge auf den Hexenknecht zu haben.

»Dann komm!« sagte der Zyklop.

»W-was ist m-mit d-deinen W-weißen?«

Wikkell schaute umher. Die meisten Blinden Weißen waren tot. Nur wenige warfen noch Steine auf die herumflatternden Fledermäuse.

»Die können deine Fledermäuse haben. Bis jetzt waren sie mir nur im Weg.«

»W-wie b-bei m-mir die F-flederm-mäuse.«

Deek bewegte sich schnell, aber mit erhöhter Vorsicht voran. Er traute dem Einauge nur so weit, wie er fliegen konnte. In anderen Worten: überhaupt nicht.

Zyklop und Riesenwurm verschwanden im Tunnel.

Rey platzte in seinen Gemächern fast vor Ungeduld.

Chuntha lag im Bett. Ihre Wut darüber, daß Deek sie warten ließ, wuchs so schnell wie ein Bitterschwamm.

»Welchen nehmen wir jetzt?« fragte Conan. Vor ihnen gabelte sich der Weg in drei Gänge.

Tull strich sich durch den Bart. »Ich weiß nicht«, antwortete er. »Bis hierher bin ich noch nie gekommen.«

»Im Grunde ist es doch gleichgültig, welchen Tunnel wir nehmen«, meinte Elashi. »Warum nicht den in der Mitte?«

Ehe einer der Männer antworten konnte, war die

Tochter der Wüste schon in den von ihr gewählten Gang hineingelaufen. Tull hob fragend die Braue und schaute den Cimmerier an.

Conan zuckte mit den Schultern. »So ist sie nun einmal! Ich habe festgestellt, daß es besser ist, nicht mit ihr zu streiten. Man spart dadurch viel Zeit.«

Dann folgten die Männer Elashi.

»Lauf etwas langsamer!« rief Conan Elashi zu. Sie war ungefähr zehn Spannen vor dem Cimmerier und rannte, so schnell sie konnte.

»Kannst du nicht mithalten, Conan?« rief sie zurück.

»Nein, es ist nur ...«

Elashis Schrei unterbrach seine Worte. Plötzlich war sie verschwunden. Dann hörte man Wasser spritzen. Conan lief schneller zu dem nassen Felsstück, wo die Tochter der Wüste verschwunden war.

Plötzlich stand er auf einem Vorsprung und blickte in die größte Höhle, die er bis jetzt gesehen hatte. Er konnte das andere Ufer des unterirdischen Sees nicht erkennen, da der grüne Schein der Schwämme mit der Entfernung schwächer wurde. Die Wasseroberfläche wurde von der Decke der Höhle erleuchtet, welche über zehn Spannen hoch war.

Dicht unter dem Cimmerier tauchte Elashi aus dem Wasser auf. Es reichte ihr nur bis an die Hüften. Conan grinste. »Ich kann mit dir jederzeit mithalten. Es ist nur so, daß wir diese Tunnel nicht kennen und daher jederzeit auf etwas Unerwartetes stoßen können.«

»Ich hasse dich!« schrie Elashi.

Jetzt kam auch Tull angerannt. Beinahe wäre er in den See gestürzt, weil er auf dem glitschigen Boden nicht so schnell anhalten konnte. Der kräftige Arm Conans bewahrte ihn vor dem Bad.

»Vorsichtig!« riet ihm Conan.

Tull nickte und schöpfte Atem. »Das Sonnenlose Meer.«

»Du kennst diesen Ort?«

»Ich habe das Meer von einem anderen Punkt aus schon einmal gesehen.« Dann wandte sich Tull an Elashi. »Komm lieber aus dem Wasser, Mädchen. Da unten leben alle möglichen Kreaturen und ...«

Tull brauchte den Satz nicht zu Ende zu sprechen. Elashi verließ in Panik das Wasser. Links von Conan lag ein schmaler Uferstreifen. Vom Ende des Tunnels führte ein schmales Felsband dorthin. Conan und Tull kletterten vorsichtig hinab, wo Elashi bereits wartete.

Dann zog die Tochter der Wüste die nassen Kleider aus.

»Gib mir deinen Umhang!« bat sie Conan. Um seine Mundwinkel zuckte es, als er ihr das Kleidungsstück gab. Der Fall ins kalte Wasser geschah ihr recht; aber er hütete sich, das laut zu sagen. Elashi wickelte sich in den Umhang, der allerdings auch nicht viel trockener war als sie.

»Und was hat es für eine Bewandtnis mit diesem Meer?« fragte Conan.

»Ich weiß nur wenig darüber«, antwortete Tull. »Eigentlich ist es ein riesiger See, denn das Wasser ist nicht salzhaltig. Hier wird er weiter, wie ihr selbst sehen könnt. An anderen Stellen verengt er sich. Angeblich erstreckt er sich viele Meilen weit. Das habe ich von einem Weißen erfahren, den ich einmal gefangen habe.«

»Sprich weiter!«

»Niemand weiß genau, wo der See endet; aber es könnte sein, daß er irgendwo auf der Oberfläche mündet.«

Conan betrachtete nachdenklich das stille Wasser. »Das wäre Grund genug, ihm zu folgen.«

»Ja, wenn wir ein Schiff und Galeerensklaven hätten«, warf Elashi sarkastisch ein.

»Ein Schiff wäre möglich«, meinte Tull ruhig. »Nun, so eine Art Schiff.«

»Wie?« fragte Conan.

»Es gibt im See alle möglichen Lebewesen. Darunter auch einen riesigen Fisch mit Bart. Er soll so groß wie ein Haus sein, wenn man den Weißen glaubt.«

»Na und?«

»Ich habe in meiner Jugend sehr viel in den Flüssen im Westen gefischt«, erklärte Tull. »Diese Grundfische haben eine ziemlich große luftgefüllte Blase. Wenn die Tiere tot sind, treiben sie noch eine Zeitlang an der Wasseroberfläche. Wir könnten aus einem solchen Fisch eine Art Floß machen. Die Paddel bauen wir aus den Flossen und großen Gräten.«

»Klingt ja gut und schön; aber wie fangen wir so einen Monsterfisch?« fragte Elashi.

»Wir haben eure Schwerter und meinen Dolch«, antwortete Tull. »Ein sicherer Stoß an der richtigen Stelle tötet ihn.«

»Und wie sollen wir den Fisch an die Stelle locken, wo wir ihn töten können?« bohrte Elashi nach. »Wir haben keinen Köder.«

Conan und Tull wechselten einen raschen Blick, dann grinsten beide und blickten Elashi an.

Man konnte der Tochter der Wüste vieles vorwerfen; aber bestimmt nicht, daß ihr Verstand langsam arbeitete. »Ha! Ihr seid ja vollkommen verrückt!«

»Die andere Möglichkeit ist, daß wir hierbleiben und mit Würmern, Fledermäusen, Blinden Weißen und Zyklopen kämpfen«, erklärte Conan. »Ganz zu schweigen von dem Zauberer und der Hexe.«

»Dann soll einer von *euch* den Köder spielen!«

Tull schüttelte den Kopf. »Ich bin Fischer und muß nach dem Ungeheuer Ausschau halten.«

»Und ich kann besser mit dem Schwert umgehen als du mit deinem«, erklärte der Cimmerier. »Glaubst du etwa, daß du mit dieser Nadel, die du hast, einen Fisch töten kannst, der so groß wie ein Haus ist?«

»Ich denke nicht daran, den Köder abzugeben«, erwiderte Elashi trotzig. »Ihr habt ja den Rest eures winzigen Verstands verloren!«

Tull zeichnete die Umrisse eines Fisches in den nassen Ufersand. »Dorthin mußt du die Klinge hineinstoßen«, erklärte er und zeigte auf eine Stelle direkt hinter dem Kopf. »Und zwar mit diesem Winkel. Dann zerschneidest du den Hauptnerv hier im Rückgrat.«

Conan nickte.

»Das Fleisch ist weich, die Gräten auch; aber du mußt kräftig zustoßen, am besten bis zum Schwertgriff.«

Wieder nickte Conan.

Tull stand auf und wischte sich den Sand von den Händen. »Dort vorn ist ein Platz, der mir geeignet erscheint. Siehst du die Felsspitze, die aus dem Wasser ragt?«

»Ja, ich sehe sie.«

»Wenn das Mädchen im tiefen Wasser darunter schwimmt, hast du oben die richtige Position, um den Fisch zu erledigen, wenn er vorbeikommt.«

Elashi lächelte spöttisch. »Ach, wie schade! Ich würde ja ganz gern bei diesem verrückten Plan mitmachen; aber ich kann leider nicht schwimmen. Frag

Conan! Er weiß das. Damit ist euer schöner Plan gestorben.«

»Du brauchst nicht zu schwimmen«, erwiderte Tull ungerührt. »Du hängst von der Felsspitze. Wir zerschneiden den Umhang und machen daraus eine Schaukel.«

»Aber — aber ...«, fing sie an.

»Damit sind deine Bedenken beseitigt«, erklärte Conan.

In weniger als einer Stunde hatten sie die Schaukel hergestellt, und Elashi saß darin. Nur ihre Füße berührten die Wasseroberfläche. Tull forderte sie auf, damit zu plätschern, damit das Wasser bewegt würde. Über ihr stand Conan und hielt das Schwert mit beiden Händen, die Spitze nach unten gerichtet.

»Wenn du zuläßt, daß der Fisch mich frißt, werde ich dir das nie verzeihen, Conan. Ich werde dich zehntausend Jahre lang erbarmungslos in den Grauen Ländern verfolgen und mich rächen. Das schwöre ich dir.«

Conan fand diese Vorstellung sehr unangenehm. Es war in der Tat eine Höllenqual, in alle Ewigkeit unter der bösen Zunge einer Frau zu leiden. Aber Crom würde einen Mann doch nicht so furchtbar bestrafen, oder?

»Seht!« rief Tull und deutete mit der Hand aufs Wasser.

Wellengekräusel schob sich näher. »Ich sehe keinen Fisch.«

»Aber du siehst die Spur. Gleich muß er dichter an die Oberfläche kommen. Warte ... Da jetzt!«

Eine schlanke spitze Flosse tauchte auf.

»Die Rückenflosse!« rief Tull. »Halt dich bereit,

mein Junge!« Dann sagte er zu Elashi. »Ich hole dich hoch, wenn er nahe genug ist.«

»Das rate ich dir auch«, antwortete Elashi.

»Bei Mitra! Das ist ein großer Bursche«, erklärte Tull beinahe ehrfürchtig. »Damit könnte man ein ganzes Dorf einen Monat lang ernähren.«

»Solltest du mich jetzt nicht hochziehen?«

»Noch einen Augenblick! Conan?«

»Ich bin bereit.« Der Cimmerier holte tief Luft und packte das Schwert fester. Da kam der Fisch, jetzt war er ganz nahe, noch näher ...

»Jetzt geht's nach oben, Mädchen!« Tull zog an den beiden provisorischen Seilen aus Stoff. Elashi kam einige Spannen weit ...

... dann riß der linke Strick. Mit schrillem Schrei klammerte sich Elashi an das rechte Seil. Beinahe hätte sie Tull hinabgerissen.

»Bei Mitras Hintern!« brüllte Tull. Dann zog er Elashi hoch, aber zu langsam. In der nächsten Sekunde mußte der Fisch sie erreicht haben und ...

Elashi kletterte wie ein Affe an dem Seil hinauf und sank neben Tull nieder, als der Riesenfisch die Stelle erreichte, wo sie soeben noch gehangen hatte.

Mit einem gewaltigen Satz sprang der junge Barbar auf den Rücken des Fischs. Breitbeinig stand er da und stieß das Schwert mit aller Kraft nach unten. Seine Muskeln wölbten sich an Armen, Schultern und Brust, als der Stahl bis zum Griff im weichen Fleisch versank. Dann gelang ihm sogar ein Lächeln. Eigentlich war es doch ganz einfach gewesen.

Der Fisch bäumte sich auf wie ein scheuendes Pferd und warf den Cimmerier in hohem Bogen ins Wasser. Als Conan wieder auftauchte, peitschte die mächtige Schwanzflosse des verwundeten Fischs direkt neben ihm auf die Oberfläche. Der Hüne wurde von den Wellen wie Treibholz fortgeschleudert.

Dann schwamm Conan schnell zum Felsen zurück. In Windeseile kletterte er zu Tull und Elashi hinauf.

Der Kampf des Fischs wurde schwächer. Conans Streich hatte das Ziel getroffen. Nach wenigen Minuten drehte sich der Riesenfisch auf die Seite und trieb nun tot auf der Seeoberfläche. Von den silbrigen Schuppen, groß wie Servierbretter, lief das Wasser hinab.

Conan lächelte Elashi an. »Siehst du? Das ist unser Boot.«

Elashi rümpfte die Nase. »Der Gestank ist jetzt schon ekelhaft. In ein paar Tagen stinkt der bis ans Ende der Welt.«

Conan und Tull schauten sich an. Manche Leute waren eben mit nichts zufrieden. Gib ihnen eine Truhe voll Gold, und sie beschweren sich über das Gewicht, das sie schleppen müssen.

Acht

»Wir h-haben s-sie!« schabte Deek. Wikkell und er hatten eine Pause gemacht, damit der Wurm sprechen konnte. Schaben und gleichzeitig vorwärtsschlängeln war für Deeks Spezies unmöglich.

»Wieso? Ich sehe niemanden außer uns.«

»D-dies-ser T-tunnel f-führt z-zum S-s-son-nenlosen M-meer.«

»Aha.« Obwohl der Zyklop in diesem Teil des riesigen Höhlensystems nicht oft gewesen war, hatte er von dem unterirdischen See gehört. »Dann sitzen sie in der Falle.«

»B-bes-stimmt.«

»Wir können jetzt langsamer gehen. Ich bin sicher, daß wir beide drei Menschen überwältigen können.«

»B-bes-stimmt«, pflichtete ihm Deek bei.

Die Reichweite von Reys Kommunikationszauber war begrenzt. Entweder war Wikkell außerhalb des magischen Bereichs oder tot. Allerdings hielt Rey letzteres für wenig wahrscheinlich. Wie dem auch war, der Zauberer sah seine Pläne bedroht. Wenn der Mann irgendwie dem Zyklopen entwischt war und dieser ihn jetzt außerhalb der Reichweite verfolgte, war das nicht gut. Wenn Wikkell irgendwie verletzt war und den Ruf seines Meisters nicht beantworten konnte, war das auch nicht gut. Keinen Augenblick lang zog der Zauberer in Erwägung, daß der Zyklop einfach den Ruf ignorierte.

Katamay Rey ging zu der Truhe mit magischen Hilfsmitteln und wühlte darin. Es half alles nichts: Er mußte ein paar Sachen zusammenpacken und sich selbst auf die Suche nach dem Barbaren und Wikkell machen.

Verdammt! Warum mußte er immer *alles*, was irgendwie wichtig war, selbst tun?

Chunthas Geduld war zu Ende. Dieser kriechende Knecht war außerhalb der Reichweite des Traumzaubers. Sensha sollte ihn holen! Was Deek wohl zugestoßen war? Der Mann — dieser große, starke, gutaussehende *Mann* — durfte ihr unter keinen Umständen entgehen. Sie lag auf dem Bett und wies diesen Gedanken entsetzt von sich.

Nein, das durfte nicht geschehen.

Die Hexe seufzte. Inzwischen hätte sie wirklich lernen müssen, daß es falsch war, einen Wurm zu schikken, um die Arbeit einer Hexe zu tun. Es hatte so einfach ausgesehen. Deek sollte den Mann nur herbringen. Aber nein, bei dem Haarbusch der Dämonin Sensha! Das launische Schicksal wollte ihr das Vergnügen nicht gönnen. Oder hatte der Zauberer die Hand im Spiel? Ein unangenehmer Gedanke.

Die nackte Hexe erhob sich von ihrem Lager, um einige magische Hilfsmittel zusammenzusuchen. Na schön! Sie war schließlich nicht immer eine Herrscherin gewesen, die sich am heimischen Herd aufhielt. Sie würde eben den Mann eigenhändig holen. Und falls Deek lebte und in einem Stück war, würde er für die Mühe, die er ihr machte, bitter büßen!

Der Blinde Weiße antwortete auf die Fragen des Harskeels in einer Sprache, die dem Schnattern eines mißhandelten Affen ähnelte. Zum Glück kannte einer seiner Soldaten einen Bergdialekt, der verwandt genug war, um den ungefähren Sinn der Antworten der Kreatur zu verstehen.

»Ich bin nur an diesem Conan interessiert«, sagte der Harskeel. »Frag ihn, wo der Mann ist!«

Der Soldat gehorchte.

Der Weiße schnatterte aufgeregt.

»Mylord, er sagt, daß da ein sehr großer Mann war und daß seine Brüder und er ihn fangen sollten.«

»Frag ihn, wer sie geschickt hat!«

Wieder wildes Schnattern und Kreischen.

»Er sagt, daß er für das einäugige Monster arbeitet und daß dieses für den Zauberer arbeitet, der über die Höhlen hier unten herrscht.«

Der Harskeel schüttelte den Kopf. Es war eine üble

Sache, einem Zauberer in die Quere zu kommen. Aber es half nichts, er mußte Conan haben.

Nachdem sie von dem weißen Ding alles erfahren hatten, was der Harskeel für wichtig hielt, zog er das Schwert und köpfte den Blinden Weißen.

Damit war die Sache erledigt.

Der Harskeel marschierte an der Spitze seiner wenigen Männer weiter.

Mit seinem Schwert und Tulls Dolch schlug der Cimmerier mehrere Mulden und Stufen aus dem toten Fisch heraus. Dann banden sie die Flossen an zwei große Gräten und hatten zwei durchaus brauchbare Paddel, mit denen sie das einst lebende Boot antreiben konnten. Conan schnitt noch einige kleinere Stükke als Proviant heraus, obwohl er und Elashi sich aus rohem Fisch nicht viel machten.

»Wartet mal!« bat Tull.

Dann kletterte er von der Seite des Fisches — die jetzt sozusagen das Deck ihres Wasserfahrzeugs war — und watete ans Ufer. Gleich darauf kehrte er mit gelblichen Schwämmen zurück, die er an der Basis der Felswand gepflückt hatte. Er nahm ein handgroßes Stück Fisch und preßte den Schwamm darüber aus. Der Saft tropfte auf den Fisch. Sofort färbte sich der Fisch ganz weiß.

Conan schnupperte. Der Saft roch sehr scharf. »Riecht aber seltsam«, meinte er.

»Ja, aber der Saft dieser Fliegenpilzart ist harmlos«, antwortete Tull. »Man kann damit den Fisch ›kochen‹. In wenigen Minuten schmeckt er wie im Ofen gebakken.«

Conan traute den Pilzen nicht so recht; aber der Geschmack des Fisches beendete seine Zweifel. Er schmeckte einfach köstlich! Da er und Elashi seit geraumer Zeit nichts mehr gegessen hatten, stopften sie sich genüßlich den Bauch voll.

Als Conan endlich satt war, sagte er: »Wahrscheinlich wäre es zuviel verlangt, daß ein anderer Schwamm Wein von sich gibt, oder?«

Tull lachte. »Ich wünschte, es wäre so, mein Junge; aber leider nein! Es gibt Pilze, welche dir Halluzinationen vorgaukeln; aber sie schmecken schlecht, und manchmal kommt das Kotzen schneller als ein schöner Traum.«

»Vielen Dank, lieber nicht«, meinte Conan.

Elashi kletterte die Stufen hinab, welche Conan in den toten Fisch gehauen hatte, und wusch sich die Hände im See. Dabei beeilte sie sich, weil sie an die vielen unheimlichen Wesen dachte, die nach Tulls Worten dort angeblich lebten.

Dann stieg sie wieder herauf und nahm in einer Mulde Platz. Conan und Tull saßen ebenfalls bereit und verdauten das köstliche Mahl. »Fangen wir jetzt mit unserer abenteuerlichen Seereise an?« fragte sie.

Conan nickte und streckte sich. »Ja, warum nicht?« Er schwang die kräftigen Arme, um die Muskeln zu lockern.

Dann ergriff er ein Paddel, Tull nahm das andere. Beide Männer blickten sich an, dann tauchten sie die Paddel ein.

Langsam setzte sich der tote Fisch in Bewegung.

Es gab bessere Schiffe, zugegeben. Aber nachdem der Fisch in Schwung gekommen war, glitt er ziemlich leicht durchs Wasser. Offenbar gab es keine Strömungen, die ihren Kurs gefährdeten. Es tauchten auch keine Meeresungeheuer aus der Tiefe auf.

Schon bald war die Stelle, von der sie ausgelaufen waren, in der Dunkelheit verschwunden. Die Decke der Höhle senkte sich, dann wurde sie wieder höher. Manchmal sahen sie nicht die Felswände der Ufer. Es war wie eine Fahrt auf einem mondbeschienenen See oben auf der Erde. Allerdings war das Licht hier grün, und keine Brise, kein Summen von Insekten störten die Stille. Man hörte nur das Plätschern der Paddel und ab und zu ein Grollen in den Eingeweiden des toten Fisches.

Conan kannte mehrere Orte, wo es ihm besser gefallen hatte als hier; aber im großen und ganzen hätte ihr Schicksal auch viel schlimmer verlaufen können. Er hatte gute Gefährten, einen vollen Bauch und konnte sich frei bewegen. Das scharfe Schwert steckte in der Scheide, und sie brauchten in absehbarer Zeit keinen Hunger zu leiden. Nun gut, Crom hatte ihnen keine vergoldete Prachtgaleere geschenkt; aber sie kamen mit diesem Boot auch voran. Vor allem waren sie im Augenblick vor jeder Verfolgung sicher. Wenn jemand hinterherschwimmen sollte, würde er bald im Bauch eines Ungeheuers landen, das mit dem unter Conans Füßen verwandt war. Diese Vorstellung behagte dem Cimmerier. Durch das Paddeln waren seine Muskeln angenehm warm, leichter Schweiß stand ihm auf der Stirn. Ein Mann konnte es schlechter treffen!

Und die Zukunft? Nun, darüber grübelte er jetzt nicht nach. Es war besser, für den Augenblick zu leben und sich mit der Zukunft zu befassen, wenn diese da war; denn sonst verbrachte man vielleicht das ganze Leben damit, sich Sorgen um Dinge zu machen, welche nie eintraten. Derartige Gedanken waren reine Zeitverschwendung. Selbst die Fahrt über einen stillen riesigen See, tief im Schoß der Erde, war eine große Verbesserung ihrer Lage im Vergleich zu jener vor wenigen Stunden. Er lebte noch, und das war die wichtigste Tatsache. Alles andere würde sich schon finden.

Lächelnd tauchte Conan das Paddel ins tiefe Wasser.

»G-gleich s-sind w-wir am S-son-nenlosen M-meer«, schabte Deek leise.

Wikkell nickte. Er nahm an, daß der Wurm mit den Körperteilen, welche zum Sehen geschaffen waren, diese Bewegung erkennen konnte. Dann streckte er die Finger und marschierte weiter.

»V-vorsicht! D-da ist es-s s-sehr st-steil!«

Deeks Warnung war unnötig. Der Zyklop stand am Rand der Felskante und blickte aufs stille Wasser hinab. Schnell ließ er seine Augen von rechts nach links schweifen und suchte das Ufer ab.

»Ich sehe sie nirgends.«

»Unm-mög-glich!« Deek schob sich vor und pendelte mit dem Kopf nach allen Seiten.

»Nur ein vollkommener Idiot schwämme da drin«, erklärte Wikkell. »Meinst du, daß sie ein Boot haben?«

»Unw-wahrs-scheinlich«, antwortete der Wurm.

»Aber wenn sie nicht hineingesprungen und ertrunken sind, müssen sie irgendein Beförderungsmittel haben.«

»S-stimmt! S-schau mal!«

Wikkell drehte den Kopf in die Richtung, in welche Deek ›zeigte‹. Er sah mehrere große Gräten und Stofffetzen am Ufer herumliegen. Schnell kletterte er hinunter. Deek folgte ihm.

Bei genauerer Untersuchung stellte der Zyklop fest,

daß er recht gehabt hatte. Teile größerer Fischgräten und Fetzen aus dickem Stoff.

»Irgendwie haben die drei ein Boot gebaut. Woraus, wüßte ich nur zu gern. Bei Sets schwarzen Schuppen!«

Deek begab sich vom sandigen Ufer auf einen härteren Untergrund, wo er sich verständlich machen konnte. »W-wir b-brauchen auch ein T-transp-portm-mittel.«

»Du sagst es überdeutlich.« Wikkell ließ den Blick über den See schweifen. »Leider sehe ich nichts Nutzbares.«

»D-der T-tunnel r-rechts.«

»Sag nur nicht, daß du dort ein Boot versteckt hast, Deek.«

»N-nein; aber d-da l-leben die N-netzs-spinner.«

»Woher weißt du das? Und was nutzt uns das überhaupt?«

»Ich r-rieche s-sehr g-gut. D-die S-spinner k-können f-fast alles anf-fert-tigen.«

Wikkell nickte. Ein wirklich kluger Gedanke! Das hätte er diesem primitiven Wurm nie zugetraut. »Hervorragend, Deek! Du bist ein sehr brauchbarer und erfindungsreicher Reisegefährte.«

Hätte Deek ein Maul besessen, hätte er gelächelt. Auch wenn Wikkell dem Zauberer diente, schmeichelte ihm das Kompliment des Einäugigen. Diese Zyklopen waren offenbar intelligenter, als sie aussahen, wenn sie bei anderen Talente so schnell erkannten und laut lobten. Schade, daß sie für Rey arbeiteten. Aber es war auch schade, daß er für Chuntha arbeiten mußte.

»Komm! Mal sehen, ob wir mit den Netzspinnern ins Geschäft kommen.«

»J-ja.«

Katamay Rey beschloß, mit leichtem Gepäck zu reisen. Außer zwei Truhen mit magischen Hilfsmitteln — Kristallspionen, Schlafwarzen, Wurmmitteln, Schlafstaub und ausgewählten Zauberbüchern — nahm er nur noch Kleidung, ein paar Annehmlichkeiten und Proviant mit, von dem ein Dutzend Männer sich sechs Wochen lang mühelos ernähren konnten. Sein Gefolge bestand nur aus zwanzig buckligen Zyklopen, welche das Gepäck widerspruchslos untereinander aufteilten. Rey hielt seine Knechte für nicht besonders intelligent. Falls sie je einen Gedanken im Hirn hatten, dann stammte er nicht von ihnen, sondern war ihnen von ihrem Herrn und Meister eingegeben worden. ›Dumm‹ war selbst für den gescheitesten noch ein Schmeichelwort, jedenfalls nach Meinung Reys. Wikkell hatte er für etwas über dem Durchschnitt gehalten; aber jetzt würde dieser Tunichtgut bereuen, daß er je geboren wurde!

Zwei Zyklopen kamen mit einer Sänfte; aber Rey winkte ab. Er wollte ein Stück auf eigenen Füßen zurücklegen. Eine wirklich originelle Idee! Es war schon so lange her, seit er sich körperlich ertüchtigt hatte, daß ihm das bestimmt guttäte.

Entschlossen marschierte der Zauberer an der Spitze der Zyklopen seinem Ziel entgegen.

Chunthas Sattel lag auf dem Rücken von Soriusu, einem geistig nicht sehr beweglichen Riesenwurm. Hinter ihrem Reittier schlugen zwei Dutzend Würmer aufgeregt mit den Schwänzen und warteten auf die Befehle ihrer Herrin. Vor Chunthas gespreizten Beinen lagen die Satteltaschen aus feinstem Leder von Blinden Weißen. Darin befanden sich ihre Erotika, Zaubertränke, Traumjuwelen und mehrere Zauberstäbe. Neben dem Sattel hingen griffbereit mehrere kleine Beutel mit halluzinogenem Sporenstaub. Die Hexe war marschbereit.

»Los!« befahl Chuntha.

Beim Eingang zu ihren Privatgemächern waren die Leuchtschwämme besonders dicht, so daß der nackte Körper der Hexe im grünen Licht besonders strahlend zur Geltung kam. Chuntha lächelte. Sie freute sich auf dieses Abenteuer, welches in einer phantastischen körperlichen Vereinigung gipfeln würde.

Der Gedanke an das Ende der Episode brachte ihr Blut in Wallung.

Neun

Conan, Elashi und Tull glitten beinahe den ganzen Tag lang über das Sonnenlose Meer, ohne daß sich etwas ereignet hätte. Manchmal drehte sich das Wasser in Wirbeln, und Wellen schlugen gegen ihr provisorisches Boot. Jedesmal spähte der Cimmerier angestrengt hinaus, konnte aber den Ursprung der Unruhe nicht erkennen. Nur einmal prallte ein großer Fisch von unten gegen ihr Boot, so daß die drei Passagiere durchgeschüttelt wurden. Aber gleich danach war das Ungeheuer wieder verschwunden, ohne ihnen weiteren Ärger zu machen. Vielleicht hatte es nur einen kräftigen Bissen aus ihrem Fisch herausgerissen und war zufrieden weitergeschwommen.

Als Conan das Gefühl hatte, es sei bald Abend — wer konnte das bei diesen ewig grünlich leuchtenden Wänden beurteilen? —, paddelten sie in eine stille Bucht und zogen den Fisch auf den Kiesstrand. Hier war es dunkler als anderswo, da die Leuchtschwämme an den Wänden nur spärlich wuchsen. Falls jemand zufällig vorbeikäme, sähe er die drei Freunde und ihr ›Boot‹ nicht.

Die drei stanken schrecklich nach Fisch. Keiner hatte übertriebene Lust, auch noch die Nacht auf dem Kadaver zu verbringen. Der Cimmerier entdeckte, daß mehrere Stufen eine Felswand hinaufführten. Nach etwa zwei Minuten gelangte er in eine Nische. Dort ließen sie sich nieder und verzehrten noch etwas von dem ›gekochten‹ Fisch. Tull sammelte einige Flechten, welche zwar nicht überaus wohlschmeckend waren, aber eßbar waren. Lustlos kaute der Cimmerier darauf herum. Alle drei waren über die Ruhepause froh.

»Ich wünschte, wir könnten ein Feuer machen«, sagte Elashi. »Es ist schrecklich naßkalt.«

Conan warf ihr nur einen Blick zu und schwieg.

»Ich weiß, ich weiß«, sagte sie. »Genausogut könnte ich mir ein Königreich wünschen. Es war nur so eine Idee.«

»Wieviel haben wir deiner Meinung nach heute geschafft?« fragte Tull.

Conan zuckte mit den Achseln. »Ein paar Meilen. Auf dem Wasser kann ich das schlecht abschätzen.«

»Ja, stimmt. Ich schätze aber, daß wir die Verfolger abgeschüttelt haben. Wasser hinterläßt keine Spuren.«

Conan kaute auf einer Flechte herum. Das Zeug schmeckte sauer, bot aber eine Abwechslung zum Fisch. Heute früh war ihm der Fisch noch wie eine Delikatesse vorgekommen; aber im Lauf des Tages hatte das blasse Fleisch viel von seiner Anziehungskraft verloren.

Wahrscheinlich hatte Tull in bezug auf die Verfolger recht; aber er wollte trotzdem mit einer Hand am

Schwertgriff schlafen. Eine Hexe und ein Zauberer herrschten hier unten. Obwohl seine Erfahrung mit Magie nicht sehr groß war, wollte er nichts damit zu tun haben. Diese Dinge waren gefährlich und nicht sauber. Ja, gegen ein Ungeheuer mit riesigen Fängen oder einen Berserker mit Schwert trat er jederzeit an; aber bei einem Verwünschungen ausspuckenden Zauberer war das ganz anders. Ehrliche Männer hielten sich von derartigen Dingen fern. Der Cimmerier legte keinen Wert auf den Umgang mit Magiern, Hexen oder ähnlichen bösen Geistern.

»Ich übernehme die erste Wache«, sagte Tull.

Conan nickte und blickte zu Elashi hinüber. »Wir haben zwar kein Feuer; aber wir können uns gegenseitig wärmen.«

»Stimmt!« Sie lächelte.

Die beiden zogen sich in einen besonders dunklen Winkel zurück, während Tull vorn auf dem Felsband Wache hielt und auf das Sonnenlose Meer hinausschaute.

Die Netzspinnerpflanzen waren ortsgebunden und konnten sich nicht fortbewegen. Trotzdem waren sie überaus gefährlich. Jede Pflanze war doppelt so hoch wie ein Zyklop. Zweige mit langen Dornen umstanden das Maul. Sie produzierten spinnwebengleiche Seidenfäden, mit denen sie ihre Opfer einfingen. Im Gegensatz zu Spinnen, die harmlosen Wanderern mit Netzen auflauerten, konnten die Pflanzen ihre klebrigen Seile ziemlich weit auswerfen. Diese Stricke blieben an allem außer dem eigenen Pflanzengewebe haften. Die Opfer wurden erbarmungslos von den Pflanzen angezogen und dort von den spitzen Dornen aufgespießt. Sobald sie zu zappeln aufhörten, verschwanden sie im Maul der Mörderpflanze. Um die Pflanzen herum lag eine Art schimmernder Teppich, damit die Wurfleinen nicht auf dem felsigen Höhlenboden klebenblieben. Die unverdauten und wieder ausgespuckten Knochen vieler tausend Mahlzeiten lagen auf dem Seidenteppich. Wenn jemand mit den Pflanzen sprechen wollte, war er gut beraten, außerhalb der Reichweite der Stricke zu bleiben; denn sonst endete er als Mahlzeit in den unersättlichen Mägen.

Wikkell und Deek blieben in gebührendem Abstand vom Seidenteppich stehen und sprachen mit der Königin dieses Nests von Netzspinnern. Eigentlich hätten die Netzspinner trotz ihrer tödlichen Wurfleinen längst ausgestorben sein müssen, da sie sich nicht von der Stelle rühren konnten und jedes halbwegs mit Verstand begabte Wesen im Lauf der Jahre hätte gelernt haben müssen, sich von diesen Pflanzen fernzuhalten.

Diese Pflanzen hatten aber noch ein Talent. Wikkell und Deek hatten schon mehrmals mit ihnen gesprochen, dennoch erstaunte sie die Fähigkeit der Pflanzen immer wieder, so verführerisch zu reden. Als die Königin mit Wikkell sprach, hörte er die lockende Stimme einer Zyklopin, welche ihm alle sinnlichen Freuden dieser Welt versprach. Es klang beinahe unwiderstehlich, aber nur beinahe! Deeks Hörapparat gab dieselbe Stimme wie die eines Weibchens seiner Spezies wieder, welches mit Tausenden von Eiern beladen war und sich nach einem starken Männchen sehnte, so wie er, damit alle Eier befruchtet würden. Die Stimme garantierte höchste Wurmwonne …

Zyklop und Wurm wußten, daß die Stimme sich jeweils auf den betreffenden Zuhörer einstellte. Männer hörten eine Frau und Frauen einen Mann.

Nur wer über große Widerstandskraft und Willensbeherrschung verfügte, erlag den Sirenenklängen nicht.

»Komm näher!« forderte die Königin der Pflanzen den Zyklopen auf. »Dann können wir uns unterhalten, ohne schreien zu müssen.« Mit Sicherheit hatte nie eine Zyklopin so süß und verheißungsvoll mit Wikkell gesprochen. Alles, was er nur begehrte, könnte er haben, wenn er nur ein kleines Stückchen näher käme ...

»Nein, Schwester, danke.« Wikkell lehnte ab. Seine Stimme klang nicht böse. Er kannte die Methode der Pflanzen und nahm sie ihnen nicht übel. Schließlich wollte jeder überleben. »Deek und ich möchten über einen Langzeitplan mit dir reden, nicht über einen kleinen Imbiß für dich.«

»Langzeitplan?« Deek hörte die Stimme des lüsternen Wurmweibchens. Sie benutzte die hohen Töne, welche Menschen und Zyklopen nicht hören konnten, die in seinen Ohren aber wie heiße Musik klangen. Obwohl er wußte, was sie war, spürte er die Versuchung.

»Ja«, antwortete Wikkell, »ich spreche von einem großen Vorrat an Essen, und zwar über eine lange Zeit.«

»Wieviel und für wie lange?« Die Königin brach jäh mit dem Süßholzraspeln ab und schlug einen geschäftsmäßigen Ton an, welcher ankündigte, daß weder Wikkell noch Deek es genießen könnten, lange zu leben. Die große Pflanze war jetzt nur am Geschäft interessiert.

Wikkell unterdrückte ein Grinsen und flüsterte Deek zu: »Ich habe ihre Aufmerksamkeit.«

Leise schabte der Wurm zurück: »G-gut.«

Dann sagte der Zyklop laut: »Wir brauchen ein Wasserfahrzeug. Ihr könnt doch ein Boot mit euren Fäden herstellen, oder?«

»Selbstverständlich«, antwortete die Königin voll Verachtung und Hochmut. »Es gibt fast nichts, das wir aus den magischen Seilen nicht fertigen können.«

»Als Gegenleistung für die Anfertigung eines Boots für meinen Freund Deek und mich wären wir bereit, euch — nun, sagen wir, ein halbes Dutzend Weiße und Fledermäuse in Reichweite eurer Wurfleinen zu bringen.«

»Je zwanzig«, forderte die Königin. »Dafür wird euer Boot mit größter Liebe und Sorgfalt gemacht.«

Wikkell grinste Deek an und flüsterte: »Ich glaube, wir können sie auf die Hälfte drücken.«

»W-wie du m-meinst; aber m-mach s-schnell!«

Der Zyklop wandte sich wieder an die Königin. »Das Boot muß nur dahintreiben, meine schöne Blattkönigin, und braucht keinen Schönheitswettbewerb zu gewinnen. Je acht.«

»Auch dann ist viel Arbeit und Sorgfalt nötig, mein leichtfüßiger Freund. Sechzehn.«

Am Ende einigten sie sich auf ein Dutzend Fledermäuse und zehn Weiße als Preis für das Boot. Es sollte möglichst bald fertig sein. Allerdings hatten Wikkell und Deek noch eine Kleinigkeit zu erledigen. Die Königin hätte natürlich lieber gleich etwas gegessen; aber sie war klug genug, einen guten Handel zu erkennen. Außerdem konnten sie und ihre Schwestern, wenn nötig, eine lange Zeit überleben, ohne etwas zu essen.

»Hat das, was ihr noch erledigen müßt, etwas mit den drei Beweglichen zu tun, welche auf dem Meer dahintreiben?«

Wikkell blinzelte mit seinem großen Auge. »Du weißt von den dreien, o Königin?«

»Ich kann mit allen meinen Schwestern mit Hilfe der tiefen Wurzeln sprechen, die uns verbinden. Die drei sind weit von hier, in der Nähe der Großen Grenzhöhle.«

»Aha. Ja, wir suchen diese drei Menschen.«

»Wenn meine Schwestern und ich euch helfen sollen, sie zu fangen, müßtet ihr diesen Dienst noch etwas höher vergüten. Schließlich sind wir nicht alle hier festgewurzelt.«

Wikkell und Deek blickten sich an. Beide hatten von ihrem Meister beziehungsweise von ihrer Herrin großen Handelsspielraum bekommen, und sie hatten schon viel mehr Zeit gebraucht als ursprünglich vorgesehen war. Wenn sie versagten, bedeutete das ihren Tod. »Selbstverständlich, Majestät. Da läßt sich bestimmt etwas machen.«

»Noch je zwei Dutzend Weiße Geher und dunkle Flieger«, forderte die Königin.

Wikkell grinste. Er liebte es zu feilschen. Leider hatte er dazu nur wenig Gelegenheit. »Zwei Dutzend? Für drei Menschen? Ich hatte an je fünf gedacht.«

Während der Zyklop und die riesige Netzspinnerkönigin weiterfeilschten, spannen die anderen Pflanzen bereits eine riesige ovale Schüssel, in der ein Dutzend Männer Platz hatte.

Die Nacht verlief ruhig für Conan und seine Freunde. Er löste Tull nach einigen Stunden bei der Wache ab, und Elashi blieb bei ihm sitzen, während der Alte sich schlafen legte. Der Cimmerier und die Tochter der Wüste verbrachten nicht die ganze Zeit damit, aufs Wasser hinauszublicken. Im Gegenteil, sie beschäftigten sich intensiv miteinander. Danach waren sie zwar müde, aber auch erfrischt und belebt.

Am Morgen — was hätte man sonst sagen sollen? — bestiegen die drei wieder den toten Fisch und paddelten weiter.

Zwei Stunden später verengte sich die Höhle, so daß sie die Felswände an den Ufern beinahe mit den Paddeln berühren konnten. So ging es für ungefähr zehn Minuten weiter. Danach erweiterte sich die Höhle und war dreimal so groß wie vorher. Direkt vor ihnen teilten sich die Fluten und umspülten einen Felsen. Ein breiter Fluß führte nach links, der andere nach rechts.

»Welchen nehmen wir?« fragte Tull.

»Das bleibt sich gleich«, antwortete Conan. »Den rechten.«

Elashi runzelte die Stirn. Conan hielt ein Grinsen zurück. Ihm war plötzlich ein Licht aufgegangen. »Oder möchtest du lieber den anderen nehmen, Elashi?«

»Hab ich das gesagt?« fuhr sie ihn schnippisch an.

»Nein! Gut, dann den rechten.«

»Der Tunnel sieht aber dunkler als der andere aus.«

»Na schön, dann nach links«, sagte der Cimmerier.

»Aber der sieht viel enger aus«, widersprach sie.

Conan grinste insgeheim. Allmählich verstand er, wie ihr Verstand arbeitete. Sie wollte keine Entscheidung treffen; aber sie widersprach jeder, die er fällte. Wollte er also nach links fahren, mußte er beinhart auf der anderen Richtung bestehen.

»Der rechte Fluß ist eindeutig der bessere Weg«, erklärte er. Dann wartete er einen Herzschlag lang. Ja, er wurde nicht enttäuscht.

»Ich finde, wir sollten lieber die linke Gabelung nehmen«, meinte Elashi.

Aha! Er hatte recht gehabt! Aber der Trick war, nicht zu schnell nachzugeben. Er mußte ihr zustimmen, ohne daß es aussah, als würde er zustimmen. Frauen waren komplizierte Geschöpfe! Immer mußten sie unter allen Umständen streiten.

Der Cimmerier zuckte mit den Achseln. »Von mir aus! Ich halte zwar den rechten Fluß für besser; aber wenn du meinst. Vielleicht hast du recht.«

»Natürlich habe ich recht.«

Conan wendete sich ab, damit sie nicht sah, wie er grinste. Diesmal war es gelungen! Natürlich machte eine Schneeflocke noch keinen Blizzard; aber es war zumindest ein Anfang. Vielleicht würde er doch noch lernen, die Frauen zu verstehen.

Dann paddelten sie mit dem Fisch in den Fluß links vom Felsen.

Der Harskeel war nicht nur hundemüde, sondern auch außer sich vor Wut. Ein kurzer Ausritt war zu einem ausgewachsenen Abenteuer geworden! Die vielen ekelhaften Biester, die dauernd herumflatterten und seine Männer angriffen, hatten aus dem einfachen Unterfangen eine gefährliche Angelegenheit gemacht. Dabei verlangte der Harskeel ja nun wirklich nicht viel: Er wollte nur wieder zwei Lebewesen sein! War das unbillig? Ein tapferer Mann und sein Schwert waren kein zu großer Preis für die Umkehrung seiner unnatürlich engen Verbindung. Warum erfüllten die Götter diese kleine Bitte nicht? Aber nein, nichts, rein *gar nichts* war je leicht! Anstatt diesen Conan zu fangen und danach wieder die zwei Personen zu werden, die er natürlicherweise sein sollte, mußte er hier wie eine ilysiidaische Schlange durch die Höhlen kriechen! Nein, das war zuviel!

Aber wenn er endlich diesen verfluchten Conan hatte, würde der Kerl einige der Qualen kennenlernen, unter denen der Harskeel gelitten hatte. Nachdem das Schwert blutig war, konnte er vielleicht den Barbaren mit ganz langsamer Folter für die Mühe büßen lassen, die ihn die Gefangennahme gekostet hatte.

Das war nur gerecht.

Der Spurenleser des Harskeels kam zurück. »Wir haben einen Tunnel gefunden, der die Fledermaushöhle umrundet und uns wieder auf den richtigen Weg bringt, Mylord.«

»Gut! Dann vorwärts! Und haltet eure Piken bereit!« Der letzte Befehl war unnötig, denn die letzten vier Soldaten hatten die Waffen seit dem Gemetzel in der Fledermaushöhle nicht gesenkt. Aber ein guter Führer mußte seine Männer ab und zu zur Ordnung rufen.

Der Harskeel strich sich über eine Braue und glättete das Haar. Dann folgte er dem Spurenleser in den neuen Tunnel.

Rey ließ sich jetzt in der bequemen Sänfte tragen. Die beiden Zyklopen marschierten ganz gleichmäßig, so daß er nicht zu sehr geschaukelt wurde. Der Zauberer schaute umher. Es war schon viel zu lange her, seit er seine Domänen begutachtet hatte. Wozu war es gut, Herrscher zu sein, wenn man sich nicht ab und zu den Untertanen zeigte? Rey beschloß, öfter hinauszugehen, sobald er den Fremden in die Grauen Länder geschickt und das Miststück Chuntha fertiggemacht hatte.

Das dumpfe Stampfen der im Gleichschritt dahinmarschierenden Zyklopen schläferte den Zauberer ein. Genüßlich lehnte er den Kopf zurück und gab sich Tagträumen von zukünftigen Ruhmestaten hin.

Die Krümmungen des dicken Wurms unter Chunthas Beinen ließen sie wie ein Blatt im Wind hin- und herschwanken. Dazu schabten die hornigen Bauchplatten beinahe melodisch über den felsigen Boden: *Rrratsch, r-ra-atsch!* Kurz, dann lang. Eigentlich war diese Art der Fortbewegung recht angenehm. Allerdings konnte sich Chuntha mehrere andere Möglichkeiten — und bessere — vorstellen, sich zu vergnügen. Aber das mußte noch warten. Die Pattsituation zwischen ihr und Rey mußte beendet werden. Sie konzentrierte sich auf diesen Plan und schob alle Gedanken an Sinnenlust beiseite. Ja, sie mußte den Zauberer für alle Zeiten vernichten. Danach konnte sie vielleicht ihre Aktivitäten ausdehnen und einen Teil der Welt oberhalb der Höhlen mit in ihren Herrschaftsbezirk einbeziehen. Dort gab es auch viel mehr Männer, und man konnte nie zuviel Nachschub haben. Sie verschlissen so schnell.

Chuntha wiegte sich vor Freude und träumte von zukünftigen herrlichen Zeiten.

Zehn

Deek und Wikkell fanden das aus Seidenstricken gefertigte Boot überaus interessant. Es war so leicht, daß der Zyklop es mit einer Hand hochheben konnte, und so stabil, daß es keinerlei Beschädigung aufwies, als er damit versehentlich gegen die Felswand stieß. Dieses Boot trug nicht nur die beiden mit Leichtigkeit, es hätte auch noch zwei weitere Zyklopen aufnehmen können. Die Pflanzen hatten zur größeren Bequemlichkeit und aus Gründen der Stabilität einen Boden eingebaut.

Sobald der Zyklop und der Wurm das Boot auf das Sonnenlose Meer geschoben hatten, wiegte es sich anmutig auf den Wellen. Sie entdeckten auch nirgends ein Leck. Die Pflanzen hatten ihnen — ohne dafür mehr zu berechnen — noch ein großes Steuerruder gemacht. Wikkell half Deek, an Bord zu kriechen, dann legte er das Ruder in die Halterung und stieß das Boot vom Ufer ab.

Deek hatte zwar keine Hände, konnte aber mit der Schwanzspitze Wikkell beim Rudern unterstützen. Das silbern glänzende Boot glitt erstaunlich schnell über das Wasser.

»Ich hätte nie geglaubt, daß das Boot so schnell wäre«, meinte Wikkell.

Deek konnte nicht antworten, da der Boden im Boot für seinen Sprechapparat zu glatt war. Aber er teilte die Meinung seines Gefährten. Die Pflanzen waren hervorragende Bootsbauer, das mußte man zugeben und unbedingt für die Zukunft in Erinnerung behalten. Aus ihren Fäden konnte man die erstaunlichsten Dinge herstellen.

»Ich bin sicher, daß die drei Menschen nicht so schnell vorwärtskommen wie wir«, sagte Wikkell. »Wir müßten sie bald eingeholt haben.«

Wenn wir nicht in einen falschen Tunnel abbiegen, dachte Deek.

»Aber natürlich nur, wenn wir nicht in einen falschen Tunnel abbiegen«, sagte Wikkell. »Aber in jedem Fall haben wir die Hilfe der Netzspinnerpflanzen.«

Da Deek nicht antworten konnte, hob er nur den Kopf und nickte damit.

Wikkell sah die Bewegung und lächelte, wobei man seine kräftigen viereckigen Zähne sah. »Ja, in der Tat. Langsam schöpfe ich wieder Hoffnung, daß dieses Abenteuer doch noch gut für uns ausgeht, Deek, alter Freund.«

Wieder nickte der Wurm. Das Boot glitt durchs Wasser und brachte sie ihrer Beute immer näher. Ja, vielleicht entgehe ich doch den Kalkgruben, dachte Deek, und komme sogar noch als Sieger heraus. Wie schade, daß er Wikkell umlegen mußte. Er mochte den Zyklopen inzwischen richtig gut leiden. Vielleicht gab es noch einen anderen Weg, die Menschen zu fangen, ohne den neu gewonnenen Freund töten zu müssen. Darüber wollte er ernsthaft nachdenken. Das war er dem Zyklopen wirklich schuldig.

Eine allein fliegende Fledermaus entdeckte den Mann des Harskeel, der auf einem Felsen am Ufer des Sonnenlosen Meers saß, und fand ihn offensichtlich zu appetitlich, um ihn links liegen zu lassen. Der Blutsauger ging in den Sturzflug und hatte schon gierig den Saugrüssel vorgestreckt, um ihn in den unerwarteten Leckerbissen zu bohren.

Die Fledermaus hatte Pech. Der Mann war nicht allein, sondern diente lediglich als Köder für einen derartigen Angriff. Kaum hatte sich die Fledermaus auf dem Mann niedergelassen, packten sie drei Männer auf Befehl des Harskeel, die in der Nähe im Hinterhalt gelegen hatten. Die Fledermaus wehrte sich verzweifelt und schlug wild mit den Flügeln um sich. Als jedoch einer der Männer ihr die kalte Klinge an die Kehle setzte, gab sie sofort auf.

»Warte!« kreischte die Fledermaus. Die Stimme war schrill, und der Akzent machte das Wort fast unverständlich. Der Harskeel lächelte zynisch.

»Halt!« befahl er.

Seine Soldaten senkten die Piken.

»Und jetzt sag mir, wie du heißt!« fuhr der Harskeel den Blutsauger an.

Die Fledermaus entblößte die scharfen und spitzen Zähne. »Ich bin Karmesin der Starke, Hochflieger und Trinker des Lebens«, antwortete das Tier hochmütig.

»Karmesin?«

»Ich habe meinen Namen von dem wunderschönen roten Fell auf meinem Rücken.«

»Na schön. Ich werde dich Roter nennen. Also, Roter, ich habe dir einen Vorschlag zu machen.«

»Einen Vorschlag? Wir machen keine Geschäfte mit Leuten, die uns gefangenhalten.«

»Laßt ihn los!«

Die Soldaten ließen die Fledermaus los, worauf diese nach der besten Fluchtmöglichkeit Ausschau hielt.

»Ehe du uns verläßt, Roter, solltest du dir meinen Vorschlag zumindest anhören. Allerdings kämst du sowieso nicht weit; denn Zate dort drüben durchbohrt dich, ehe du so hoch geflogen bist.« Der Harskeel zeigte zwischen Daumen und Zeigefinger ungefähr die Dicke einer Stiefelsohle.

Roter drehte den Kopf, um diesen Zate genauer zu betrachten. Der Soldat grinste breit und hob bedeutungsschwer seine Pike.

»Ich habe nur meine Flügel etwas gestreckt und gereckt«, bemerkte die Fledermaus. »Selbstverständlich brenne ich darauf, deinen Vorschlag zu hören.«

»Du und deine Artgenossen, ihr ernährt euch doch von Blut, oder?«

»Ich habe das Gefühl, daß du das bereits weißt«, antwortete Roter arrogant.

»Wie das Leben so spielt, habe ich mich ein bißchen mit Magie befaßt«, fuhr der Harskeel fort.

Einer der Soldaten kicherte. Der Harskeel würdigte ihn keines Blickes. Sobald er dieses Unternehmen abgeschlossen hatte, war dieser Mann so gut wie tot. Darauf konnte man ein Vermögen wetten.

»Und rein zufällig bin ich im Besitz eines Zaubers, der frisches Blut in großen Mengen produziert«, erklärte er ruhig.

»Du machst dich über mich lustig«, sagte Roter.

»Wie wäre es mit einer kleinen Kostprobe zur Stärkung?«

Der Harskeel holte ein kleine Messingschale aus dem Gepäck und hielt sie der Fledermaus hin, damit diese sie genau untersuchen konnte. Roter betrachtete die Schale von allen Seiten. »Sie ist leer«, erklärte die Fledermaus. Dann schlug sie mit dem Knöchel dagegen. Das Gefäß klang wie gewöhnliches Messing. »Ich sehe kein Blut.«

Der Harskeel nahm die Schale wieder an sich. »Ich wollte nur, daß du dich überzeugst, daß es sich nicht um einen Taschenspielertrick handelt.« Er schob die Ärmel zurück und zeigte, daß seine Arme nackt waren. Dann nahm er die Schale in beide Hände und sprach Worte in einer Sprache, die keiner der Anwesenden verstand.

Dann hatte der Harskeel den Zauberspruch beendet.

Die Schale füllte sich langsam. Eine dunkle Flüssigkeit quoll darin hoch, stieg bis an den Rand und bildete noch einen Hügel. Der Harskeel gab der Fledermaus die Schüssel. Diese roch daran.

»Hm, das riecht tatsächlich wie ...«

»... Blut«, beendete der Harskeel den Satz. »Los, probier mal!«

Roter betrachtete das Blut. Sein Saugrüssel zuckte; aber er hielt sich zurück. »Woher weiß ich, daß es nicht vergiftet ist?«

Der Harskeel lächelte. »Das weißt du nicht. Aber warum sollte ich mir die Mühe machen? Wenn ich dich töten wollte, hätte ich dich längst von drei Piken aufspießen lassen können.«

Roter dachte nach. »Das ergibt Sinn«, meinte er schließlich. Er steckte den Saugrüssel in die Schale. Das Blut verschwand schneller, als es gekommen war.

»Also, das schmeckt einfach köstlich. So gutes Blut habe ich noch nie getrunken.«

»Ich freue mich, daß es dir geschmeckt hat.«

»Was muß man tun, um diesen Zauber zu bekommen? Und wieviel köstlichen Nektar kann man damit produzieren?«

»Ich dachte mir schon, daß du danach fragst. Der Zauber hat natürlich Grenzen; aber er ergibt so an die sechs oder sieben große Fässer.«

»Sieben *Fässer*? Einfach phantastisch! Davon können sich hundert von uns ernähren.«

»Der Zauber lädt sich natürlich nach ein paar Tagen wieder auf. Danach kann er wieder die gleiche Menge produzieren.«

»Ich muß ihn haben! Verlang dafür, was du willst.«

Der Harskeel grinste. Diese Fledermäuse verstanden wirklich nichts von Geschäften. Der Zauber produzierte tatsächlich ein halbes Dutzend Fässer; aber nur ein einziges Mal. Wenn die Flüssigkeit nicht sofort verzehrt wurde, klumpte sie innerhalb von wenigen Stunden und war völlig ungenießbar. Allerdings plante der Harskeel weit weg zu sein, wenn die Fledermäuse das herausfänden.

»Ich verfolge jemanden, der über diesen See entkommen ist«, erklärte der Harskeel. »Ich brauche ein Boot und jemanden, der es rudert oder zieht.«

»Das ist alles?«

»Ja, ich bin von Natur aus sehr großzügig.«

Roter beäugte die leere Schüssel. »Ich muß gestehen, daß es in den Höhlen wenig Holz gibt, und Boote werden normalerweise aus Holz gebaut.«

»Von mir aus kann das Boot aus Dung gebaut sein, Hauptsache es schwimmt auf dem Wasser.«

»Hm, ich bin sicher, daß wir etwas finden, das deinen Ansprüchen genügt. Ich werde dein Angebot meinen Brüdern übermitteln, und wir werden ganz sicher etwas machen. Du wartest doch hier auf meine Rückkehr?«

»Das werde ich tun.«

»Ich beeile mich.« Roter machte sich startbereit, dann hielt er inne. »Vielleicht könntest du Zate sagen, daß er die Pike unten läßt.«

Der Harskeel lachte. »Kein Problem, Roter, mein Freund.«

Die Fledermaus schwang sich in die Luft und verschwand im Tunnel.

Der Harskeel schaute der Fledermaus hinterher. Er war mit sich sehr zufrieden. Ein kleiner Zauber, der nicht viel kostete, brachte ihm die Gefangennahme des Barbaren ein. Wenn alle Fledermäuse so leichtgläubig wie Roter waren, würde das Unternehmen ab jetzt wie von selbst laufen. Man konnte sie leicht austricksen. Zate zum Beispiel. Der Mann konnte nur mit unwahrscheinlichem Glück ein mannsgroßes Ziel auf zwei Schritte Entfernung treffen, aber niemals eine Fledermaus in der Luft, die fünfmal so weit weg war. Außerdem waren Piken keine Wurfwaffen.

»Dieser Fluß nimmt wohl nie ein Ende«, klagte Elashi.

»So ist es«, meinte Conan. »Außerdem macht er jetzt eine Biegung nach rechts.«

»Hoffentlich kommen wir bald zu einer Stelle, wo wir anhalten können«, sagte Tull besorgt. »Seht mal!«

Conan und Elashi schauten in die Richtung von Tulls Finger. Der Cimmerier sah sofort, was der Alte meinte, Elashi nicht. »Was ist?« fragte sie. »Ist doch alles in Ordnung.«

»Der Fisch liegt sehr tief im Wasser«, erklärte Conan. »Schau dir die Stufen an, die ich herausgehauen habe.«

Ja, ihr Boot sank, langsam, aber sicher. Mehrere Stufen im toten Fisch waren schon unter Wasser.

»Warum ist das so?« fragte Elashi.

Conan zuckte mit den Schultern. Er hatte auch keine Ahnung.

Tull antwortete. »Vielleicht haben andere Raubfische während der Nacht an ihm geknabbert, und jetzt füllt er sich langsam mit Wasser.«

»Können wir etwas dagegen tun?«

»Ja, wir müssen eine gute Stelle zum Anlegen finden und dann zu Fuß weitermarschieren«, antwortete Tull. »Allerdings dürfte es noch ein oder zwei Tage dauern, bis der Fisch endgültig absäuft.«

Eine Stunde später schüttelte der Cimmerier den Kopf. »Das gefällt mir ganz und gar nicht.«

»Was ist jetzt los?« fragte Elashi.

»Wir fahren wieder in die Richtung, aus der wir gekommen sind.«

»Das sehe ich nicht. Woran merkst du das?«

Wieder zuckte der Cimmerier mit den Schultern. Er hatte einen angeborenen Orientierungssinn. Natürlich konnte auch er sich einmal verlaufen; aber sein innerer Kompaß führte ihn immer wieder schnell auf den rechten Weg, ganz gleich, wie die Umgebung war.

»Naja, aber eigentlich spielt das doch keine Rolle. Wenn uns jemand verfolgt, hat er doch auch denselben Fluß genommen. Wenn dieser sich ein bißchen schlängelt, ist das doch nur gut für uns. Dann kann man uns nicht so leicht finden.«

Conan antwortete nicht. Vielleicht hatte Elashi recht. Es gab eigentlich keinen logischen Grund, sich Sorgen zu machen; aber irgendein Urinstinkt rührte sich in ihm, und er bereitete sich auf das Schlimmste vor.

Rey war überrascht, als er die Bruthöhle der Blutfledermäuse betrat. Der Ort war praktisch leer. Jedenfalls gab es keine lebenden Wesen mehr. Die ausgesaugten Leichen vieler Blinder Weißer zeugten von einem Kampf. Ferner lagen noch mehrere tote Soldaten und viele Fledermäuse auf dem Boden. Hm. Offenbar war der Mann, den er suchte, hier durchgekommen. Aber ... wo waren die Fledermäuse, die normalerweise überall von der Decke und an den Wänden hingen? So viele lagen nicht herum. Dem Zauberer fiel kein Grund ein, warum die Blutsauger wegen einer derartigen Kleinigkeit ihren angestammten Brutplatz verlassen haben sollten. Ein bißchen Blut hatte die Fledermäuse noch nie gestört.

Rey lachte über seinen eigenen Witz. Haha, Blut

hatte die Fledermäuse noch nie gestört! Ja, der war gut! Am liebsten hätte er ihn den Zyklopen erzählt; aber die hätten die Bemerkung bestimmt nicht komisch gefunden. Es waren dumme Kreaturen, die man nur als Knechte benutzen konnte.

Aber jetzt mußte er sich wieder darum kümmern, diese leidigen Angelegenheit zu beenden. Offenbar waren die Fledermäuse irgendwo anders hingeflogen, um irgend etwas zu tun. Was? Nun, das würde er schon herausfinden. Eigentlich war es unwichtig, denn seine Hauptaufgabe bestand darin, diesen Conan zu fangen. Allerdings waren die Toten in der Höhle kein gutes Omen. Wer um alles in der Welt waren diese Männer, und wie waren sie hier hereingekommen? In welcher Verbindung standen sie zu Conan? Der Zauberer war sicher, daß es eine Verbindung gab. Er war nicht so alt geworden, weil er dem Zufall weiter traute, als er einen Zyklopen mit der Hand werfen konnte.

Rey winkte. Sofort knieten die Sänftenträger nieder, um ihn einsteigen zu lassen. Nun gut! Schon bald würde er die Gründe dieser seltsamen Vorkommnisse kennen.

Der als Vorhut vorausgekrochene Wurm kam zurück und berichtete seiner Herrin Chuntha von dem Blutbad in der Fledermausbruthöhle. Diese Nachrichten berührten die Hexe nicht im geringsten. Allerdings erwähnte der Wurm eine unangenehme Tatsache: Der Zauberer war mit einer großen Anzahl seiner einäugigen Knechte samt Gepäck durch die Höhle marschiert.

Chuntha rutschte unruhig auf dem Wurm hin und her. Das war ein schlechtes Omen. Irgend etwas stimmte nicht, wenn der stinkfaule Zauberer seinen Körper durch das Höhlensystem bewegte. Sie wußte, daß er ihr den hübschen Barbaren wegnehmen wollte; aber daß er sich soviel Mühe machte, um ihr den Spaß mit dem Mann zu verderben, wunderte sie doch.

Dann wurden die Züge der Hexe hart. Gut, wenn Rey einen Kampf wollte, er konnte ihn haben! Sie war kein zerbrechliches Wesen, das durch seine heiße Luft weggeblasen werden konnte. Sie würde ihn schon in die Knie zwingen!

Ihr Reittier reagierte auf den plötzlichen Schenkeldruck und bewegte sich schneller voran. Die anderen Würmer folgten.

Ungefähr vierzig Fledermäuse flogen zu dem wartenden Harskeel. Sie schleppten an Seilen Bretter — nein, mehrere große Holztüren.

Roter landete direkt vor dem Harskeel. »Dein Boot«, erklärte er großspurig.

Der Harskeel betrachtete die Ansammlung von Brettern mißtrauisch. »Das nennst du ein Boot?«

Die Fledermaus verzog hochmütig das Maul. »Du hast nur verlangt, daß es schwimmt.«

»Aber es muß mein Gewicht und meine Männer tragen.«

»Wenn nicht, spielt das keine Rolle. Wir fliegen darüber und halten das Ding über Wasser, wenn wir es ziehen.«

Der Harskeel überlegte kurz. Wollte er die Jagd nach Conan und dessen Gefährten fortsetzen, hatte er keine andere Wahl. Wenn die Fledermäuse das ›Boot‹ in Schlepptau nahmen, würde er schnell vorwärtskommen.

»Nun denn«, sagte der Harskeel, »dann wollen wir uns zum Ablegen fertigmachen.«

Roter lächelte und zeigte seine nadelscharfen Zahnreihen. »Wir könnten viel schneller fliegen, wenn wir nicht so hungrig wären.«

Der Harskeel lächelte gezwungen. Die Biester waren doch nicht so vertrauensselig, wie er gedacht hatte. Na schön. Spielte auch keine Rolle. »Habt ihr ein Gefäß?«

»Rein zufällig ist dort drüben eine Mulde in den Steinen.« Roter zeigte mit der Flügelspitze auf die Stelle. »Darin dürfte ungefähr ein Faß Blut Platz haben, wenn ich mich nicht irre.«

»Wenn es um Blut geht, halte ich dich für einen Experten«, sagte der Harskeel. »Wenn es euch recht ist, möchte ich euch zu einer kleinen Stärkung einladen.«

Die Fledermäuse flatterten aufgeregt um den Harskeel herum, während er die Mulde mit Blut füllte. Nachdem sie das Blut ausgetrunken hatten, waren sich alle einig, daß sie noch nie Blut von derartiger Qualität genossen hatten. Die Versprechen vom Zauberer Rey und der Hexe Chuntha seien bedeutungslos im Vergleich zu diesem Hochgenuß, sagten sie. Ab jetzt waren sie auf immer Freunde des Harskeel!

»Erzählt mir mehr über diesen Zauberer und die Hexe«, forderte der Harskeel die Fledermäuse auf.

»Aber mit dem größten Vergnügen«, antwortete Roter. Für einen so großzügigen Freund wollten sie alles tun. Alles, was er nur wollte.

Elf

Der Tunnel, in welchen die drei den langsam sinkenden Fisch steuerten, verengte sich. Allerdings konnte Conan erkennen, daß er sich in einiger Entfernung wieder erweiterte. Nach kurzer Zeit waren sie in dem breiteren Tunnel. Sofort wußte der Cimmerier, daß irgend etwas nicht in Ordnung war. Besorgt schaute er sich um. Dann sah er die Ursache seiner Sorge: Hinter ihnen lag die Mündung des Tunnels, durch welche sie soeben gekommen waren. Dicht daneben gab es noch eine Öffnung. Conan hörte auf zu paddeln.

»Was ist los?« fragte Tull.

»Schaut dorthin!« Conan deutete mit dem Paddel. Tull und Elashi blickten zurück.

»O je!« rief Tull.

»Was ist denn?« fragt Elashi. »Ich sehe nur zwei große Löcher. Verfolgt uns jemand?«

Conan blickte sie ernst an. »Erkennst du die Stelle nicht wieder? Du wolltest doch vorhin unbedingt die eine Abzweigung nehmen.«

Elashi schüttelte den Kopf. »Was redest du da für dummes Zeug?«

Der junge Barbar deutete auf die Gabelung hinter ihnen. »Wir sind im Kreis gefahren«, erklärte er. »Gestern haben wir den linken Tunnel genommen, und jetzt sind wir wieder an derselben Stelle. Wenn uns jemand verfolgt, dann wahrscheinlich aus der Richtung, in welche wir jetzt fahren.«

»O wir furchtbar!« seufzte Elashi.

Allerdings furchtbar, dachte Conan. Offenbar gab es keine Möglichkeit, auf dem Wasser aus dem Höhlensystem hinaus und wieder an die Oberfläche zu gelangen.

»Und was tun wir jetzt?« fragte Elashi.

»Ich halte es für das beste, wenn wir diesen stinkenden Fisch ans Ufer bringen und zu Fuß weitergehen«, antwortete Conan. »Wenn ich mich recht erinnere, sind wir vor ungefähr einer Stunde an mehreren kleinen Öffnungen im Fels vorbeigefahren.«

»Stimmt, mein Junge. Bis dahin müßte unser Boot uns noch tragen«, meinte Tull.

»Gut, je schneller wir paddeln, desto besser«, sagte der Cimmerier.

Beide Männer tauchten die behelfsmäßigen Paddel tief ins Wasser. Der halbverrottete Fisch bewegte sich träge voran; aber er bewegte sich.

Wikkell und Deek machten eine Pause und erholten sich von der anstrengenden Arbeit an der Pinne. Sie verspeisten mehrere verschiedene Schwämme. Obwohl keinem der beiden die Fliegenpilze schadeten, welche für einen Menschen tödlich waren, hatte jeder doch so seine eigenen geschmacklichen Vorlieben und hatte daher die Sorten von den Höhlenwänden gepflückt, welche ihm am besten schmeckten. Zum Glück hatten sie beide ihre Lieblingsschwämme innerhalb von kurzer Zeit gefunden.

»Ich würde sagen, daß wir bis jetzt eine phantastische Zeit eingehalten haben«, meinte Wikkell und stopfte sich noch eine Handvoll eines ekligen gelben Pilzes in den Mund.

Deek, jetzt wieder auf festen Untergrund, schabte als Antwort: »G-gewiß. Angen-nehme Art z-z-u r-reisen.«

Wikkell nickte. »Ja! Mir ist übrigens der Gedanke gekommen, daß die Pflanzen noch andere Dinge herstellen könnten, die für uns von Nutzen wären: Kleidung zum Beispiel. Vielleicht könnten wir sie sogar dazu überreden, Möbel anzufertigen.«

»D-ddieser G-ged-danke ist m-mir auch sch-schon g-gekommen.« Da Deek fürs Sprechen nicht das Maul benutzen mußte, konnte er fröhlich weitermampfen, während er dieses sagte.

»Natürlich würden uns irgendwann die Fledermäuse und Weißen zum Eintauschen ausgehen; aber ich muß gestehen, daß ich nicht allzu traurig wäre, wenn das geschähe.«

»Ich auch n-n-icht.«

Wikkell verschlang den nächsten Bissen. »Bis dahin sähen die Höhlen wirklich großartig aus.« Er wollte gerade wieder vom Pilz abbeißen, als er sich plötzlich an etwas erinnerte. »Der Zauberer würde es niemals erlauben«, sagte er mit trauriger Stimme.

Deek legte ebenfalls eine Pause ein. »S-stimmt! D-die Hexe auch n-n-icht!«

Wikkell war im Augenblick der Appetit vergangen. Er warf den Pilz beiseite und wischte sich die Krumen von den Lippen. »Persönlich weiß ich es zwar nicht; aber ich habe gehört, daß die Höhlen ein sehr viel glücklicherer Ort waren, ehe der Zauberer und Hexe kamen.«

»H-habe ich auch g-gehört. W-wirklich sch-schade.«

Wikkell stand auf und rieb sich die Hände, um sie zu wärmen. »Aber, da kann man eben nichts machen, oder? Die Hand gegen Katamay Rey zu erheben, würde zu sofortiger Verflüssigung und damit zum Tod führen.«

»Ch-chuntha z-zieht K-kalkg-g-ruben v-vor.«

Beiden Geschöpfen lief es bei diesen Vorstellungen kalt über den Rücken.

»Los, Deek, alter Kumpel. Es ist besser, wenn wir so schnell wie möglich weiterfahren. Je eher wir diese Angelegenheit hinter uns bringen, desto besser.«

»J-ja, Einauge. M-man m-muß s-sich d-der R-realittät st-stellen.«

»Leider ja. Los! Ich helfe dir ins Boot.«

»D-du b-bist z-zu f-freundlich.«

Nachdem Deek an Bord war, stieß Wikkell das Boot vom Ufer ab und sprang hinein. Dann legte er sich wieder mächtig ins Ruder. Inzwischen konnte er schon richtig gut damit umgehen. Vielleicht bestand doch noch die Möglichkeit, daß er und Deek aus diesem Abenteuer mit heiler Haut herauskämen. Schließlich waren es zumindest drei Menschen, und aufgrund des Debakels in der Fledermaushöhle hielt er es für wahrscheinlich, daß noch mehr in den Höhlen herumliefen. Wenn er mit mehreren Exemplaren zu Rey zurückkehrte, mußte doch niemand erfahren, daß auch Deek ein paar seiner Hexe brachte.

Laut der mündlichen Überlieferung über diese Höhlen hatte es vor vielen Hunderten von Jahren eine Zeit gegeben, in welcher Zyklopen und Würmer einträchtig miteinander gelebt hatten. Die Pflanzen hatten die um vieles dümmeren Weißen und Fledermäuse gefressen, und das Leben war sehr viel angenehmer als unter der Herrschaft von Zauberer oder Hexe gewesen. Wikkell verstand jetzt, wie es so hatte sein können: Dieser Deek war doch im Grunde ein netter Bursche und auf alle Fälle ein angenehmerer Reisegefährte als eine dieser hochmütigen Fledermäuse oder ewig schnatternden Weißen, diesen Schwachköpfen. Er fühlte sich in seiner Gesellschaft um Welten wohler als in der des menschlichen Zauberers mit den gefährlichen Zaubersprüchen, der jederzeit bereit war, die

Todesstrafe zu verhängen. Zumindest hielt Deek die Zyklopen für denkende Wesen, auch wenn sie Feinde waren, was Rey niemals eingefallen wäre. Vielleicht gab es doch die Möglichkeit, den Wurm nicht mit einem Felsbrocken zu erschlagen. Wikkell wollte darüber nachdenken und bei passender Gelegenheit das Thema mit Deek besprechen.

Allerdings waren alle diese Überlegungen gegenstandslos, wenn es ihnen nicht gelang, die Menschen zu fangen — und zwar sehr bald.

Wikkell legte sich ins Ruder und dachte über die unangenehme Alternative nach, welche drohte, wenn sie versagten.

Der Harskeel konnte sich nicht erinnern, daß er oder irgend jemand sonst auf so alberne Art und Weise gereist wäre. Er saß mit seinen Männern auf den nassen Planken ihres ›Boots‹, welches auf dem unterirdischen Wasserweg von mindestens vierzig bluttrinkenden Fledermäusen dahingeschleppt wurde. Wie hätte er gelacht, wenn er dies vom Ufer aus gesehen hätte. Das mußte wirklich ein selten komischer Anblick sein.

Allerdings war es überhaupt nicht komisch, sich mit einem mächtigen Zauberer und einer ebenso mächtigen Hexe um die Beute zu streiten. Der Harskeel hatte einen gesunden Respekt vor der Magie, den er sich auf die harte Art und Weise erworben hatte. Als einziges blieb ihm die Hoffnung, den Preis als erster in die Hände zu bekommen und weit weg zu sein, wenn ein größerer Hund kam, um ihm den Knochen wieder abzunehmen. Die Fledermäuse mit den von Blut gefüllten Bäuchen hatten ihm alles über den Zauberer, die Hexe und ihre dienstbaren Geister, die Zyklopen und Riesenwürmer, erzählt. Dieses

Unternehmen wurde mit jedem Augenblick gefährlicher.

Allerdings verfügte der Harskeel auch über einige Hilfsmittel. Seine noch verbliebenen Männer waren zwar nicht die Auslese an Kriegern, würden aber gut kämpfen, um die eigene Haut zu retten. Außerdem kannte er noch einige kleinere Zauberformeln. Auch wenn er als Magier kein großes Licht war, konnte er mit Hilfe des Überraschungsmoments zum rechten Zeitpunkt dem Kampf eine für ihn günstige Wendung geben. Ein grelles Licht hier, ein dicker Nebel dort konnten den Ausgang des Kampfs sehr wohl beeinflussen. Von dem Blutzauber, den er den Fledermäusen versprochen hatte, waren noch fünf Tonnen übrig. Diese Geschöpfe würden sicher nicht begeistert sein, wenn der Harskeel diese Köstlichkeit über den Feinden ausgoß; aber die Bedürfnisse dieser Blutsauger waren ihm bei der Durchsetzung seiner Pläne völlig gleichgültig. Man mußte alles tun, um zu gewinnen. Dämonen fraßen die Verlierer. So war es nun einmal.

Das Behelfsfloß glitt von den Fledermäusen gezogen über das Wasser. Leichte Gischt bildete sich am Bug. Solange sie es nur mit einem einzigen buckligen Zyklopen und einem einzigen Wurm zu tun hatten, bestand keine Gefahr. Die Beute war in Reichweite des Harskeels, vorausgesetzt, sie waren schneller als der Zauberer und die Hexe. Doch bei dieser Geschwindigkeit sah der Harskeel keinen Grund, warum er verlieren sollte.

Katamay Rey war dem nächsten Wutanfall nahe. Ein solcher Ausflug machte Spaß; aber jetzt war er bis ans Ufer des Sonnenlosen Meers gekommen, ohne von dem gesuchten Barbaren oder seinem Zyklopen die leiseste Spur zu entdecken. Vielleicht war Wikkell doch tot? Wenn ja, war es besser für ihn; denn Rey duldete kein Versagen. Es gab hundert Zyklopen, welche Wikkells Platz einnehmen konnten; allerdings hatte dieser Idiot ihm recht vielversprechend ausgesehen.

Ach was soll's, dachte Rey. Nach dem Gesetz logischer Folgerichtigkeit befand sich der Mann, den er suchte, irgendwo weiter vorn. Er mußte sich irgendein Boot verschafft haben. Doch das spielte keine Rolle. So leicht würde er ihm nicht entkommen!

Rey befahl die Truhe mit den Zaubermitteln zu sich. Der Zyklop, der sie herbeischleppte, stolperte und stellte die Last etwas unsanft auf den felsigen Boden.

»Vorsichtig, du Idiot! Wenn du den falschen Gegenstand zerbrichst, fährt die gesamte Höhle in den Limbus!«

Natürlich eine Lüge; aber Rey genoß den Ausdruck der Angst, der sofort auf dem Gesicht des Zyklopen erschien.

Rey holte aus der Truhe *Das Buch der strukturellen Theurgie.* Dann ließ er aus dem rechten Daumen eine kleine Flamme aufsteigen, um besser lesen zu können. Er blätterte die Seiten durch: Tempel, Schlösser — nein, das war zu weit, zurück zum Anfang! Bauten, Brücken. Ja, da war es! Wenn ihn die Erinnerung nicht trog, müßte der richtige Zauber gleich kommen ...

Sets Schuppen! Wo war der Zauberspruch? Rey hatte ihn schon früher benutzt. Damit konnte er eine Brücke heraufbeschwören, welche in der Richtung auftauchte, in welcher man marschierte, aber gleich darauf hinten wieder verschwand. Der Zauber mußte hier irgendwo stehen ... Moment mal! Jetzt fiel es ihm ein! Er mußte unter ›Dock‹ nachsehen.

Ja, da war er.

Rey murmelte die richtigen Worte und vollführte die entsprechenden Gesten. Dann wartete er aufgeregt. Einen Herzschlag später materialisierte sich das Dock. Es war grundsolide.

Der Zauberer lächelte, als den Zyklopen vor Staunen die Kinnladen herunterfielen. Jawohl, ihr Schwachköpfe, so ist es: Ich bin Katamay Rey, euer Herr und Meister. Vergeßt das nie!

Nachdem die Zauberhandlung abgeschlossen war, kehrte Rey in die Sänfte zurück und winkte ungeduldig zum Dock hinüber. »Vorwärts!« befahl er.

Die Träger gehorchten. Ehe sie das Ende des magischen Pontons erreicht hatten, tauchte der nächste Abschnitt im Wasser auf, während der Ponton am Ufer wieder verschwand, sobald der letzte Zyklop ihn verlassen hatte, als hätte es ihn nie gegeben. Der Zauberer hätte ihn natürlich auch bestehen lassen können, aber das hätte viel Energie gekostet. Um sich nicht zu überanstrengen, mußte er soviel wie möglich an magischer Energie sparen.

Die Gruppe kam nicht besonders schnell, aber beständig vorwärts. Das machte Rey jedoch keine Sorgen. Er wußte, daß das Sonnenlose Meer in einiger Entfernung mit einem Kreiskanal endete und daß daher jeder, der darauf entlang fuhr, ihm früher oder später wieder entgegenkommen mußte.

Es war nur eine Frage der Zeit.

Chuntha gelangte zu einer anderen Bucht am Sonnenlosen Meer als ihr Rivale. So hatte die Hexe es auch geplant. Sie wollte hinter diesem schurkischen

Zauberer und ungesehen bleiben, bis sie zu dem Mann kamen, den sie haben wollte. Noch konnte sie Rey vor sich nicht sehen; aber ihr Späher hatte ihr die letzte Position Reys gemeldet, und er war genau dort, wo sie ihn haben wollte. Mit dem Glück des Überraschungseffekts würde sie ihn ein für allemal vernichten.

Doch jetzt stand sie vor dem Problem, zu Wasser weiterzukommen. Aber eine kluge Hexe konnte eine Kleinigkeit wie diese nicht aufhalten.

»He, alle hierher!« befahl Chuntha den Würmern. »Seite an Seite und in Reihen! Schnell!« Sie zeigte den Würmern die richtige Aufstellung.

Die Geschöpfe krochen gehorsam herbei und führten den Befehl aus. Dann lagen acht Würmer nebeneinander und drei quer darüber. Sie bildeten eine Art Matte.

Chuntha nahm einen Zauberstab aus ihrer Sammlung. Der Stab war nicht ganz so dick wie ihr Mittelfinger, aber ungefähr halb so lang wie ihre Körpergröße. Mit beiden Händen nahm sie ihn und rieb ihn nach oben und unten über ihren Körper. Dabei kam ihr ein melodischer Singsang über die Lippen, dessen uralte Worte einer Zeit entstammten, als die Menschheit noch sehr jung war.

Jetzt begann der Zauber zu wirken. Chuntha öffnete den Mund weit. Flüssigkeit ergoß sich daraus über die Würmer, als die Hexe über sie hinweg und um sie herum wandelte. Sobald die Flüssigkeit einen Wurm berührte, hüllte sie ihn wie in einen Mantel ein. Das Zeug roch süßlich, war leichter als Wasser und verdickte sich sofort nach dem Kontakt mit den Würmern zu einem elastischen Gelee.

»Alle herhören!« rief Chuntha. »Wenn ich den Befehl gebe, ziehen sich die in der Mitte zu einem Halbkreis zusammen. Dabei lassen sich einige nach vorn schieben und andere nach hinten. Und so bewegen wir uns langsam zum Wasser. Los!«

Zum Erstaunen der Würmer waren sie jetzt so fest zusammengefügt, als wären sie nur ein einziges Wesen. Chuntha lächelte, als sie die zusammengeklebten Würmer dahinkriechen sah. Sie wußte, daß ihre Diener dachten, sie wolle alle ertränken.

Dann erreichte die gebogene Matte den See und schwamm auf dem Wasser. Das Staunen der Würmer kannte keine Grenzen mehr. Es drang auch kein Wasser durch das Gel, welches sie umgab, obwohl die Luft frei zu fließen schien.

Nach wenigen Momenten hatte Chuntha ihr Boot. Sie lud das Gepäck auf das floßähnliche Gebilde. Dann holte sie einen anderen Zauberstab heraus. Dieser hatte die Form einer Holzschraube, wie man sie von einer Fruchtpresse kannte. Die Hexe drückte die Schraube ans Heck des Boots, wo sie kraft der Magie kleben blieb. Nach einem kurzen Zauberspruch wuchs die Schraube auf die dreifache Größe und drehte sich, wodurch das Wurmfloß vorwärtsgetrieben wurde.

Lächelnd stand Chuntha mit gespreizten Beinen vorn im Floß. Der sanfte Fahrtwind blies ihr wunderschönes Haar nach hinten. Sie war zufrieden mit sich, sehr zufrieden sogar.

Zwölf

Leider war Conans Plan, mit dem sich langsam auflösenden Fisch bis zu den Tunneln zu fahren, die er vorher gesehen hatte, nicht durchführbar. Abgesehen von dem entsetzlichen Gestank, den der Kadaver in der Höhle verbreitete, lag er jetzt so tief im Wasser, daß Tull und der Cimmerier ihn mit den Flossenpaddeln nicht mehr vorantreiben konnten. Das kalte Wasser spülte bereits über die Knöchel der drei in der Mitte des Boots.

»Am besten, wir fahren so schnell wie möglich ans Ufer«, sagte Conan. »Der Uferstreifen und die Felsbänder sind breit genug, daß wir zu Fuß weitergehen können. Wenn ich mich recht erinnere, ist es auch nicht mehr weit.«

»Ja, mein Junge, gute Idee«, meinte Tull.

Die beiden Männer brachten mit größter Mühe den toten Fisch näher ans Ufer. Dann sprang Elashi auf einen Felsvorsprung, Tull und Conan folgten ihr. Der Riesenfisch lag jetzt ohne die Last der drei Menschen höher im Wasser, trotzdem war er zum größten Teil überflutet. Dann zuckte er heftig. Conan war sicher, daß er von unten angenagt wurde.

»Hier entlang«, sagte der Cimmerier.

Er marschierte zu einem schmalen Felsband, das tiefer ins Gestein hineinführte. Die Wand der Höhle war hier ein gutes Stück vom See entfernt. Es wuchsen nur wenig phosphoreszierende Schwämme, wodurch es ziemlich dunkel war. Sie mußten bei jedem Schritt aufpassen. Aber die scharfen Augen des jungen Cimmeriers fanden einen sicheren Pfad.

Als sie ungefähr fünf Minuten von der Stelle entfernt waren, wo sie ihr Boot verlassen hatten, blieb

Conan stehen und bedeutete Elashi und Tull, still zu sein. Er hörte etwas. Das Geräusch war wegen des Echos schwer zu orten; aber es schien vom Wasser her zu kommen.

»Geht in Deckung!« befahl Conan. »Etwas kommt vom See her auf uns zu.«

Tull und Elashi gehorchten und duckten sich hinter Felsbrocken. Der Cimmerier stellte sich in den tiefen Schatten eines herabhängenden Stalagtiten, welcher doppelt so groß und doppelt so dick wie er war. Dort stand er regungslos.

Gleich darauf kam das Geräusch wieder, und diesmal war es näher. Jetzt wußte Conan, worum es sich handelte: ein Boot mit einer großen Pinne. Der Steuermann daran tauchte sie kräftig ins Wasser, daher das Plätschern.

Dieser Steuermann war wirklich erstaunlich! Das Ding war anderthalbmal so groß wie der Cimmerier und hatte einen großen Buckel, aber nur ein einziges Auge. Es war kahlköpfig, hatte aber einen dichten Bart. Mit den kräftigen Armen und dicken Fingern trieb es das Boot dreimal schneller voran als Conan und Tull den Fisch.

Das Boot schimmerte silbern, beinahe so, als wäre es ein Spiegel auf der dunklen Wasseroberfläche. Conan hatte keine Ahnung, woraus es gebaut war. Als es sich auf gleicher Höhe befand, konnte der Cimmerier dank des hochgelegenen Standpunkts hineinschauen. Auf dem Boden neben dem einäugigen Riesen lag eine dicke Made. Sie war weiß und wie ein Wurm in Abschnitte eingeteilt. Die Mitte war so dick wie ein Faß, die Enden waren leicht abgerundet. Conan fragte sich, ob das die beiden waren, die er undeutlich in der Höhle der Fledermäuse gesehen hatte.

Der Cimmerier schüttelte den Kopf, als das Silberboot mit den seltsamen Insassen vorbeiglitt. Mit diesen beiden wollte er nichts zu schaffen haben! Gleich darauf war das Boot außer Sicht. Conan eilte zu Tull und Elashi hinüber.

»Habt ihr das gesehen?« fragte er.

»Allerdings«, antwortete Tull. »Ein Zyklop und einer dieser weißen Riesenwürmer. Aber das ist schon komisch, weil sie eigentlich Todfeinde sind und auf gegnerischen Seiten stehen. Wirklich seltsam, daß sie zusammen unterwegs sind. Das habe ich noch nie gesehen.«

»Also, das ist doch einfach wunderbar, Conan«, sagte Elashi. »Sie haben sich wegen uns vereinigt. Du kannst wirklich stolz auf dich sein.«

»Kommt«, sagte der Cimmerier. »Sie haben uns nicht gesehen. Wir können schon weit weg sein, wenn sie merken, daß sie uns verfehlt haben.«

Dann marschierten die drei los, allerdings in die Gegenrichtung zu jeder, in welcher Zyklop und Wurm verschwunden waren.

Deek hob den Kopf. Er schien verärgert zu sein. Wikkell verstand. Auch wenn er nur wenig über den Geruchsapparat der Würmer wußte, konnte dieser nicht umhin, den Gestank zu merken, welcher die Luft erfüllte. Verfaulter Fisch. Da gab es keinen Zweifel.

»Da vorn rechts schwimmt der Verursacher des Gestanks, Freund Deek«, erklärte Wikkell. »Einer der großen Fische, die im See leben, ist anscheinend zu seinen Ahnen geschwommen.«

Wikkell betrachtete den Fisch genauer. Wirklich ein riesiges Exemplar! Lebendig hat er sicher Furcht und Schrecken verbreitet.

Auch Deek schob sein Vorderteil über die Bordwand und musterte den toten Fisch. Offenbar hatten sich seine Gefährten aus den Tiefen des Sees an ihm gütlich getan; denn große Stücke waren aus ihm herausgerissen worden. Aber irgendwie sahen diese Wunden seltsam aus.

Aber das ist nicht unsere Sorge, dachte der Wurm und ließ sich wieder zurück ins Boot gleiten, um Wikkell an der Pinne zu helfen.

Auf Anhieb fanden sie die Öffnungen in den Felswänden. Tull sammelte noch Schwämme ein und preßte sie zu einem schimmernden Ball, falls in den Tunneln keine lichtspendenden Pflanzen wuchsen. Dann kletterten die drei ein Stück hinauf und betraten den größten der drei Eingänge. Conan fühlte sich sofort besser. Hierhin würde ihnen aller Wahrscheinlichkeit nach kaum jemand folgen, da es so unendlich viele Löcher in der riesigen Höhle des Sonnenlosen Meers gab.

Tulls Befürchtungen wegen des Lichts bewahrheiteten sich, da die Tunnelwände sehr dunkel waren. Der Durchmesser des Ganges entsprach ungefähr einem kleinen Zimmer. Die drei konnten aufrecht gehen und stehen, waren aber mit einem Schritt nach rechts oder links an der Wand. Tull hielt den leuchtenden Schwammball hoch über den Kopf. Dann marschierten die drei in den Tunnel hinein.

Plötzlich blieb der Cimmerier stehen und lauschte.

»Was ist los?« fragte Elashi leise.

Conan strengte die Ohren an; aber das schwache Geräusch, das er gehört hatte, war weg. Er schüttelte den Kopf. »Nichts, gehen wir weiter.«

Sie marschierten munter drauflos.

Die Vorsicht des Harskeels, einen Späher vorauszuschicken, zahlte sich aus. Die Spähfledermaus kehrte zurück und ließ sich auf dem Floß nieder. Es war Roter. Strahlend meldete er, daß die drei Gesuchten sich in nicht allzu großer Entfernung vor ihnen befänden. Sie waren in einen Tunnel marschiert, welcher nur wenige Minuten von hier entfernt war. Nein, sie hatten ihn nicht gesehen. Da war Roter ganz sicher.

Der Harskeel grinste. Endlich!

Plötzlich wurde Deek aufgeregt. Wikkell hatte keine Ahnung, warum. Der Riesenwurm wälzte sich wie verrückt im Boot herum.

»Was ist los?« fragte Wikkell. »Willst du etwas sagen?«

Der Wurm machte die Bewegung, welche der Zyklop inzwischen als Nicken kannte.

»Na schön. Ich bringe dich ans Ufer, damit du dich auf den Felsen verständlich machen kannst.«

Kaum am Ufer, schabte Deek gleich los.

»D-der F-fisch!«

»Was ist damit? Nur ein Kadaver.«

Es war für Deek schwierig, mit der umständlichen Methode, die er anwenden mußte, längere Sätze zu bilden. Wie konnte er am besten erklären, daß die drei Gesuchten unmöglich ein Boot finden oder bauen konnten, als sie zum Sonnenlosen Meer kamen? Und wie, daß die Wunden im Körper des Riesenfischs bestimmt nicht von Artgenossen verursacht worden waren? Am besten, er kam gleich auf den Punkt. »Ihr B-boot!«

Wikkell war trotz seiner Größe keineswegs begriffsstutzig. Auch wenn Katamay Rey anders dachte, man stieg nicht zum ersten Assistenten eines Zauberers auf, wenn man dazu nicht besonders befähigt war. Er kapierte Deeks Hinweis sofort.

»Bist du sicher?«

Je mehr Deek darüber nachdachte, desto sicherer wurde er. »J-ja.«

Wikkell verdaute diese unangenehme Nachricht kurz. Dann nickte er. »Ja, das ergibt irgendwie Sinn. Wir sollten zumindest die Möglichkeit überprüfen, meinst du nicht auch?«

»G-gewiß.«

Wikkell legte sich in die Pinne und wendete schnell das Boot. Im nächsten Augenblick fuhren sie zurück in die Richtung, aus welcher sie gekommen waren. Diese Menschen waren verdammt klug, wenn sie einen toten Fisch als Floß benutzten! Vielleicht waren sie klüger und daher gefährlicher, als er gedacht hatte. Auf alle Fälle sollten sie sich diesen dreien mit größter Vorsicht nähern. Es wäre doch zu dumm, wenn er aus Angst vor Reys Bestrafung etwas übereilte und dann von irgendeinem schwertschwingenden Menschen aufgespießt würde.

Der Zauberer Katamay Rey wurde von den dienstbaren Zyklopen immer weiter auf den Pontons über das Sonnenlose Meer getragen. Vor ihm tauchte die Brükke auf ... hinter ihm verschwand sie ... es war, als marschierten sie stets auf festem Boden dahin.

Chunthas Floß aus lebendigen Würmern brauste durchs Wasser. Die Zauberschraube sorgte für eine ordentliche Geschwindigkeit. Allerdings blieb die Hexe so weit hinter dem Zauberer, daß er sie nicht sehen konnte, sie ihn aber in wenigen Minuten überholen konnte.

»Dort!« erklärte Roter und wedelte mit einem Hautflügel auf die drei Öffnungen in der Felswand zu. »Das Loch in der Mitte.«

»Bist du sicher?« fragte der Harskeel.

»Ohne jeden Zweifel.«

»Gut. Dann los, aber jetzt etwas schneller!«

»He, ich finde, daß wir unseren Teil bei dem Abkommen geleistet haben!« rief Roter. »Wir haben für ein Transportmittel übers Wasser gesorgt, und jetzt ist die Reise zu Ende.«

»Aber wir haben unsere Beute noch nicht eingefangen.«

»Ja, deine Beute«, bemerkte Roter.

Der Harskeel überlegte, welche Möglichkeiten ihm offenstünden. Brauchte er die Fledermäuse noch? Wer wußte das schon? Es war besser, sie in der Nähe zu haben und nicht zu brauchen, als sie nicht zu haben, falls er auf ihre Hilfe angewiesen wäre. »Ich spüre, daß meine Konzentration im Augenblick nicht ausreicht, um den Blutzauber auszuführen.«

Roter beäugte ihn so mißtrauisch, wie eine affengroße Fledermaus schauen konnte. »Ach ja? Und was würde deine Konzentration stärken? Nein, gestatte mir zu raten! Die Gefangennahme dieser drei Leckerbissen?«

»Du bist wirklich ein kluges Kerlchen!«

Roter nickte. »Verstehe.«

»Niemals endender Nachschub von Tonnen voller Blut«, sagte der Harskeel. »Es wäre doch zu schade, wenn ich mich nicht mehr an die richtigen Worte des Zaubers erinnern könnte, oder?«

Über diese Erklärung mußte Roter etwas länger nachdenken. »Na schön«, sagte er schließlich. »Dann begleiten wir dich weiter.«

»Du bist wirklich eine Fledermaus nach meinem Herzen.«

»Keine schlechte Idee.«

»Wie bitte?«

»Nichts. Beeilen wir uns und fangen die drei.«

»Was um alles auf der Welt ist *das*?« fragte Elashi und deutete nach vorn.

Direkt vor ihnen weitete sich der enge Gang zu einem großen unterirdischen Saal. In der Mitte standen mehrere dornige hohe Pflanzen. Die Lichtschwämme wuchsen sehr dicht an den Wänden, so daß man die Pflanzen deutlich sah. Um die Pflanzen herum lag auf dem Boden ein schimmernder Teppich, welcher die Felsen wie ein seidenes Tuch bedeckte. Conan hatte dieses Material schon einmal gesehen. Der junge Barbar brauchte keine Minute, dann erinnerte er sich: Das Boot, in welchem der Zyklop und der Riesenwurm saßen, hatte genauso ausgesehen.

»Oje«, murmelte Tull.

»Mir gefällt gar nicht, wie du das sagst«, meinte Conan. »Wo liegt das Problem?«

»Das sind die Netzspinner«, erklärte Tull.

»Na und?« fragte Elashi.

»Ich weiß nicht sehr viel über sie; aber wenn man den Weißen und den Fledermäusen glauben will, soll man ihnen möglichst aus dem Weg gehen.«

In diesem Augenblick hörte Conan, wie jemand seinen Namen rief.

Conan.

Er drehte sich um, konnte aber niemand entdecken.

Conan aus Cimmerien. Du starker, gutaussehender Mann.

Die honigsüße Stimme war weiblich und erweckte sofortige Begierde. Conan war völlig verblüfft. Wo war die Frau, die ihn rief? Das hätte er sehr gern gewußt. Er mußte diese Frau näher kennenlernen, die so verführerisch klang. Viel näher.

Hier, Conan. Hinter den schönen Pflanzen vor dir. Komm zu mir, und ich werde dir jeden Wunsch erfüllen. Du wirst Freuden erleben, von denen du nicht einmal geträumt hast.

Der Cimmerier war überrascht. Das Weib war schamlos! Noch nie war er einer Prostituierten begegnet, welche sich derartig schamlos anbot.

Der junge Barbar blickte zu Elashi hinüber. Ohne Zweifel fand sie das Angebot der Frauenstimme nicht so verlockend. Er wartete schon auf ihren Wutausbruch. Aber Elashi schien tief in Gedanken verloren zu sein und blickte beinahe verträumt zu den Pflanzen hinüber, als könne sie die Stimme der Frau gar nicht hören. Dann trat sie einen Schritt auf die Netzspinner zu.

Auch Tull neben ihm wollte weitergehen.

Plötzlich spürte Conan, daß diese Stimme Gefahr bedeutete.

Keine Angst, mächtiger Krieger! säuselte die Stimme. *Mach dir um diese beiden keine Sorgen. Sie werden sich nicht zwischen uns stellen. Ich will nur dich, und allein dir werde ich dienen, auf jede Art, die dir Vergnügen bereitet.*

Mit strahlenden Augen gingen Elashi und Tull auf den hellen Teppich zu. Dabei schienen sie einander nicht wahrzunehmen.

»Halt!« rief Conan den Freunden zu.

Keiner der beiden hielt inne. Da spürte er unmittelbare Gefahr. Diese Stimme — hatte er sie vielleicht nicht mit eigenen Ohren gehört, sondern nur im Kopf? Es war eine Falle! Da war er sicher.

Der Cimmerier riß das Schwert aus der Scheide und sprang vorwärts.

»Tull! Elashi! Halt!«

Der Harskeel und seine Männer eilten, von den Fledermäusen begleitet, durch den engen Korridor. Sie hielten etwas Abstand voneinander, weil die Blutsauger auf zu engem Raum nicht fliegen konnten. Wenn die Kunde vom Roten korrekt war, mußten sie schon bald auf Conan und seine Begleiter stoßen.

Der Harskeel unterdrückte nur mit Mühe ein zufriedenes Lachen. Er trieb seine Männer zu größerer Eile an.

»Dort!« rief Wikkell und zeigte ans Ufer.

Der tote Fisch wiegte sich nahe des Ufers im Wasser. Jetzt konnte der Zyklop ihn näher betrachten. Ja, diese Einbuchtungen stammten eindeutig von keinem anderen Raubfisch.

Wikkell steuerte das Boot ans Ufer und stieg mit Deek aus. »Der See hat hier kaum Strömung. Sie müssen irgendwo in der Nähe stecken.«

»W-wieder z-zurück, w-woher w-wir g-gekommen s-sind?« schlug Deek vor.

»Das klingt vernünftig. Wir haben sie nicht überholt. Komm, zurück aufs Wasser! Da kommen wir schneller vorwärts.«

»Ein-v-verst-standen.«

Conan sprang vor, um die Freunde zu schützen, und rief so laut »Halt!«, daß es in der Höhle widerhallte. Aber diese Handlung war ziemlich unüberlegt.

Was … was, wenn sie nicht stehenblieben? Was sollte er tun? Sie mit dem Schwert niederhauen?

Zum Glück waren Elashi und Tull vom Hall der Stimme so überrascht, daß sie unwillkürlich innehielten. Sie standen dicht vor dem Teppich. Jetzt schüttelten sie ihre Köpfe, als erwachten sie aus einem Traum.

Conan, kümmere dich nicht um diese beiden! Ich warte auf dich.

Die bis jetzt so samtweiche Stimme schien leicht verärgert zu klingen.

»Geht zurück!« rief Conan den Freunden zu. Er blickte hinab und sah, daß er selbst auf dem seltsamen Teppich stand.

Elashi schrie: »Conan! Hinter dir!«

Der große Cimmerier wirbelte mit gezücktem Schwert herum. Ein blasses grünliches Seil sauste ihm entgegen. Es war so gut gezielt geworfen, daß es sich unweigerlich um die Schultern des jungen Barbaren schlingen mußte. Doch da riß der junge Barbar das Schwert hoch und führte einen kraftvollen Hieb gegen diese Liane. Sie war so hart wie Holz; aber die scharfe Klinge trennte sie glatt durch. Beim Herabfallen streifte sie Conans Handgelenk und schürfte die Haut ab. Die verletzte Stelle war von einer klebrigen Masse bedeckt.

Elashi hatte ihr Krummschwert, Tull seinen Dolch gezückt. Alle drei Freunde bemühten sich, der Gefahr zu entkommen. Wieder wurde ein Seil geworfen. Es kam aus einem Loch im Stamm der Pflanze, die ihm am nächsten stand, wie Conan sah. Dann flogen noch ein drittes und ein viertes Seil durch die Luft.

»Schnell weg! Es ist eine Art Netz!« schrie Conan und suchte wieder festen Boden zu gewinnen. Auch Elashi lief einige Schritte. Doch dann rutschte Tull auf dem glatten Teppich aus und fiel hin. Sofort legte sich eine Wurfleine um seine Tunika. Dann wurde er zu den Pflanzen gezogen.

Conan sprang dem gefangenen Mann zu Hilfe und durchschlug mit zwei mächtigen Hieben das Seil.

Im Kopf hörte er: *Schwestern! Helft mir! Diese drei bedeuten Essen für einen ganzen Monat.* Jetzt lag keinerlei Verführung mehr in der Stimme, nur eiskalte Hinterlist.

Fünf, sechs, ein ganzes Dutzend der klebrigen Seile schossen auf die drei Freunde herab. Tull kroch auf Händen und Knien von den todbringenden Pflanzen weg. Zwei Seile flogen an ihm und Conan vorbei. Dann bemerkte der Cimmerier, daß der Teppich auf dem Boden aus demselben Material wie die Wurfleinen bestand. Damit konnte er die Reichweite der Seile abschätzen. Er lief zu Tull, packte den Alten beim Arm und sprang mit ihm zum nächsten kahlen Fleck des Felsbodens. Eine Liane riß noch ein Stück Leder aus seinem Stiefel, doch dann waren die beiden Männer außer Gefahr.

»O ihr Götter!« keuchte Elashi.

Die drei blickten zu den Pflanzen hinüber.

Warte, erklang wieder die überaus verführerische Stimme in Conans Kopf. *Das ist alles ein Mißverständnis. Komm zu mir und lern die tiefsten Abgründe der Lust kennen.*

Conan schaute Elashi an. »Hast du das gehört?«

Sie nickte. »Ja, es war die mächtige Stimme eines Wüstenscheichs«, antwortete sie. »Er bat mich, zu ihm zu kommen und seine Braut und Hauptfrau zu werden.«

Conan sah Tull fragend an. »Und was hast du gehört?«

»Ein Weib, das mir versprach, mir so viel Lust zu bereiten, daß mir die Sinne schwänden«, antwortete der Graubart.

Conan nickte. Jetzt verstand er. Die Pflanzen schickten Lockrufe aus, um ihre Opfer in die Fänge zu bekommen. Zweifellos dienten diejenigen, welche der Verführung erlagen, als willkommene Nahrung.

Nein, kam wieder die Stimme. *Du wirst nicht verspeist. Glaub mir.*

»Das tue ich lieber nicht«, sagte der Cimmerier. Dann wandte er sich wieder an die Gefährten. »Es ist besser, wenn wir zurückgehen und einen anderen Weg suchen.«

Doch in diesem Augenblick schwirrte eine Fledermaus aus dem Tunnel, durch den die drei in die Höhle gekommen waren. Gleich darauf tauchten noch mehr Blutsauger auf, und dann hörten sie die Rufe von Männern.

Conan schüttelte den Kopf und hob das Schwert. Nahm denn dieser Wahnsinn nie ein Ende?

Dreizehn

Deek war es, der die Löcher in der Felswand entdeckte. Sofort steuerte Wikkell das Ufer an. Dann stiegen die beiden aus und zogen das Boot heraus.

»D-dort m-müssen s-sie hh-hineing-geg-gangen s-sein.«

»Wieso bist du so sicher?«

»S-schau!«

Wikkell betrachtete die Wand genauer, welche der Wurm meinte. Ja, gleich hinter den drei Eingängen gab es praktisch kein Ufer mehr, da die Felsen bis ans Wasser reichten. Die drei hätten schon Fliegen sein müssen, um sich an dieser steilen Wand zu halten, geschweige denn vorwärtszubewegen. Es blieb nur die Möglichkeit, eine beträchtliche Strecke zu schwimmen. Aber Wikkell hielt das für ziemlich unwahrscheinlich. Die drei wären nie so weit gekommen, wenn sie nicht über ein gewisses Maß an Klugheit verfügt hätten.

»Ja, aber welches Loch?«

»Eins ist s-so g-gut w-wie d-das and-dere.«

Wikkell nickte. »Dann nehmen wir das rechte.«

»W-warum n-nicht.«

Für Wikkell war es relativ leicht, hinaufzuklettern. Deek brauchte länger. Als sie am Eingang angelangt waren, sah Wikkell, daß der Gang sehr dunkel war.

»Ich gehe noch einmal nach unten und kratze etwas Leuchtschwamm zusammen.«

»N-nicht n-nötig. Ich k-kann im D-dunkeln g-gut s-sehen.«

»Dann folge ich dir. Los!«

Die beiden verschwanden im Eingang.

Ein böses Schicksal ereilte die vier Fledermäuse, die sich als erste auf Conan stürzten. Blitzschnell war der erste Blutsauger von der Klinge des Cimmeriers der Länge nach in zwei Hälften geteilt worden. Die zweite und dritte Fledermaus entgingen durch eine rasche Änderung der Flugbahn dem todbringenden Stahl, gerieten jedoch in Reichweite der Pflanzen mit ihren klebrigen Leinen. Die Netzspinner verschwendeten keine Zeit, sondern umschlangen sofort die hilflosen Blutsauger. Die vierte Fledermaus grinste, als sie den Wurfleinen auswich, doch dann verging ihr die Freude, als Conan ihr mit einem schnellen Hieb den Kopf vom Rumpf trennte. Der Körper segelte durch die Luft und schlug einen Pikenträger zu Boden.

Elashi und Tull kämpften ebenfalls erbittert mit ihren Waffen. Conan sah gerade noch, wie Tull einer Fledermaus den Bauch aufschlitzte und Elashi einer anderen Flügel und Bein abschlug.

Der Lärm war schrecklich: kreischende Fledermäuse, schreiende Männer und das Zischen der Pflanzenseile durch die Luft. Dennoch lächelte der Cimmerier. Jetzt konnte er gegen eine echte Bedrohung kämpfen. Ihm war es sehr viel lieber, einem Feind von Angesicht zu Angesicht gegenüberzustehen als durch die verfluchten dunklen Höhlen zu kriechen.

Der junge Barbar ließ die Klinge blitzschnell durch die Luft sausen und verletzte die Fledermäuse rechts und links.

Dann griff einer der Pikenträger Elashi und Tull an. Mit ausgestreckter Waffe lief er auf die beiden zu, um sie aufzuspießen. Conan lächelte, als seine Freunde behende zur Seite sprangen, wobei Tull allerdings dem Angreifer ein Bein stellte, so daß dieser ins Stolpern geriet und nach mehreren unsicheren Schritten auf dem seidenen Teppich landete. Zwei klebrige Leinen flogen durch die Luft und schlangen sich um den Unglücklichen. Jetzt war er ein Leckerbissen für die Pflanzen, und daran war er ganz allein selbst schuld.

Doch jetzt hatte Conan keine Zeit, darüber nachzudenken. Es war noch viel zu tun, und er packte es an.

Der Harskeel war außer sich vor Wut: Zwei seiner Männer waren tot, und die restlichen beiden hüpften wie Tänzer umher, ohne den Barbaren und seine Begleiter ernstlich zu verwunden. Die Fledermäuse fielen wie reife Äpfel herab. Auch der Harskeel hatte seine Klinge gezückt; aber anstatt auf die eigene Kraft oder die Hilfe seiner Männer und der Fledermäuse zu vertrauen, suchte er Zuflucht bei der Magie.

Er trug zwei Phiolen im Lederbeutel am Gürtel bei sich. In der einen war Verdunklungsstaub, in der anderen Sonnenstaub. Wenn er erstere gegen eine harte Fläche warf, explodierte die Phiole, und alles war in pechschwarze Finsternis gehüllt, bei der zweiten in grelles Licht. Wenn er jetzt den Sonnenstaub in der Höhle benutzte, würde die plötzliche Helligkeit mit Sicherheit alle blenden, die hineinblickten. Danach hätte er mit Conan und den beiden anderen leichtes Spiel.

Der Harskeel nahm die Phiole aus dem Beutel und hob sie hoch. Damit die Magie richtig wirkte, mußten die Opfer direkt hineinschauen.

»Conan!« rief der Harskeel.

Als der junge Barbar seinen Namen hörte, ließ er die soeben getötete Fledermaus aus den Augen und drehte sich um. Der Ruf hatte auch die Aufmerksamkeit von Elashi und Tull auf sich gezogen. Gut!

Da warf der Harskeel die Phiole.

Auf dem Sonnenlosen Meer spürte Katamay Rey plötzlich eine Störung in der Luft. Sie mußte noch ein gutes Stück entfernt sein; aber er war sicher, daß sie mit den drei Gesuchten zu tun hatte. »Schneller! Gebt euer Bestes!« rief er den Sänftenträgern zu.

Die beiden Zyklopen gehorchten. Da die Pontons je nach der Geschwindigkeit der darauf Marschierenden aus dem Nichts auftauchten und verschwanden, konnte die Gruppe jetzt im Laufschritt weiterrennen. Dieses Tempo hätte kein irdischer Mann je geschafft.

Chuntha hielt das lebende Floß in einer Bucht an und ging ans Ufer. Dann versteckte sie sich hinter einem vom Wasser halb ausgehöhlten Stalagmiten und spähte vorsichtig hinaus, um zu sehen, wie weit Reys Gruppe schon gekommen war. Eigentlich durfte er keinen allzu großen Vorsprung haben. Doch dann kam die Überraschung: Der Zauberer war viel weiter weg, als sie gedacht hatte. Seine einäugigen Diener liefen doppelt so schnell wie zuvor. Sensha verfluche diesen Schurken! Was hatte er vor?

Die Hexe lief zurück zum Floß und erhöhte die Drehgeschwindigkeit der Schraube, welche die Würmer antrieb. Was auch immer dieser Schuft plante, es sollte ihm nicht gelingen, sie abzuschütteln!

Gischt spritzte auf, als das Wurmfloß aus der Bucht hinausschoß.

»V-v-erd-dammt!«

»Was ist los?«

Der Riesenwurm hielt an und erklärte Wikkell: »D-das ist eine S-sackg-gasse! D-da v-vorn ist S-schluß.«

»Gibt es keinen anderen Weg?«

»N-nein ...«

»Misha verfluche dieses Loch! Wir müssen zurück und den anderen Korridor probieren.«

»J-ja, aber s-schnell!«

In der Tat, dachte Wikkell, Eile tut not.

Die vom Harskeel geschleuderte Phiole sauste durch die Luft und traf genau die Stelle, auf welche er gezielt hatte. Der Harskeel schloß die Augen und legte noch den Arm vors Gesicht, um sich gegen das grelle Licht zu schützen. Eins, zwei, drei — jetzt!

Doch als der Harskeel den Arm herabnahm und die

Augen öffnete, war alles um ihn herum so schwarz wie flüssiger Teer.

Verflucht seien alle Götter! Er hatte die falsche Phiole geworfen!

Urplötzlich wurde es schwarz in der Höhle. Verblüfft drehte sich Conan um. Dieser Zwitter, dieser Harskeel, hatte etwas auf den Boden geworfen. Das mußte die Ursache der Finsternis sein. Aber … warum? Natürlich war es Magie, und zwar eine ziemlich starke. Doch welchen Nutzen zog der Harskeel aus der Dunkelheit?

Conan wollte nicht warten, um dies herauszufinden. Er flüsterte: »Elashi! Tull!«

»Hier«, antwortete der Graubart.

»Kommt zu mir! Ich glaube, ich kann uns ungesehen an dem seltsamen Typen vorbeiführen.«

In der völligen Finsternis hörte man, wie alle möglichen Wesen gegeneinanderstießen. Die Fledermäuse hatten zwar einige Erfahrung im Dunkeln, mußten sich jedoch auch ein bißchen mit den Augen orientieren. Conan hörte, wie die Blutsauger in der Nacht, welche sie einhüllte, gegen die Wände knallten.

»Conan?«

»Hier, Elashi.«

Die Tochter der Wüste war dicht neben ihm. Der Cimmerier streckte die Hand aus und berührte ihre Brust.

»Nicht jetzt, du Lüstling!«

»Wie schön, daß du in einem Augenblick wie diesem noch scherzen kannst.«

Da prallte Tull von hinten gegen Elashi, so daß sie Conan in die Arme gestoßen wurde.

»He, paß auf!«

»Tut mir leid, Mädchen.«

»Wir müssen uns an den Händen festhalten«, sagte Conan. »Hier, Elashi, nimm meine Hand!«

Als sie sich an den Händen hielten, schlich Conan langsam von den Netzspinnern fort. Er hatte einen angeborenen Orientierungssinn, welcher ihm jetzt zustatten kam. Allerdings stieß auch er in der Finsternis gegen alle möglichen Dinge: Steine, tote Fledermäuse und einen halb bewußtlosen Pikenträger. Langsam, aber sicher führte er die Freunde weg vom Chaos und zurück in den Tunnel.

Der Cimmerier hörte, wie hinter ihnen der Harskeel seinen Männern und den Fledermäusen befahl, den Eingang des Tunnels zu blockieren; doch dafür war es bereits zu spät.

Deek und Wikkell näherten sich dem Eingang zu der Sackgasse, in welche sie gelaufen waren. Kurz davor stieß Wikkell den Wurm an. »Halt! Warte! Ich höre etwas.«

Vorsichtig schoben die beiden sich näher an die Öffnung heran. Zu diesem Zeitpunkt konnte jedes fremde Geräusch Ärger bedeuten; daher waren die zwei sich einig, möglichst vorsichtig weiterzuschleichen. Das war vom Zyklopen und Wurm weise gehandelt; denn ›Ärger‹ war mehr als untertrieben für das, was ihnen bevorstand.

Am Ende des felsigen Ufers lag ein Ponton, der zweifellos durch Zauberei herbeigeschafft worden war; denn vorhin hatte es ihn noch nicht gegeben. Auf dem Dock stand Katamay Rey inmitten von Wikkells Brüdern. Weitere Zyklopen waren bereits am Ufer.

Wikkell stieß leise das übliche, wenn auch vulgäre

Wort für Exkrement aus und wich schnell in den schützenden Schatten zurück. Auch Deek fand den Ausdruck ungemein passend und schob sich ebenfalls schnell in den Tunnel zurück.

»Wir sind verloren«, flüsterte Wikkell.

Deeks Schaben auf dem felsigen Untergrund war leise; dennoch kam es Wikkell jetzt überlaut vor. »V-vielleicht n-nicht. S-schau!«

Der Zyklop brauchte einen Moment, bis er verstanden hatte, was der Wurm meinte. Die Aufmerksamkeit Reys und seiner Zyklopen galt offenbar nicht dem Tunnelausgang, in dem Wikkell und Deek sich versteckten; denn alle blickten wie gebannt auf das Loch in der Mitte der Felswand. Wikkells Gefühl der Erleichterung wurde durch das Wissen beeinträchtigt, daß dieses gut *und* schlecht für sie war. Gut, weil Rey offenbar nicht wußte, daß er hier war, aber schlecht, weil es bedeutete, daß die Menschen, welche der Zyklop seit einer Ewigkeit durchs Höhlensystem verfolgte, in dem nächsten Gang steckten. Es war für Wikkell nicht gut, daß Rey selbst gekommen war und die drei nun eigenhändig fing. Auch Deek war nicht glücklich, daß Rey die Beute zufiel, da so seine Hoffnung zunichte würde, bei Chuntha wieder Gnade zu finden. Wie man es auch betrachtete, die Situation war hoffnungslos.

Die Gedanken des Zyklopen und des Wurms wurden durch die Rufe einiger Zyklopen unterbrochen, welche verkündeten, daß die drei Gesuchten aufgetaucht seien. Weder Deek noch Wikkell konnten sie allerdings sehen. Ja, das Spiel war aus.

»Ich glaube, Deek, mein Freund, daß es uns jetzt an den Kragen geht.«

»D-du s-sagst es, m-mein F-freund!«

Katamay Rey lächelte, als er die überraschten Gesichter der drei Freunde im Eingang des Tunnels sah. Einen derartigen Empfang hatten sie offenbar nicht erwartet. Es waren zwei Männer und eine Frau. Jedoch dauerte der Schreck nicht lange an. Der größere der beiden Männer zückte ein langes Schwert. Die Frau und der Alte griffen ebenfalls sofort zu den Waffen. Zweifellos können sie damit meine Diener verletzen, dachte Rey. Es bestand aber auch die Gefahr, daß seine Zyklopen im Übereifer, das Trio zu fangen, einen oder alle verwundeten. Nach der vielen Mühe und Anstrengung der Jagd hatte der Zauberer keine Lust, mitanzusehen, wie seine Beute beschädigt würde, noch ehe er dies selbst besorgen konnte. Dann sah er, daß der junge Hüne sich anschickte, auf den ersten Zyklopen herabzuspringen. Nein, so ging es nun wirklich nicht!

Katamay Rey hob die Hände und stieß Worte in einer Sprache aus, welche zum letztenmal vor tausend Jahren von Menschen benutzt worden war. Aus der Luft schwirrte ein Netz herab, dessen Maschen so fest waren, daß keine stählerne Klinge der Welt sie beschädigen konnte. Das Netz senkte sich auf die drei Menschen herab. Als diese wild um sich schlugen, verfingen sie sich nur noch mehr in den Maschen.

Wie viele von Reys Zaubersprüchen erschöpfte auch diese Magie die übernatürlichen Elemente in der Luft um ihn herum. Der Ponton unter Reys Füßen erbebte, festigte sich aber so gleich wieder. Wenn man an einem Ort zuviel Magie anwendete, zehrte man damit den Vorrat des Ortes an ätherischer Energie für eine gewisse Zeit auf, so wie man eine Weinflasche ausgoß. Man mußte vorsichtig sein, einen nicht zu starken Zauber anzuwenden, damit man immer noch eine Reserve für Notfälle übrigbehielt. Aber im Augenblick dachte Rey nicht daran. Endlich hatte er die drei in seiner Gewalt ...

»Bringt sie nach unten!« befahl Rey. Ein halbes Dutzend Zyklopen beeilte sich, den Befehl auszuführen.

Conan und seine Freunde bemühten sich verzweifelt, dem Netz zu entkommen, doch war dies reine Energieverschwendung. So lange Rey den Zauber nicht löste, waren sie in den Maschen gefangen.

Katamay Rey lächelte zufrieden. Eine jegliche Bedrohung durch die drei für seine Herrschaft im Höhlensystem war jetzt gebannt.

Chuntha war mehr als wütend, als sie mitansehen mußte, wie der verhaßte Rivale die drei einfing, hinter denen sie selbst her war. Sensha vernichte ihn! Er hatte ihr die Beute vor der Nase weggeschnappt.

Die nackte Hexe versteckte sich hinter einem Felsen und dachte nach, welche Möglichkeiten ihr noch geblieben waren. Nur weil Rey die drei Menschen zuerst in seine Gewalt bekommen hatte, hieß das noch lange nicht, daß er gewonnen hatte. Die Sache war erst ausgestanden, wenn er mit ihnen wieder in seiner Festung saß. Bis dahin war Rey gefährlich, aber nicht unschlagbar. Sie hatte das Überraschungsmoment auf ihrer Seite. Ein Angriff zum richtigen Zeitpunkt konnte die Pläne des Zauberers immer noch zunichte machen.

Natürlich hing alles von der Wahl des richtigen Zeitpunkts ab. Ein Fehler konnte sie teuer zu stehen kommen. Aber Chuntha gab noch lange nicht auf! Sie verfügte auch über einige nette Tricks, und bei dem Gedanken, diesen Schurken ein für allemal zu vernichten, stieg wohlige Wärme in ihr auf. Sie würde ihre Beute schon bekommen. Zwei Männer und eine Frau. Gebrauchen konnten sie alle drei. Und mit sorgfältiger Planung würde Rey eine unerwartete, ewige Reise in die Gehenna antreten.

Welch überaus angenehmer Gedanke!

Vierzehn

Der Harskeel platzte fast vor Wut. Als die Wirkung des Verdunkelungsstaubs nachließ, stand er vor einem Blutbad. Keiner seiner Männer lebte mehr. Von den vieren war einer durch das Schwert des Barbaren getötet worden. Offenbar hatten die Pflanzen einen anderen verschlungen. Dann hatten sich die Fledermäuse in der Verwirrung auf den dritten gestürzt, und der vierte lag zertrampelt am Boden. Es lagen allerdings auch viele tote Fledermäuse herum. Roter war nicht darunter.

Jetzt hüpfte die Fledermaus, mit welcher der Harskeel das Geschäft abgeschlossen hatte, auf ihn zu. Mit einem Blick auf die Toten sagte Roter: »Das war ein schlechtes Geschäft.«

Der Harskeel konnte vor Wut nichts sagen.

»Na, was meinst du? Wir nehmen jetzt unseren Blutzauber, und damit sind wir dann quitt, einverstanden?«

Jetzt fand der Harskeel die Stimme wieder. Im Gegensatz zu den in ihm tobenden Gefühlen sprach er mit eiskalter und klarer Stimme. »Ich habe noch einen Zauber. Der wirkt allerdings etwas anders. Er verwandelt Fledermäuse in Insekten.«

»Du scherzst.«

»Möchtest du einen Beweis? Zum Beispiel an dir selbst?«

Roter brauchte nicht lange, um zu überlegen. »Nein, ich glaube dir aufs Wort.«

»Gut. Dann laß uns losgehen und diesen Barbaren fangen, ehe ich es mir anders überlege und es für besser halte, daß alle Fledermäuse in diesem Höhlensystem mir als Schmetterlinge nützlicher sind!«

Wikkell und Deek sahen zu, wie die Gefangenen auf den magischen Ponton gebracht wurden. Dort nahm man ihnen die Waffen ab. Als die Menschen von jeweils zwei kräftigen Zyklopen gehalten wurden, löste der Zauberer das Netz wieder auf. Gegen die Stärke von Wikkells Brüdern richtete auch der Hüne mit der rabenschwarzen Mähne nichts aus. Endlich schien der Mann dies auch zu merken und verhielt sich still.

Zum Erstaunen von Zyklop und Wurm marschierte Rey mit seiner Truppe auf dem Ponton in Richtung Wasser los. Durch Zauberei tauchte vor ihnen der nächste Abschnitt auf, während der hintere wie Rauch in einer Brise verschwand. Nach kurzer Zeit war die Prozession beinahe außer Sicht.

»Und w-was j-jetzt?«

Wikkell seufzte. »Es sieht wirklich übel für uns aus, würde ich sagen. Du kannst nicht nach Hause zurückkriechen; denn deine Herrin ist zweifellos unzufrieden mit dir.«

»D-das ist m-milde ausg-gedrückt.«

»Ich kann auch nicht zurück in meine Höhlen, da der Zauberer die Menschen eigenhändig eingefangen hat, welche ich ihm bringen sollte. Für Versager hat er keine Verwendung.«

»W-was s-sollen w-wir b-bloß t-tun? Als Ausg-ges-stoßene l-leben?«

»Nun, lieber als Ausgestoßener leben als gar nicht! Aber ich muß gestehen, daß der Gedanke, mich auf eigene Faust mühsam durchs Leben zu schlagen, mir ganz und gar nicht gefällt.«

»D-du hast r-recht.«

Wikkell nickte. Die Idee, welche ihm nebelhaft durch den Kopf schwirrte, nahm festere Gestalt an. »Hast du dich je gefragt, ob es uns allen nicht viel besser ginge, wenn der Zauberer und die Hexe nicht in die Höhlen gekommen wären, um hier zu herrschen?«

»M-mehr als einm-mal!«

»Es ist zwar nur der Wunsch der Vater des Gedankens, aber wie wäre es, wenn die beiden fortgingen oder sich gegenseitig vernichteten?«

»Ein W-wunscht-traum!«

»Vielleicht nicht. Keiner von uns kann nach Hause zurückkehren, solange diese beiden Verfluchten die Höhlen beherrschen. Unser Leben ist praktisch wertlos. Warum setzen wir es nicht für das Wohl unserer beider Völker ein?«

»S-schlägst d-du etwa eine R-revol-lution v-vor?«

»Ja, in der Tat. Was haben wir zu verlieren?«

Deek überlegte. Noch vor wenigen Tagen wäre ihm Wikkells Idee völlig verrückt vorgekommen; doch jetzt klang sie gar nicht mehr so wahnwitzig. Vor allem, wenn die Alternative darin bestand, den Rest der noch auf Erden verbleibenden Zeit durch die Dunkelheit zu kriechen, ständig in der Angst vor dem Tag, an welchem Chuntha oder Katamay Rey sie entdeckten und ihnen ein plötzliches Ende bereiteten.

»Ich will dir nicht das Messer auf die Brust setzen,

Deek — aber entweder sie oder wir! Und wenn ich es mir recht überlege, wäre es mir lieber, wenn ich überlebte.«

»D-da h-hast d-du r-recht«, pflichtete Deek ihm bei. Warum eigentlich nicht?

»Also, abgemacht? Gut, dann wollen wir mal sehen, wieviel Hilfstruppen wir zusammentrommeln können.«

Immer wieder spannte der Cimmerier die Muskeln und versuchte sich aus dem Griff der beiden Zyklopen zu lösen, die ihn festhielten; aber genausogut hätte er versuchen können zu fliegen, indem er mit den Armen flatterte. Der Griff der beiden wirkte wie ein Schraubstock. Conan stand auch nicht so, daß er sie dort hätte treten können, wo es weh tat.

Elashi und Tull erging es nicht besser. Auch Conans Lächeln munterte sie nicht auf. Im Augenblick sah die Zukunft nicht besonders strahlend für die drei aus. Allerdings war der junge Barbar schon öfter in ebenso schlimmen Situationen gewesen und hatte immer überlebt. Wer konnte in die Zukunft sehen? Niemand. Es nutzte daher auch nichts, wenn er sich den Kopf zermarterte. Viel besser war es, wenn er seine Energie sparte und auf die erste Möglichkeit wartete, sie gezielt einzusetzen, um die Situation zu verbessern. Selbst wenn er frei gewesen wäre und das Schwert in der Hand gehalten hätte, wäre es nicht leicht gewesen, die einäugigen Monster zu besiegen, ganz zu schweigen vom Zauberer. Aber der Cimmerier ging immer davon aus, daß alles möglich war, man mußte es nur versuchen.

Chuntha beobachtete aus ihrem Versteck heraus, wie der Zauberer und seine Abteilung vorbeizogen. Noch war die Zeit nicht reif; aber sie mußte etwas unternehmen, ehe Rey die Sicherheit seiner Wohnhöhlen erreichte.

Als der Harskeel und die Fledermäuse den Ausgang des Tunnels am Sonnenlosen Meer erreicht hatten, sahen sie gerade noch, wie Katamay Rey und die Gefangenen den Schauplatz verließen. Roter erkannte den Magier und warnte, daß jegliche Verärgerung desselben teuer bezahlt werden mußte.

Der Harskeel platzte fast vor Wut. Nur mit Mühe gelang es ihm, die Beherrschung nicht zu verlieren. Warum waren die Götter so gegen ihn? Gehörte das zu dem Fluch? Hatte man diesen Teil bisher vor ihm geheimgehalten?

»Nun gut. Wir folgen ihm und warten auf eine günstige Gelegenheit.«

»Eine Gelegenheit *wofür?*« fragte Roter.

»Das ist jetzt unwichtig. Laß das Boot zu Wasser!«

Deek und Wikkell sahen aus dem Versteck im Tunnel, wie der Harskeel und die Fledermäuse das Boot zu Wasser ließen und dem Zauberer nachsetzten.

»Ich frage mich, welche Rolle dieser seltsam aussehende Mann bei dem Ganzen spielt. Du erinnerst dich doch an ihn? Wir haben ihn bei dem Gemetzel in der Fledermaushöhle gesehen.«

»S-stimmt. Ein R-räts-sel.«

Katamay Rey war äußerst zufrieden mit sich. Die Gefangennahme der drei Menschen war leichter gewesen, als er befürchtet hatte, nachdem Wikkell so kläglich versagt hatte. Jetzt freute er sich schon darauf, die drei ganz in Ruhe in seinen Gemächern zu begutachten und zu verhören. Zweifellos würde ihm das viele vergnügte Stunden bescheren. Besonders der Hüne würde ziemlich lange aushalten, ehe er den Geist aufgab.

Plötzlich rumpelte es an der Decke der Höhle. Mehrere Felsbrocken fielen ins Wasser, so daß der Zauberer auf dem Ponton naßgespritzt wurde. Fast gleichzeitig stürzte ein schreiendes Wesen durch ein Loch, welches sich soeben aufgetan hatte. Es zielte direkt auf Katamay Rey.

Der Zauberer war so überrascht, daß ihm nicht einmal die primitivsten Schutzzaubersprüche einfielen. Er hob nur im letzten Augenblick abwehrend die Hände. Das reichte, um den Flug des Monsters so weit zu beeinflussen, daß dieses den Ponton verfehlte und im See landete. Der Angriff hatte alle völlig überrascht. Auch die Zyklopen starrten gebannt nach oben und ließen ihre Gefangenen kurz aus den Augen.

Auch Reys Wachsamkeit war eine Sekunde zu lang erlahmt.

Conans Bewacher hatten den Halt so weit gelockert, daß er einen Arm frei bekam. Damit konnte der Cimmerier sich herumdrehen und dem rechten Zyklopen mit dem Stiefel in den bei allen aufrecht gehenden männlichen Lebewesen empfindlichsten Teil der Anatomie zu treten. Der Zyklop stieß einen für seine Größe komisch klingenden mädchenhaften Laut aus und mußte mit den Händen eine andere Stelle als den Arm des Cimmeriers halten. Er krümmte sich und stöhnte vor Schmerzen.

Conan sprang sofort auf den Zyklopen, welcher

Elashi festhielt, und wiederholte den Tritt, der so vorzüglich gewirkt hatte. Dieser Einäugige war schneller als sein Kamerad. Es gelang ihm, die empfindlichen Teile zu schützen, indem er Conans Stiefel abwehrte, doch dazu mußte er die Tochter der Wüste loslassen. Mehr brauchte der Cimmerier nicht. Im letzten Augenblick legte er sein gesamtes Gewicht in den Tritt und zielte auf den Bauch. Der Zyklop verlor das Gleichgewicht und fiel vom Ponton ins Wasser.

Inzwischen hatte Elashi die Verwirrung der Bewacher ausgenützt und rasch die Schwerter und Tulls Dolch ergriffen. Sie warf Conan die Klinge zu. Dann hieb der junge Barbar mit mächtigen Schlägen auf die Zyklopen ein, die Tull festhielten. Da den beiden ihr Leben lieb war, ließen sie den Alten los.

»Ins Wasser!« schrie Conan.

Tull und Elashi gehorchten, obwohl das Mädchen nicht schwimmen konnte.

Eigentlich versprach der Fluchtversuch wenig Erfolg, da der Zauberer allmählich wieder zu Verstand kam und nirgends ein sicherer Zufluchtsort zu entdecken war. Als Conan wieder an die Wasseroberfläche kam, reichte er Elashi das Schwert. Sie hielt sich daran fest, und so schleppte sich der Cimmerier dem Ufer entgegen. Jeden Augenblick erwartete er, daß ihn ein Blitzstrahl magischer Energie töten würde; aber er paddelte verbissen weiter.

Jetzt sah Chuntha ihre Gelegenheit. Irgend etwas war von oben dem Widersacher beinahe auf den Kopf gesprungen. Während Rey und seine Zyklopen ganz verwirrt nach oben starrten, war es diesem prächtigen Mann und seinen Begleitern gelungen, sich zu befreien und ins Wasser zu springen. Gut so! Jetzt mußte sie Rey nur ablenken, bis die drei das Ufer erreicht hatten. Danach konnte sie sie einsammeln.

Die Hexe erhöhte das Tempo ihres magischen Wurmfloßes und rauschte auf den Zauberponton zu. Sie holte aus einer Tasche eine Keramikflasche, welche einen Nebelzauber enthielt. Dann lächelte sie; denn jetzt erst hatte Rey sie entdeckt.

»Da ist die Hexe! Ich wußte, daß sie uns das angetan hat!«

Der Zauberer hob die Hände zum Gegenzauber, doch Chuntha war schneller. Blitzschnell zog sie den Stöpsel heraus. Explosionsartig stiegen dicke Nebelschwaden auf. Im Nu waren Wurmfloß und Schwimmponton eingehüllt, so daß der Zauberer die Hexe nicht mehr sehen konnte, und sie ihn auch nicht. Schnell verschloß Chuntha die Flasche wieder.

»Set verfluche dich, du Hexe!«

»Und dich auch, elender Schurke!«

Rey versuchte mit einem magischen Blitz den dichten Nebel zu durchdringen; aber Chuntha ließ sofort zur Abwehr neue Schwaden aus ihrer Flasche aufsteigen. Diese Aktionen sowie die Kräfte, welche nötig waren, um den Ponton und das Floß zu erhalten, zehrten ungemein an der magischen Energie des Ortes, so daß diese sehr schnell abnahm. Für die nächste Zeit konnte hier keiner einen größeren Zauber ausführen.

Zeit abzurauschen, dachte Chuntha. Los, weiter! Ich muß diesen gutaussehenden Riesen mit der blauschwarzen Mähne finden …

Der Harskeel eilte am Ufer des Sonnenlosen Meers entlang und sah plötzlich in der Ferne den dichten Nebel. Was ist das? fragte er sich. Wo steckt diese verfluchte Fledermaus, wenn man sie braucht? Er lief schneller.

Conan schwamm mit Elashi zu einem schmalen Felsband unter Wasser, wo sie beide stehen konnten. Tull traf wenige Augenblicke später ein. »Was ist passiert?« fragte er.

»Ich weiß es nicht«, antwortete Conan. »Es ist mir aber auch gleichgültig. Wir müssen rasch einen Weg finden, der uns von hier wegführt.«

»Genau«, sagte Elashi.

Da ertönte aus den Nebelschwaden über dem Wasser eine Stimme: »Wirklich eine gute Idee für einen Mann, der nicht mehr Verstand als eine Kohlrübe hat.«

Conan wirbelte herum. Seine Schwertspitze zeigte in den Nebel. Diese Stimme ... er kannte sie von irgendwo ...

Elashi fiel es sogleich ein. »Lalo!«

In der Tat. Der Mann, den sie vor wenigen Tagen in der Schenke getroffen hatten, der unter diesem unglückseligen Fluch litt, tauchte im Nebel auf und watete ans Ufer. Waren wirklich erst wenige Tage seit jener Begegnung vergangen? Conan kam es wie ein halbes Leben vor.

»Was tust du denn hier?« fragte Elashi.

»Ich dachte, ich schaue mal vorbei und überrasche euch«, antwortete Lalo. »Allerdings bin ich ziemlich sicher, daß diesen Affenmenschen hier fast alles überrascht. Was ist hier eigentlich los?« Er grinste wie immer. Conan mußte unwillkürlich zurücklächeln.

»Das erkläre ich dir später. Dann mache ich dich auch mit Tull bekannt«, sagte der Cimmerier. »Aber jetzt halte ich es fürs beste, wenn wir so schnell wie möglich abhauen, solange uns der Nebel noch schützt.«

»He, Conan, sag nur nicht, daß sich der Nebel in deinem Kopf verzogen hat.«

Elashi lachte, worüber der Cimmerier nicht im mindesten überrascht war. Die beiden sollten heiraten. Elashi wäre für den strohblonden Burschen die ideale Ehefrau gewesen.

Deek und Wikkell bewegten sich in ihrem seidenen Boot vorsichtig vorwärts. Jetzt kamen sie in die Nähe des Kampfschauplatzes zwischen ihrem Herrn — beziehungsweise ihrer Herrin —, nein, richtiger gesagt: ihres Exherrn und ihrer Exherrin. Die letzten Schleier des magischen Nebels stiegen vom Wasser auf. Sie sahen gerade noch, wie Chuntha auf einem Floß abrauschte, welches aus zwei Dutzend von Deeks Brüdern gemacht schien. Rey dirigierte sein bewegliches Dock zum Ufer hin.

»Was ist hier wohl geschehen?«

Deek konnte im Boot nicht sprechen, aber er war ebenso neugierig wie Wikkell. Aufgeregt schlug er mit dem Schwanz.

»Ja, ich wüßte gern, was passiert ist«, meinte der Zyklop. »Aber wir fahren lieber nicht näher heran. Noch sehen sie uns nicht; und es wäre mir lieb, wenn dieses auch so bliebe. Suchen wir uns eine Bucht, möglichst mit Höhle, und legen wir uns dort auf die Lauer.«

Wikkell wendete das kleine Boot. Dann sprach er über die Schulter weiter. »Es spielt zwar eigentlich keine Rolle, aber ich sehe die Menschen, die wir fangen sollten, nicht mehr. Ob sie geflohen sind? Vielleicht finden wir sie doch noch.«

Deek schüttelte verneinend den Kopf.

»Du hast recht. Es ist zu spät. Wir haben andere Ziele. Aber vielleicht können wir die drei überreden, uns zu helfen. Offenbar haben sie das Glück gepachtet, und es würde nicht schaden, sie auf unserer Seite zu haben.«

Falls wir die drei je wiedersehen, dachte Deek.

»Falls wir die drei je wiedersehen«, sagte Wikkell.

Seltsam, dachte Deek, unsere Gedanken sind fast identisch. Das könnte der Anfang einer wunderschönen Freundschaft werden — falls wir lange genug leben, um sie zu genießen.

Fünfzehn

Kaum hatte Tull das trockene Ufer erreicht, wollte er sofort wieder zurück zu dem Ort, an dem man sie gefangengenommen hatte. Conan war anderer Ansicht.

»Genau damit rechnet der Zauberer«, sagte er. »Es wäre besser, wenn wir in die Gegenrichtung weitermarschieren würden.«

Lalo stimmte ihm zu. »Der Vorschlag ist wirklich vernünftig, auch wenn dir das niemand zutraut, wenn er dich anschaut.«

Conan schüttelte den Kopf. Lalos Fluch konnte selbst aus einem Kompliment eine Beschimpfung machen.

Die vier liefen rasch am nebelverhangenen Ufer weiter. Sie hofften, daß die Decke sich nicht so bald lichten würde.

Keine fünf Minuten später zweigten mehrere Tunnel nach rechts ab. »Was meinst du?« fragte Tull den Cimmerier.

»Warum fragst du ihn?« sagte Lalo. »Dein Verstand hat offensichtlich schwer gelitten, Alter.«

Tull griff nach dem Dolch.

»Warte!« rief Elashi und packte ihn am Arm. »Lalo steht unter einem Fluch.«

»Er wird gleich unter der Erde sein, wenn er seine Zunge nicht besser hütet«, sagte Tull wütend.

»Er kann nichts dafür, wenn er dich beleidigt. Das ist sein Fluch.«

Tull dachte nach. »Wirklich? Ein komischer Fluch. Wer ist denn auf diese Idee gekommen?«

»Ich möchte eure Unterhaltung nicht stören«, sagte Conan. »Aber wenn wir noch lange hier herumlungern und der Zauberer uns wieder einfängt, könnte das ungemütlich werden.«

»Stimmt«, meinte Tull. »Also welcher Gang?«

»Der da!« erklärte der Cimmerier und zeigte auf den ersten. Dann schaute er Elashi an, ob sie ihm widersprach; doch diesmal war sie still. Sie hatte nur Augen für Lalo.

Sie liefen in den Tunnel. Nach zwanzig Minuten kamen sie an eine Gabelung. Diesmal nahmen sie den rechten Gang. Sie waren noch nicht weit gegangen, als sich der Gang zu einer großen, aber niedrigen Höhle erweiterte. Auf dem Boden lagen überall große kissenförmige Steine. Die vier setzten sich darauf und schöpften Atem.

»Vielleicht könnte einer von euch Schwachköpfen mir erklären, was eigentlich los ist«, sagte Lalo.

Elashi schaute den Cimmerier an. »Ich glaube, er meint dich, Conan.«

»Du kannst viel besser mit Worten umgehen«, widersprach er. »Erzähl du ihm unsere traurige Geschichte!«

»Gern.« Dann berichtete Elashi von den Abenteuern der letzten Tage. Tull fügte noch Einzelheiten über das Höhlensystem und den Kampf zwischen der Hexe und dem Zauberer hinzu. Als sie fertig waren, fragte Elashi Lalo, wie er eigentlich hierhergekommen sei.

»Wie das Leben so spielt, war ich in der Schenke nicht mehr besonders gern gesehen. Ich hatte die häßliche Tochter des Wirts zu oft beleidigt. Da hat er mir die Tür gewiesen. Immer die alte Geschichte. Ich entschloß mich, die gefährlichere Route zu nehmen, da ich nicht mehr viel zu verlieren hatte. Dort sah ich, daß ihr auch diesen Weg eingeschlagen hattet. Das tote Wächtertier und die Männer des Harskeels waren so schlimm zugerichtet, daß es die heimischen Aasfresser nicht gewesen sein konnten. Ich bin ohne jede Belästigung dahinmarschiert ... bis sich vor meinen Füßen die Erde auftat und ich in den großen See hinunterfiel. Ich war schon sicher, daß ich diese Welt verlassen und in die nächste marschieren müsse. Doch stellt euch meine Überraschung vor, als ich euch drei da unten auf dem Ponton stehen sah.«

»Das kann ich dir nachfühlen«, sagte Conan.

»Na, wie dem auch sei, was hat dein winziges Gehirn ausgebrütet? Welchen Weg müssen wir nehmen, um hier herauszukommen?«

Fluch oder nicht Fluch! Wenn Lalo so weiterredete, bezweifelte Conan, daß er sich noch länger beherrschen könnte. Doch jetzt lächelte er nachsichtig. »Anfangs hatten wir nur nach einem Weg nach oben gesucht.«

»Anfangs?« wiederholten Elashi und Tull wie aus einem Munde.

»Ja, nach dem letzten Abenteuer haben sich unsere Pläne etwas verändert.«

»Ach ja?« fragten Tull und Elashi.

Conan fuhr fort. »Allerdings. Jetzt haben wir vor, noch einige der Reichtümer einzusacken, welche die Hexe oder der Zauberer — oder beide — in den Höhlen angehäuft haben. Schließlich rauben sie seit Jahrhunderten die Reisenden aus.«

»Das stimmt«, meinte Elashi. »Aber, Conan, du kannst doch nicht einfach in die Festung eines Zauberers oder einer Hexe hineinspazieren und die Schätze stehlen.«

»Und warum nicht? Zauberer und Hexe sind beide hier draußen und suchen nach uns, stimmt's? Denkt an das komische Wurmfloß, das wir gesehen haben. Und nun überlegt mal: An welchem Ort suchen die beiden am wenigsten nach uns?«

»Er hat den Verstand verloren«, sagte Elashi zu Tull.

Lalo lachte. »Vielleicht; aber der Plan ist hervorragend, auch wenn er von ihm stammt. Wenn der Bauer auf dem Feld ist, sind die Hühner reif für den Fuchs.«

»Offenbar hast du ebenfalls den Verstand verloren«, rief Elashi wütend.

Lalo nickte. »Zweifellos nach diesen vielen Jahren, in denen ich immer lächeln mußte. Wie ihr vielleicht vermutet, habe ich wenig für Zauberer übrig. Daher würde es mir ein diebisches Vergnügen bereiten, mich an einem von ihnen schadlos zu halten. Mit genügend Geld kann man jeden ungestraft beleidigen. Ein reicher Mann kann sich Kumpel kaufen, welche bei ausreichendem Entgelt alles über sich ergehen lassen. Vielleicht finde ich dann auch einen Zauberer, der den Fluch von mir nimmt. Mit großem Reichtum kommt großer Respekt. Ich helfe dir gern, du schwachköpfiger Barbar.«

Conan lächelte. »Ich freue mich, Lalo, wenn du mitmachst.«

Elashi und Tull schauten sich nur an.

»Vielleicht ist Conans Plan gar nicht so übel«, meinte Tull.

»Ach was!« widersprach Elashi. »Der Kerl hat doch nur halb soviel Verstand wie eine Wanze.«

»Ich bin für bessere Vorschläge durchaus dankbar«, sagte Conan.

Unwillkürlich mußte Elashi lächeln. Sie schüttelte den Kopf. »Na schön. Mit fällt nichts Besseres ein — jedenfalls im Augenblick nicht.«

»Dann tun wir es«, erklärte der Cimmerier. »Ich glaube, daß ich uns zurück zu Tulls Versteck führen kann. Findest du von dort zu den Gemächern der Hexe oder des Zauberers, Tull?«

»Ja.«

»Dann nichts wie los!«

Conan hatte ein gutes Gefühl hinsichtlich seines Plans. Er meinte, daß Zauberer und Hexe ihnen für das Leid und die Mühsale, welche sie verursacht hatten, etwas schuldig waren. Was gab es Besseres als einen Vergeltungsschlag, bei dem auch finanziell noch etwas heraussprang? Wie Lalo gesagt hatte: Mit Geld ertrug sich jedes Leid leichter. Sehr viel leichter...

Obwohl Deek und Wikkell inzwischen Freunde geworden waren, hielten sie es für das beste, so schnell wie möglich zu ihren eigenen Leuten zurückzukehren. Jetzt, da Hexe und Zauberer nicht in ihren Gemächern weilten, war der Zeitpunkt ideal, um die Artgenossen in ihre Pläne einzuweihen, die bösen Menschen zu beseitigen.

Während Chuntha und Katamay Rey auf der Suche nach den drei Menschen weiter auf das Sonnenlose Meer hinausfuhren, steuerten Deek und Wikkell die Heimat an.

Als die beiden müde und erschöpft waren, legten sie eine Pause ein und aßen Pilze.

»Leicht wird es nicht werden, darüber bist du dir klar, oder?«

»J-ja, uns-sere B-brüder w-werden Angst h-haben.«

Wikkell nickte und stopfte sich einen braunen Pilz mit schleimiger Kappe in den Mund. »Und mit Recht. Der Zauberer und die Hexe sind sehr mächtig. Vielleicht werden viele von uns sterben; aber irgendwie müssen wir sie überzeugen, daß es für alle gut ist, wenn die beiden nicht mehr über uns herrschen. Ich befürchte nur, meine Brüder werden glauben, daß ich nur die eigene Haut retten will.«

»S-stimmt.«

»Ja gewiß; aber auf lange Sicht leben wir ohne diese Tyrannen doch viel besser.«

»Auf l-lange S-sicht s-sind w-wir alle t-tot.«

»Ja doch! Aber nimm uns zum Beispiel! Wir kommen prächtig miteinander aus. Dabei muß ich gestehen, daß ich anfangs starke Bedenken hatte.«

»Ich auch-ch.«

»Aber es gibt außer den beiden Tyrannen keinen Grund, warum dein Volk und meins nicht Freunde sein können, oder?«

»S-stimmt!«

»Wir müssen unsere Brüder überzeugen, daß sie Langzeitpläne machen, Deek. Vielleicht können wir sogar einen gemeinsamen Rat aus Vertretern beider

Völker einrichten. Dem könnten dann auch die Pflanzen, ja vielleicht sogar die Weißen und die Fledermäuse beitreten. Anstatt Reys und Chunthas Stiefel im Nacken hätten wir dann Wohlstand und Glück in den Höhlen.«

»Ehrg-geiz-zige P-pläne.«

»Stimmt; aber vereint könnten wir selbst so mächtige Wesen wie die beiden besiegen.«

»H-hoffentl-lich.«

Wikkell lächelte. Seine dicken Zähne schimmerten im grünlichen Licht. »Hier, nimm etwas von dem Schleimball.«

»D-danke, F-freund.«

Deek nahm den schwammigen Pilz mit dem Schlitz auf, der ihm als Maul diente. Normalerweise hielten die Würmer das Maul unter einem zähen Hautlappen verborgen und zeigten den Eßschlitz nur sehr engen Freunden oder dem Lebenspartner. Doch jetzt hatte Deek das Gefühl: Wenn er dem einäugigen Wikkell nicht vertrauen konnte, dann niemandem.

»Vielleicht erringen wir einen Ruhmesnamen in der Geschichte«, sagte der Zyklop und griff nach dem nächsten Schleimball.

»Od-der in d-den K-kalkg-gruben«, meinte Deek.

Ja, die gab es auch noch.

Katamay Reys Wut wurde etwas durch die Angst gedämpft. Dieser Fremde — ›Conan‹ hatte das weibliche Wesen ihn genannt — lief wieder frei durch die Höhlen. Wenn er an die Prophezeihung des Kristalls dachte, war das ein ganz böses Omen. Natürlich war dies die Schuld der Hexe. Irgendwie hatte sie es geschafft, daß ihm beinahe die Felsbrocken von der Decke auf den Kopf gefallen waren. Nur im letzten Augenblick hatte er ihren dienstbaren Geist abwehren können, der sich von oben auf ihn gestürzt hatte. Der folgende Angriff mit dem verfluchten Nebel hatte den magischen Fluß so ausgezehrt, daß er der Hexe den Todesstreich nicht mehr versetzen konnte, den sie verdient hatte. Wenn nur ein bißchen mehr magischer Energie verschwendet worden wäre, hätte sich der Ponton unter seinen Füßen ins Nichts aufgelöst. Das wäre eine feine Pleite gewesen.

Als sich der Nebel endlich verzogen hatte, waren die Gefangenen und die Hexe nirgends mehr zu sehen. Es war gerade noch so viel Zauberkraft übrig, um das niemals endende Dock weiterzubauen, womit er sie verfolgen konnte. Solange sie in der energieerschöpften Gegend waren, kamen Rey und seine Zyklopen nur sehr langsam vorwärts. Erst weiter draußen auf dem Sonnenlosen Meer gelang es schneller. Der Zauberer schmiedete finsterste Rachepläne. Diese Hexe, diese Chuntha, würde für alles büßen, was sie ihm angetan hatte. Höllenqualen sollte sie leiden!

Beim Kampf mit Rey hatte sich Chunthas Floß beinahe aufgelöst. Der magische Klebstoff war weich geworden. Die gesamte Konstruktion schwankte bedrohlich, ehe die Hexe so viel Verstand bewies und umdrehte. So schnell wie möglich verließ sie die unmittelbare Umgebung Reys auf dem Sonnenlosen Meer. Zum Glück erreichte sie den Ort, wo die magische Energie noch nicht erschöpft war, ehe ihr Floß wieder zu einem Haufen loser Würmer wurde. Hier wirkte ihre Zauberkraft wieder. Der Klebstoff verfestigte sich, und Chuntha stellte die Zauberschraube auf eine noch höhere Drehzahl ein. Der bildschöne

Barbar war entkommen. Zweifellos lief er mit seinen Gefährten so schnell wie möglich weg von Rey. Chuntha brauchte nur den Kurs zurückfahren, auf dem sie gekommen war, bis sie die drei oder Spuren von ihnen entdeckte.

Die Hexe hatte jetzt einen Vorsprung vor dem Zauberer, und sie hatte die Absicht, ihn voll und ganz auszunutzen. Sie fragte sich nur, welche Erscheinung da plötzlich von der Decke herabgestürzt war. Aber sie zerbrach sich nicht lange den Kopf darüber. Wahrscheinlich hatte Rey einen Zauber falsch ausgesprochen. Geschah dem Schurken recht, daß dieser Schuß nach hinten losgegangen war. Das war nicht Chunthas Sorge. Ihr ganzes Trachten war jetzt auf den schönen jungen Barbaren gerichtet. Sie mußte ihre Energie dafür einsetzen, ihn zu fangen.

Der Harskeel hatte das Floß verlassen und war zu Fuß am Ufer des Sonnenlosen Meers weitermarschiert. Er kam gerade noch rechtzeitig, um das Ende des Kampfs zwischen dem Zauberer und der Hexe mitzuerleben. Da immer noch der magische Nebel den Schauplatz verhüllte, hielt der Harskeel es für zu gefährlich, einfach weiterzugehen. Er schickte die Fledermäuse erst einmal fort und versteckte sich unter einem hufeisenförmigen großen Felsen. Von dort aus übersah er alles gut.

Plötzlich tauchte aus dem Nebel ein Floß aus dicken weißen Würmern auf. Eine wunderschöne nackte Frau stand darauf. Das Floß fuhr in die Richtung, aus welcher der Harskeel gerade gekommen war.

Kurz darauf hatte sich der Nebel aufgelöst, und der Zauberer war auf einem schwimmenden Dock mitten im Wasser zu sehen.

Leider entdeckte der Harskeel Conan und seine Gefährten nirgendwo.

Jetzt schritt der Zauberer vorwärts. Vor den Zyklopen tauchte ein neuer Ponton auf. Sie folgten dem Würmerfloß der Hexe.

Interessant, dachte der Harskeel. Nachdem Conan weder vom Zauberer noch von der Hexe gefangen worden und ihm auch nicht vor oder in dem Nebel begegnet war, mußte er in die Gegenrichtung marschiert sein. Aha! Hexe und Zauberer fuhren in die Irre! Wie schlecht für die beiden, aber wie gut für den Harskeel.

Sobald der Zauberer außer Sicht war, würde er die blöden Fledermäuse zurückrufen und mit seiner Suche fortfahren. Mit etwas Glück würde es eine Zeitlang dauern, ehe der Zauberer oder die Hexe ihren Irrtum erkannten. Und mit noch mehr Glück würden sich die beiden gegenseitig vernichten. Allerdings wollte sich der Harskeel auf soviel Glück nicht verlassen.

Zauberer und Zyklopen marschierten auf den magischen Pontons dahin. Jetzt waren sie nicht mehr zu sehen. Wo steckten diese blöden Blutsauger?

Sechzehn

Mit seinem untrüglichen Ortssinn gelang es Conan, seine Gefährten durch viele gewundene Gänge zurück zu Tulls Versteck zu führen.

Seltsamerweise war die Fledermaushöhle, welche sie wieder durchqueren mußten, ganz leer. Kein Blutsauger hing von der Decke oder an den Wänden. Dem Cimmerier war es allerdings ziemlich gleich, wohin sich die Biester verzogen hatten, solange dieser Ort weit weg war.

»He, du hast dir ja ein feines Nest gebaut«, bemerkte Lalo, als er Tulls Wohnhöhle besichtigte. »Schade, daß du keine Frau bist, du hättest eine hervorragende Ehefrau abgegeben.«

Tulls Lächeln war offensichtlich gezwungen. Er spielte mit der Hand am Dolchgriff.

Conan verstand, warum Lalo in einer Kampfsportart sehr gut sein mußte. Auch wenn man über den Fluch Bescheid wußte, ging er einem sehr schnell auf die Nerven. Um die Spannung zu brechen, fragte Conan: »Wohin ist es näher: zur Wohnung der Hexe oder zu der vom Zauberer?«

»Ich schätze, daß beide gleich weit entfernt sind«, antwortete Tull.

»Hmm. Und wo gibt es mehr Beute zu holen?«

Tull kratzte sich den Bart und überlegte. »Das hängt davon ab, wonach du suchst. Der Zauberer hat eine große Schwäche für Gold. Es läuft nicht schwarz an wie Silber und rostet nicht wie Eisen. Das ist wichtig, weil die Höhlen sehr feucht sind, wie ihr sicher bemerkt habt.«

»Das klingt doch sehr vielversprechend«, sagte Lalo.

Conan und Tull sagten nichts, weil sie auf die Beleidigung warteten, welche unweigerlich zu folgen pflegte; aber nichts kam. Das war beinahe ebenso verwirrend.

»Nun, und die Hexe liebt kostbare Steine. Rubine, Smaragde, Feueropale und so weiter.«

Conan dachte nach. Die Wahl fiel wirklich schwer. Gold? Edelsteine? Welch eine Entscheidung! »Können wir vielleicht beide Schatzkammern ausrauben?«

»Das ist doch Wahnsinn«, schaltete Elashi sich ein. Dann schaute sie Lalo an. »Jetzt hat er auch noch den letzten Rest Verstand verloren. Habsucht macht dich zum Narren, Conan.«

Der Cimmerier beachtete sie nicht; aber Tulls nächste Bemerkung machte die Hoffnung auf den Doppelraub zunichte.

»Ich glaube nicht, daß wir es schaffen«, sagte der Graubart. »Die beiden Schatzkammern sind zwar ungefähr gleich weit entfernt von hier; liegen aber in völlig anderen Richtungen. Zwischen beiden erstrekken sich mit Sicherheit zwei Tagesmärsche.«

»Schade«, meinte Conan. »Dann nehmen wir uns eben nur die Juwelen der Hexe.«

Elashi zog eine Braue hoch. »Und warum gerade die?«

Conan lag es auf der Zunge, daß er es — falls etwas mißlänge — für leichter hielt, mit der Hexe fertig zu werden, da diese eine Frau war, als mit dem Zauberer. Allerdings wußte er aufgrund der gemeinsam verbrachten Zeit, daß er Elashi nur wütend machte, wenn er diese Gedanken laut aussprach. Er hatte keine Lust, sich von ihr wüst beschimpfen zu lassen. Elashi war nämlich aus irgendeinem unerfindlichen Grund überzeugt, daß Frauen praktisch in allen Dingen Männern gleichgestellt waren. Vielleicht lerne ich doch noch, wie man Frauen richtig behandelt, dachte er.

»Na?« fragte sie.

Conan dachte rasch nach. »Gut geschnittene Edelsteine sind viel wertvoller als Gold und viel leichter. Wir können viel mehr Juwelen als Gold tragen.«

Das ergab Sinn. Elashi nickte.

Conans Gesicht blieb eine regungslose Maske. Allerdings fiel es ihm schwer, ein Grinsen zu unterdrükken. Sein Verstand arbeitete glasklar, ganz gleich, wie sehr Lalo und Elashi auch spotteten.

»Dann wollen wir nicht länger warten«, sagte Conan. »Führ uns zur Hexe, Tull!«

Wikkells Aufklärungsarbeit bei seinen Brüdern war nicht besonders von Erfolg gekrönt. Die Zyklopen leisteten mehr Widerstand, als er erwartet hatte. Während er zurück zu dem Tunnel trottete, wo er sich mit Deek verabredet hatte, gingen ihm viele gleichartige Gespräche durch den Kopf.

»Den Zauberer angreifen? *Und* die Hexe? Bist du wahnsinnig?«

»Zugegeben, ein gewisses Risiko ist dabei«, antwortete Wikkell.

»Ein *gewisses* Risiko? Bei allen Dämonen in der Gehenna, Wikkell, die beiden werden uns auf der Stelle in stinkenden Schleim verwandeln, wenn wir uns gegen ihren Willen auflehnen.«

»Sie sind nur zu zweit, und wir sind viele.«

»Und in den Höhlen ist reichlich Platz für ebenso viele Pfützen!«

»Wir haben die Hilfe der Würmer.«

»Ach ja? Na, dann sieht es ja ganz anders aus! Du hast wieder von den Pilzen mit den schwarzen Sporen gegessen! Ich traue den Würmern genauso weit wie dem Zauberer.«

Am Ende mußte Wikkell erkennen, daß er nur seinen Atem verschwendete. Wenn er nicht einmal seinen eigenen Bruder von der Richtigkeit des Vorhabens überzeugen konnte, hatte er kaum eine Aussicht, auch die anderen für seinen Plan zu begeistern. Vielleicht war ›Plan‹ ein zu starkes Wort. ›Grundsätzliche Überlegung‹ war in diesem Stadium der Revolution angebrachter.

Er brauchte eine Art Demonstration, etwas, womit er den Zyklopen zeigen konnte, daß der Zauberer und die Hexe nicht unverwundbar waren. Wenn er ihnen auch nur einen winzigen Spalt in der magischen Rüstung zeigen könnte, wäre das schon genug. Niemand ließ sich gern von einer eisernen magischen Hand beherrschen, und wenn die Zyklopen glaubten, daß eine greifbare Aussicht bestand, die Tyrannen zu vernichten, könnte er, Wikkell, sie auch davon überzeugen, daß es loszuschlagen lohnte.

Nun, vielleicht war es Deek besser ergangen. Allerdings würde ihn sehr ärgern, zugeben zu müssen, daß die Würmer mehr Verstand hätten als seine Artgenossen. Jedoch war dieses durchaus möglich. Ja, er mußte eben seinen Stolz hinunterschlucken, wenn es Deek gelungen war, bei seinen Leuten mehr Feuer zu entfachen. Schließlich kam es auf das Ziel an, auf sonst nichts.

Jetzt ist es nicht mehr weit, dachte Wikkell. Der Ort ihres Stelldicheins lag nur noch wenige Minuten entfernt. Sie hatten diese abgelegene Stelle gewählt, weil es höchst unwahrscheinlich war, daß irgend jemand dort zufällig auftauchte.

Wikkell seufzte und überlegte, wie er dem Wurm die schlechten Nachrichten am besten mitteilen könnte.

Als Deek in der kleinen verborgenen Höhle eintraf, wartete Wikkell bereits auf ihn. Das war ihm gar nicht recht. Aber was half's? Er hatte für den einäugigen Freund leider schlechte Nachrichten.

Die beiden begrüßten sich. Dann legte sich Deek auf einen besonders gut mitschwingenden Felsen.

»M-meine B-brüder h-halten m-mich f-für v-verrückt!«

»O nein! Ich hatte gehofft ...« Wikkell brach ab.

»W-was?«

»Daß du mehr Erfolg hättest als ich. Meine Brüder halten mich ebenfalls für verrückt.«

»S-sie w-wollen n-nicht h-helfen?«

»Ich fürchte, nein. Und aufgrund deiner Bemerkung nehme ich an, daß dies auch für dein Volk gilt.«

»T-traurig, ab-ber w-wahr!«

»Verdammt sollen sie alle sein und in der Gehenna enden! Und war fangen wir jetzt an?«

Deek hatte darüber lange und schwer nachgedacht. Seine Schlußfolgerung enthielt kein geringes persönliches Risiko. Er sagte: »W-wir m-müssen es ihn-nen z-zeigen.«

Wikkell nickte. »Das waren auch meine Gedanken. Wenn wir ihnen beweisen, daß der Zauberer und die Hexe nicht allmächtig sind, haben wir Aussicht auf Erfolg.«

»Irg-gendw-welche Id-deen?«

»Jede Menge! Aber bei den meisten laufen wir Gefahr, getötet zu werden. Das möchte ich eigentlich gern vermeiden, wenn es möglich wäre.«

»Ich w-will auch n-nicht s-sterben.«

»Also, dann unterbreite ich dir erst einmal meine Gedanken, und danach höre ich mir deine Ideen an. Schließlich sind wir erfindungsreich, oder etwa nicht? Mit Sicherheit fällt uns *irgendeine* Möglichkeit ein.«

Deek nickte. So und nicht anders war es! Kot ablassen oder runter vom Donnerbalken! Andere Möglichkeiten gab es nicht.

»Also, meine erste Idee ist ...«

Die verdammten Fledermäuse ließen sich Zeit, zum Versteck des Harskeels zurückzukehren. Die Weiterreise mußte zu Fuß oder durch die Luft erfolgen. Da der Harskeel den Fledermäusen nicht zutraute, ihn sicher zu tragen, hieß das, daß er weitermarschieren mußte.

Wut war inzwischen der ständige Gemütszustand des Zwitters. Er hatte Angst, daß diese Wut ihn verleiten könnte, eine Dummheit zu begehen, deshalb bemühte er sich, ruhiger zu werden. Na schön, der Barbar war wieder entkommen, und die beiden anderen Verfolger hatten seine Spur verloren. Zwar waren seine Männer alle tot; aber er hatte die Fledermäuse als Ersatz. Das war zwar so, wie wenn man einen halb Schwachsinnigen gegen einen Vollidioten eintauscht; aber er mußte eben das Beste daraus machen. Alles in allem standen die Dinge nicht schlechter als vorher. Nein, vielleicht sogar besser. Wenn er schließlich den Barbaren hatte, würde das Ende diese rigorosen Mittel rechtfertigen.

Mit diesen Gedanken versuchte der Harskeel seine Wut zu dämpfen, allerdings ohne viel Erfolg. Dann machte er sich wieder an die Verfolgung des Cimmeriers.

Chuntha trieb das Floß mit Höchstgeschwindigkeit über das Sonnenlose Meer. Dabei suchte sie ständig die Ufer nach einem Zeichen ihrer Beute ab. Sie wußte nicht, wie weit sich der See erstreckte. In all den Jahren, in denen sie unter der Erde residierte, war sie ihm noch nie bis ans Ende gefolgt. Oft dachte sie an die sonnenbeschienene Welt oben zurück und wie glücklich sie dort gewesen war, wenn sie die Körper williger Männer ihrer fleischlichen Lebensgeister beraubt hatte. Leider konnte sie dort oben nicht mehr nackt umherlaufen. Die Zivilisation hatte dieser Sitte ein Ende bereitet. Außerdem hatten die vielen Leichen zum Verdacht Anlaß gegeben. Mehr als einmal mußte sie aus einer Stadt oder einem Dorf fliehen, weil die Einheimischen sie verfolgten und töten wollten.

Zugegeben, die Unterwelt der Höhlen hatte Nachteile; aber sobald sie dem Zauberer die Herrschaft über seine Gebiete entrissen hatte, konnte sie viel mehr Nachschub fürs Bett besorgen als jetzt. Wenige Männer würden das Risiko eingehen, in die Höhlen hinabzusteigen, um verlorene Wanderer zu suchen. Chuntha wußte, daß sie ab und zu einen zufällig vorbeikommenden Mann stibitzen konnte, ohne Verdacht zu erregen. Schließlich lebten dort oben gefährliche Tiere, und es gab Straßenräuber. Niemand wunderte sich, wenn da ab und zu jemand verschwand.

Jetzt tauchte rechts von ihr eine dunkle Öffnung in der Felswand auf. Da die drei zu Fuß unterwegs waren, konnte es durchaus möglich sein, daß ihnen dieser Eingang gefallen hatte. Aber sie konnte unmöglich jeden Tunnel rechts und links erforschen. Dazu gab es zu viele. Zum Glück hatte Chuntha aber genau das dabei, was sie brauchte.

Die Hexe holte aus dem Gepäck eine hohes schwarzes Glas und eine Pinzette. Dann öffnete sie das Glas und nahm mit der Pinzette einen stecknadelgroßen roten Gegenstand heraus. Diesen legte sie auf das Deck des lebenden Flosses und verschloß das Glas wieder. Dann murmelte sie mehrere geheimnisvolle Formeln und bewegte die Hände über dem roten Punkt hin und her. Im Nu wuchs dieser zu einer roten Hornisse, so groß wie ein Spatz. Brummend und summend flatterte das Insekt mit den Flügeln.

»Flieg los!« befahl Chuntha. »Und erforsch diesen

Tunnel dort drüben. Wenn du Menschen findest, kehrst du sofort zu mir zurück.«

Gehorsam schwang sich die Riesenhornisse in die Luft und flog pfeilgerade auf den angegebenen Tunnel los. Die magischen Hornissen waren nur von begrenztem Wert, aber innerhalb dieser Grenzen recht nützlich. Man konnte ihnen so leichte Aufgaben wie das Erforschen eines Tunnels übertragen. Komplizierteren Aufträgen waren sie nicht gewachsen. Wenn sich also dieser bildhübsche Barbar im Tunnel aufhielt, würde das Insekt ihn aufspüren und Chuntha davon berichten.

Chuntha hatte Dutzende dieser Kreaturen in dem Glas und konnte so viele ausschicken, wie nötig waren, um den Gesuchten zu finden. Die Hexe hatte die magischen Hornissen durch die Liebschaft mit einem Amateurzauberer bekommen. Der Mann hatte sich erdreistet, im Bett mit ihren Kräften Senshas wetteifern zu wollen. Natürlich hatte er verloren, und seine magischen Kräfte waren rechtmäßig auf Chuntha übergegangen. Die Affäre lag schon lange Zeit zurück; aber die Hexe erinnerte sich gern an den Mann. Er hatte fast eine ganze Stunde ausgehalten, ehe er gestorben war.

Da der Barbar mit den Gefährten zu Fuß geflohen war, konnte er noch nicht weit gekommen sein. Entweder steckten sie in einem Tunnel in der Nähe der Stelle, wo der Zauberer sie verloren hatte, oder sie liefen immer noch am Ufer entlang. Wie dem auch war, Chuntha müßte sie bald finden.

Die Hexe lächelte bei diesem Gedanken. Eigentlich hatte sie geplant, die Gefangenen zurück in ihre Gemächer zu bringen, um sie dort in Ruhe zu genießen; aber vielleicht war das zu gefährlich. Es wäre besser, bei der nächsten flachen Stelle haltzumachen und sich dort zu vergnügen.

Dieser Gedanke erwärmte ihre Lenden. Ja, warum warten? Lieber schnell genießen, ehe der blöde Zauberer womöglich wieder alles verdarb. Danach nähmen ihre Kräfte wieder zu, und sie könnte diesen Schurken Rey vernichten.

Das Würmerfloß rauschte dahin. Chuntha stand lächelnd darauf.

Katamay Rey saß in der Sänfte, welche die Zyklopen in schnellem Schritt trugen. Noch hatte er Conan und die anderen nicht gesehen; aber er war sicher, daß es nicht mehr lange dauern würde, bis er seine Gefangenen wieder hatte. Natürlich war es möglich, daß sie in einen der zahllosen Tunnel gelaufen waren. Wenn sie einen Funken Verstand besaßen, dann war diese Möglichkeit die wahrscheinlichste. Jedoch machte sich der Zauberer darüber keine großen Sorgen. Er verfügte über Mittel und Wege, der Sache auf den Grund zu gehen ...

Rey holte aus der Truhe mit magischen Gegenständen eine uralte Lederflasche hervor. Sobald er die Flasche schüttelte, hörte er leises Summen darin. Er zog den Stöpsel aus dem engen Hals und schüttelte nochmals. Ein winziges Insekt, so groß wie eine Stechmükke, kroch heraus. Sofort verschloß der Zauberer die Flasche wieder. Rey sprach eine Zauberformel in einer längst vergessenen zungenbrecherischen Sprache. Dabei wuchs das Insekt, bis es wie eine blaue Wespe aussah, aber so groß wie ein kleiner Vogel war. Die Riesenwespe schwirrte unruhig hin und her und wartete auf den Befehl ihres Herrn und Meisters. Dieser ließ nicht lange auf sich warten.

»Flieg los, bis du einen Tunnel findest, der groß genug ist, daß ein ausgewachsener Mann darin gehen kann. Solltest du auf Menschen stoßen, komm sofort zurück und erstatte mir Meldung!«

Die blaue Wespe schwirrte in Richtung Ufer davon. Rey lächelte ihr hinterher. Früher hatte er noch eine andere Insektenrasse besessen, welche sich ebenfalls gut als Kundschafter eignete; aber dann hatte er diese roten Hornissen oben auf der Erde einem Amateurzauberer angedreht. Die Hornissen und Wespen waren antipathetisch, daher konnte man sie nicht gleichzeitig einsetzen. Die roten und blauen Insekten haßten sich so sehr, daß sie sich bei jeder Begegnung bis zum Tod bekämpften. Rey hatte es für unnötig gehalten, beide zu halten.

Dann verfinsterte sich seine Miene. Ja, die Hexe war bestimmt noch irgendwo in der Nähe. Mit ihr mußte er sich auch bald befassen. Diesmal wäre er besser vorbereitet. Chuntha würde den Tag bitter bereuen, an dem sie Katamay Rey herausgefordert hatte!

Die Zyklopen trotteten auf den niemals endenden Pontons dahin, ohne sich um die Gedanken ihres Meisters zu kümmern. Rey fühlte, daß seine Suche schon bald von Erfolg gekrönt wäre. Für ihn konnte es nicht bald genug sein.

Siebzehn

Conans Plan war einfach. Er sah auch keinen Grund, ihn schwieriger zu machen. Sie würden zu den Gemächern der Hexe marschieren, sich an den Wachen vorbeischleichen, welche dort postiert waren, die Beutel mit Juwelen vollstopfen und sich rasch wieder zurückziehen. Danach wollte er eine Stelle suchen, von der aus sie das Dach der Höhle erreichen konnten, und ein Loch nach oben graben. Dann konnten sie ans Tageslicht hinaufklettern und weitergehen.

Natürlich hegte Elashi Zweifel und äußerte diese sogleich lautstark, wie üblich. »Wieso glaubst du eigentlich, daß wir uns an den Wachen einfach vorbeischleichen können? Was ist, wenn die Hexe einen oder mehrere dieser Riesenwürmer aufgestellt hat, um sich mögliche Besucher vom Leib zu halten?«

»Erinnere dich an den Riesenfisch«, antwortete Conan ruhig. »Wenn meine Klinge ihn töten konnte, werde ich auch mit einer kleineren Made fertig.«

»Na schön. Angenommen, du hast recht, dann bleibt immer noch die Frage unserer Flucht. Meinst du, daß es ein Kinderspiel ist, einfach durch das Dach zu graben und aus der Höhle hinauszuklettern? Tull lebt jetzt schon fünf Jahre lang unter der Erde. Glaubst du nicht, daß er einen derartigen Versuch auch schon unternommen hat?«

Conan schaute Tull an. »Hast du das getan?«

»In gewisser Weise ja«, antwortete der Graubart. »Es gibt nur wenige Stellen, an denen man bis zur Decke gelangen kann. An mehreren habe ich angefangen zu graben; aber immer kam ein Wurm oder ein Zyklop, ehe ich durchstieß. Wenn sie irgendwo Löcher entdecken, verschließen sie sie sogleich. Natürlich nicht die Löcher, die sie selbst als Fallen gegraben haben. Aber diese sind immer zu hoch oder bewacht.«

Conan wandte sich wieder an Elashi. »Wir sind zu viert und können daher viel schneller graben als ein einzelner Mann. Und sollte zufällig ein Wurm oder ein Zyklop vorbeikommen, werden wir zu viert mit dem Biest schon fertig.«

»Du weißt auf alles eine Antwort, wie?« meinte Elashi schnippisch.

Conan nickte. Ja, so war es in der Tat. »Ja, zumindest auf jene, die uns im Augenblick beschäftigen. Nur auf eine nicht: Wie weit ist unser Ziel noch entfernt, Tull?«

»Ein paar Stunden.«

»Dann wäre es sinnvoller, wenn wir den Atem zum Marschieren benutzen anstatt zu reden«, erklärte der Cimmerier.

Elashi verzog das Gesicht. Lalo grinste wie immer und schwieg.

Die vier eilten durch große Kammern, wo spitze Stalagtiten von der Decke hingen. Ständig tropfte aus ihnen das mineralreiche Wasser. Sie kamen an Felswänden vorbei, welche so dick mit Glühschwämmen bewachsen waren, daß man im grünen Licht ebensogut wie bei Vollmond sehen konnte.

Einmal mußten sie ganz dicht an Netzspinnern vorbei. Conan hörte den Lockruf der fleischfressenden Pflanzen nur schwach: *Mächtiger Krieger! Komm zu mir und genieß ungeahnte Wonnen!* Doch die frühere Begegnung machte ihn ebenso immun gegen diese Verführungskünste wie Tull und Elashi.

Sie warnten Lalo, doch war das unnötig. Lalo blieb stehen und hörte kurz zu, dann antwortete er laut auf die für die anderen unhörbaren Stimmen der Pflanzen:

»Ich habe an überreifen Rüben schon schönere Blätter gesehen. Falls es noch eine häßlichere Spezies in der Flora gibt, würden die Menschen beim ersten Anblick blind.«

Lalos Beleidigung führte zu einer wütenden Antwort der Netzspinner. Ihr Sirenengesang wurde zum Wutschrei. *»Ich werde dir die Leber aus dem Leib fressen, du Schurke!«*

Offenbar war noch nie jemand vorbeigekommen, der unter dem gleichen Fluch wie Lalo litt. Conan vermutete, daß die Pflanze, sollte sie so töricht sein und Lalo einfangen, an ihm ersticken würde.

Da Tull so viele Jahre in den Höhlen verbracht hatte, kannte er viele Tunnel, die nur selten benutzt wurden. Durch diese führte er jetzt die Freunde, so daß sie nicht in Berührung mit den Riesenwürmern kamen. Einmal sahen sie eines dieser ekligen Biester. Aber der Wurm überquerte ihren Tunnel und bemerkte sie nicht. Offenbar konzentrierte er sich ganz auf sein Ziel.

Die Stunden vergingen. Endlich kamen die vier in die Nähe von Chunthas Privatgemächern. Vorsichtig krochen Conan und Tull weiter, bis sie den Eingang zur Haupthöhle sehen konnten. Die beiden versteckten sich hinter großen Felsen und besichtigen alles.

Vier weiße Riesenwürmer lagen direkt vor dem Eingang.

Der Cimmerier und Tull schlichen zurück zu Elashi und Lalo. Die beiden flüsterten eifrig, hörten aber sofort auf, als sie Conan sahen.

»Nun?« fragten Elashi und Lalo gleichzeitig.

»Vier Würmer halten vor dem Eingang Wache«, antwortete Conan.

»Aha!« meinte Elashi.

»Ich sehe da keine Schwierigkeit«, meinte Conan etwas scharf. »Die Lösung ist ganz einfach: Zwei von uns lenken die Aufmerksamkeit der Würmer auf sich. Dann schlüpfen die beiden anderen hinein und rauben die Schatzkammer aus. Tull sagt mir, daß die Würmer nicht so schnell sind, um einen laufenden Menschen einzuholen. Nach dem Diebstahl treffen wir uns alle an einem vereinbarten Ort.«

Elashi schüttelte nur den Kopf, doch Lalo öffnete den Mund: »Conan, du würdest selbst einen Marsch in die Gehenna, um den König der Dämonen zu töten, wie einen gewöhnlichen Gang zum Abtritt ankündigen.«

Jetzt fand auch Elashi die Sprache wieder. »Und wer, wüßte ich gern, soll mit den Würmern Haschen spielen? Ich habe schon einmal den Köder gemacht und habe nicht die geringste Lust, diese Vorstellung zu wiederholen.«

»Tull und ich werden die Würmer ablenken«, erklärte Conan. »Du kannst doch sicher mit Lalo ein paar lächerliche Steinchen einsacken, oder?«

Lalo lachte. »Ich habe dich früher schon einen dummen Barbaren genannt; aber jetzt muß ich mich verbessern. Du bist viel schlimmer, du bist ein Politiker, Conan. Du solltest irgendwo König werden.«

Das klang eigentlich nicht wie eine Beleidigung in Conans Ohren; aber wie er Lalo kannte, war es eine solche. Er zog es vor, nicht zu antworten.

»Na gut«, sagte Tull. »Wir sollten es aber schnell angehen; denn früher oder später merkt die Hexe, daß sie unsere Spur verloren hat, und kommt hierher zurück. Da wäre es besser, wenn sie uns nicht mehr antrifft.«

Keiner widersprach ihm.

»Dann los!« sagte der Cimmerier.

Der Harskeel war kein Spurensucher. Da er wußte, daß die Fledermäuse viel schneller fliegen konnten, als er oder die Flüchtigen zu Fuß weiterkamen, schickte er sie auf die Suche und behielt nur Roter als Führer bei sich.

Allerdings feilschte Roter bei jedem Befehl mit dem Harskeel, so daß dieser ihn beschwichtigen mußte.

»Ich frage mich allmählich, ob dieser Blutzauber unsere ganze Mühe auch wert ist«, maulte die Blutfledermaus.

»Du erinnerst dich doch an den Geschmack, oder? Was kann ich sonst noch sagen?«

»Ich hatte nicht vor, den Rest meines Lebens bei deiner Suche zu verbringen.«

»Aha. Ja, das kann ich verstehen. Als Zeichen meiner persönlichen Wertschätzung möchte ich dir einen Extrabonus geben. Ich habe nur Spaß gemacht, als ich sagte, daß ich dich in ein Insekt verwandeln könnte.«

»Ja, natürlich.« Die Stimme der Fledermaus klang ungläubig.

»Ich habe einen kleinen Zauber, der dich sicher belustigen wird. Es macht dich für alle Weibchen deiner Rasse unwiderstehlich.«

Roter stieß einen Laut aus, den der Harskeel als Gelächter auslegte. »Welche Verschwendung deines Zaubers«, sagte Roter. »Ich bin bereits für alle Weibchen, die ich begehre, unwiderstehlich.«

Der Harskeel unterdrückte ein Lachen. »Aha. Selbstverständlich. Aber mein Zauber hat noch eine Nebenwirkung: Der Benutzer behält eine gewisse ... Potenz für immer.«

»Für immer, sagst du?«

»Praktisch ja.«

Roter starrte den Harskeel an. »Verstehe. Nun, ich hatte zwar in dieser Hinsicht noch nie Probleme; aber ich sehe ein, daß es nützlich sein könnte.«

Jetzt konnte der Harskeel das Lachen nicht mehr unterdrücken.

In diesem Augenblick kehrte eine Fledermaus zurück und schnatterte wild drauflos.

»Was hat sie gesagt?«

»Anscheinend stehen deine Menschen — Verzeihung, *unsere* Menschen — vor dem Eingang zu den Privatgemächern der Hexe.«

»Was wollen sie denn dort?«

»Wer weiß? Gedanken können wir nicht lesen. Es reicht doch, zu wissen, daß sie dort sind.«

»Wie weit ist es bis dahin?«

»Nicht weit. Wenn wir uns beeilen, schaffen wir es in einer Stunde.«

»Gut, beeilen wir uns.«

Wikkell und Deek hatten sich auf einen zwar gefährlichen, aber vielleicht erfolgversprechenden Plan geeinigt. Sie bewegten sich jetzt durch die Tunnel auf die Gemächer der Hexe zu. Dabei führten sie bereits ihren Plan aus. Wikkell trug ein Seil um die Handgelenke, das allerdings sehr locker gebunden war, was man auf den ersten Blick nicht erkannte. Deek hielt das Ende des Seils fest im Maul, so daß man glauben konnte, der Wurm habe Wikkell gefangengenommen.

Der Plan war wirklich einfach. Wenn sie bei der Hexe waren, wüßten die Wurmwächter, daß Deek der Vertraute Chunthas war, und würden ihm und seinem Gefangenen sicher den Zugang zum Allerheiligsten der Hexe gestatten. Deek wollte ihnen erzählen, daß er den Auftrag habe, den Zyklopen zu einem Verhör zu Chuntha zu bringen. Da die Hexe aber nicht zu Hause war, mußte er natürlich eine Zeitlang warten.

Sobald sie in den Privatgemächern waren, wollten

die beiden eine Kostbarkeit stehlen — einen Talisman oder einen Zauber — und dann wieder gehen. Deek würde den Wurmwächtern einreden, daß er gerade den Befehl erhalten habe, den Gefangenen woanders hinzuschaffen. Die Würmer für den Wachdienst wurden nach Größe und Können, nicht nach Intelligenz ausgesucht. Deek hatte keine Sorge, daß sie seinen Plan durchkreuzen könnten.

Danach sah ihr Plan einen Rollentausch vor. Deek spielte den Gefangenen Wikkells, und sie wiederholten das Spiel in den Gemächern des Zauberers. Bei größter Geschwindigkeit brauchten sie dazu nochmals zwei Tage. Ziel war, daß sie von jedem Tyrannen einen magischen Gegenstand besaßen. Mit diesen wollten sie ihre Artgenossen davon überzeugen, daß sie durchaus Aussicht auf Erfolg im Kampf gegen den Zauberer und die Hexe hätten. Deek und Wikkell hatten die Reden bereits einstudiert:

›Wenn der Zauberer/die Hexe so mächtig ist‹, wollten sie sagen, ›wie konnte ich dann in seine/ihre Privatgemächer eindringen und ohne Schwierigkeit diesen magischen Gegenstand stehlen? Er/sie wirkt nur so mächtig, beißt aber nicht. Wir können siegen!‹

Zugegeben, es gab keine Garantie, daß dieser Plan gelang; aber es war besser, irgend etwas zu versuchen als tatenlos dazusitzen und auf das sichere Ende zu warten, das sowohl Wikkell wie auch Deek bevorstand, wenn Zauberer und Hexe sie erwischten. Ihr Plan hatte nur eine geringe Aussicht auf Erfolg, aber er war besser als nichts.

Mehrmals kamen Wikkell und Deek an Würmern vorbei, als sie sich den Privatgemächern der Hexe näherten. Jedesmal schluckten die Würmer die Geschichte, welche Deek ihnen auftischte. Es sah so aus, als sollte der Plan doch gelingen. Die beiden erinnerten einander immer wieder daran, daß sie nichts zu verlieren hatten.

Irgend etwas stimmte nicht! Chuntha wurde unruhig. Sie hatte jede Öffnung an den Ufern des Sonnenlosen Meers durch ihre Hornissen absuchen lassen. Auch wenn sie nur den leisen Verdacht hatte, es könne sich irgendwo ein Tunnel befinden, hatte sie sofort ein magisches Insekt ausgeschickt. Bis jetzt hatten alle, die zurückgekehrt waren, von dem Barbaren und seinen Begleitern keine Spur entdeckt. Einige waren noch nicht wieder da. Die Hexe lief unruhig hin und her. Wenn diesem Barbaren nicht plötzlich Flügel gewachsen waren, konnte er unmöglich so weit gekommen sein! Ihr Floß fuhr viel schneller, als ein Mensch gehen konnte. Selbst ein Läufer hätte Schwierigkeiten gehabt, eine derartige Geschwindigkeit für längere Zeit durchzuhalten. Aber ... wenn es ihr bis jetzt nicht gelungen war, die Flüchtigen einzuholen, konnte das nur eins bedeuten: Der Barbar hatte die andere Richtung eingeschlagen.

Chuntha schlug sich auf die nackten Schenkel. Natürlich! Warum war ihr das nicht früher eingefallen? Sie war davon ausgegangen, daß der hübsche Jüngling auf dem Weg fliehen würde, auf dem er gekommen war. Diese Annahme war offenbar falsch. Das wurde ihr jetzt klar.

Sie fragte sich, ob der Zauberer ebenfalls auf diese List hereingefallen war. Wenn ja, würde er auch bald wieder in ihrer Nähe auftauchen.

Chuntha seufzte. Dann mußte sie sich auf den Kampf mit Rey einstellen, obwohl sie die Kraftessenz des Barbaren noch nicht in sich aufgenommen hatte.

Sie blickte umher. Es gab keine Möglichkeit, unbemerkt an Rey vorbeizuschlüpfen. Obwohl sie lieber auf vertrautem Boden mit dem Rivalen gekämpft hätte, war dieser Ort auch nicht so übel.

Chuntha legte ihre kraftvollsten Zaubermittel heraus. Wenigstens konnte sie das Überraschungsmoment ausspielen. Sie mußte sich eine stille dunkle Bucht suchen und auf den Zauberer warten. Mit etwas Glück konnte sie ihn mit einem Schlag vernichten, ehe er ihrer Anwesenheit gewahr wurde.

Rey kam zu dem Schluß, daß er in die falsche Richtung marschiert war, ehe er die dritte Wespe ausgeschickt hatte. Dieses Wissen stellte sich nicht aufgrund klaren, logischen Nachdenkens ein, sondern kam aus dem Bauch. Er wußte einfach — wie, wußte er nicht genau zu sagen —, daß dieser Conan und seine Gefährten in die andere Richtung geflohen waren.

Der Zauberer verlor keine Zeit, um den Irrtum zu berichtigen. Er machte sofort auf dem Schwimmdock kehrt und trieb seine Träger zum Eilschritt an. Er war beunruhigt. Seine Gemächer waren selbstverständlich gut bewacht; aber diese neu eingetroffenen Unruhestifter waren bisher sehr erfinderisch gewesen. Die nagende Furcht, welche die Prophezeihung des Kristalls verursacht hatte, wurde wieder stärker. Durch welche Schurkerei mochte es Conan gelingen, seine Wachen zu überlisten? Das war in der Tat kein angenehmer Gedanke. Er verfügte in seinem Inventar über Zaubermittel, die in unbefugten Händen großen Schaden anrichten konnten. Wahrscheinlich war es am besten, wenn er so schnell wie möglich nach Hause zurückkehrte und sich in seinen Gemächern verbarrikadierte. Dort fand er die Unterstützung seiner gesamten Magie.

Je länger er darüber nachdachte, desto sicherer wurde er, daß dies das beste war. Hoffentlich war es noch nicht zu spät!

»Schneller!« trieb Rey die Zyklopen an.

Aber diese liefen bereits mit Höchstgeschwindigkeit. Er wurde in der Sänfte nach vorn und nach hinten geschüttelt. Plötzlich hatte Rey eine dunkle Vorahnung ... Und diese behagte ihm ganz und gar nicht.

ACHTZEHN

Bei der Biegung des Korridors vor den Privatgemächern der Hexe sprangen Conan und Tull plötzlich hervor, so daß die vier riesigen Würmer sie sehen konnten.

»Jeeii!« schrie der Cimmerier und wirbelte das Schwert über dem Kopf.

Die Würmer begriffen rasch. Simultan bewegten sie sich mit einer solchen Geschwindigkeit über den felsigen Untergrund, die den jungen Barbaren verblüffte.

Im Nu liefen Conan und Tull los, die Würmer hinterher. Dann rief Conan: »Du, die Biester sind schneller, als ich gedacht habe!«

»Ich hätte ihnen das Tempo auch nie zugetraut«, keuchte Tull.

Als Conan und Tull um die nächste Biegung stürmten, tauchten die Würmer bereits hinter der letzten auf. »Wie es aussieht, brauchen wir aus Angst, sie abzuschütteln, nicht langsamer zu werden«, sagte Conan.

Tull warf einen Blick über die Schulter und sah die

Würmer. »Mitra! Wer hätte gedacht, daß die sich so schnell vorwärtsschlängeln können!«

Beide Männer rannten noch schneller und verschwendeten keine Atemluft mehr mit Gesprächen. Es gelang ihnen, den Vorsprung knapp zu halten; aber ein Ausrutscher — und die Verfolger würden bedrohlich näher kommen.

Elashi und Lalo warteten, bis die Wachwürmer außer Sicht waren, dann liefen sie schnell zum Eingang der Hexengemächer. Lalo übernahm die Führung. Im nächsten Augenblick waren sie im Vorzimmer. Beim Schein der vielen Glühschwämme an den Wänden konnten sie den Weg gut erkennen.

»Ich hoffe, daß die Hexe keine magischen Wächter aufgestellt hat«, flüsterte Lalo.

»Das fällt dir erst *jetzt* ein!«

»Ich habe nicht gehört, daß *du* dir deshalb schon mal den Kopf zerbrochen hast, liebste Elashi. Vielleicht treibst du dich zu lange schon mit diesem Conan herum ... und etwas von seiner Hirnlosigkeit ist auf dich übergegangen.«

»Jetzt habe ich keine Zeit, dich genügend aufzuklären, du grinsender Affe!« erwiderte die Tochter der Wüste. »Wir haben eine Aufgabe zu erledigen.«

Nach dem Vorzimmer drangen sie in einen großen Raum mit hoher Decke vor. In der Mitte stand ein riesiges Bett mit seidenen Kissen. An den Wänden befanden sich diverse Möbel: Truhen, Kommoden und große und kleine Schachteln.

»Ich glaube, hier sind wir richtig«, sagte Elashi.

»Deine rasche Auffassungsgabe verblüfft mich immer wieder. Selbstverständlich ist das das richtige Gemach.«

»Halt den Mund und such nach Juwelen!«

Rasch bewegten sich die beiden durch den Raum.

Der Harskeel hatte nicht vor, sich diesmal wieder an der Nase herumführen zu lassen. Ganz gleich, was es kostete, er mußte diesen Conan und sein Schwert haben! Sein Plan war nicht allzu kompliziert: Wenn der Barbar gefunden war, wollte der Harskeel alle fünfzehn Fledermäuse auf ihn hetzen. Diese würden den Angeber töten, indem sie sein Blut aussaugten. Ehe sie jedoch beim letzten Tropfen waren, würde der Harskeel vorspringen und dem Barbaren das Schwert abnehmen und in sein Blut tauchen. Ein paar Tropfen würden genügen. Schließlich kam es nicht auf die Menge, sondern die Güte des Bluts an. Leider würde dem Harskeel das Vergnügen entgehen, den verhaßten Kerl langsam und qualvoll sterben zu sehen, wie er es eigentlich nach dem ganzen Ärger verdient hätte, den er dem Zwitter zugefügt hatte. Aber bei dem jetzigen Spielstand kam es auf ein rasches Ende an. Der Harskeel hatte nur einen einzigen Wunsch: das Ziel erreichen und dann so schnell wie möglich diese verfluchten Höhlen für immer verlassen!

Mit dem Wunsch, bald am Ziel seiner Suche zu sein, eilte der Harskeel weiter.

Die Zeit verging schrecklich langsam. Chunthas Besorgnis wuchs. Dieser verfluchte Schurke Rey hätte inzwischen kommen müssen! Die Hexe war wütend, daß der Zauberer nicht in ihre Falle gelaufen war. Sie sah zwei mögliche Erklärungen: Entweder hatte er irgendwie von ihrer Anwesenheit Wind bekommen und war zurückgeblieben, oder er hatte ebenfalls entdeckt, daß die Gesuchten einen anderen Fluchtweg eingeschlagen hatten.

Die Hexe wollte wissen, welche Möglichkeit richtig war. Ungeduldig holte sie eine rote Hornisse aus dem Glas, vergrößerte sie und schickte sie mit folgenden Befehlen aus: »Flieg auf diesem Wasser weiter, bis du den Zauberer Katamay Rey siehst. Er darf dich aber unter keinen Umständen entdecken. Dann kommst du sofort zu mir zurück.«

Die Hornisse schwirrte los.

Chuntha setzte sich auf das Floß und wartete.

Reys Zyklopen legten ein gutes Tempo vor. Der Zauberer näherte sich seinem Heim sehr schnell. Einmal glaubte er durch das Trampeln der schweren Schritte seiner Diener ein Summen zu hören. Als er sich jedoch umschaute, sah er nichts. Es war auch nicht wichtig. Dieses Luder Chuntha war zwar mit Sicherheit noch irgendwo in der Gegend, aber weit hinter ihm. Außerdem fuhr sie in die falsche Richtung. Bestimmt hatte sie denselben Fehler wie er gemacht. Aber da war ihr Problem, nicht seins.

Langsam holten die Wurmwächter auf. Als Conan einen Blick zurückwarf, dämmerte ihm die unangenehme Gewißheit, daß es nur eine Frage der Zeit war, bis die Riesenmonster ihn und Tull eingeholt hätten. Er mußte etwas unternehmen — und zwar schnell. Der Atem des Alten klang rasselnd, und der Cimmerier wußte, daß Tull der völligen Erschöpfung nahe war.

»Können ... diese Würmer ... klettern?« fragte Conan.

»Nicht ... besonders ... gut«, keuchte Tull.

»Gut. Nimm den rechten Tunnel!«

Die Männer waren vor diesem Befehl gerade an einer Gabelung des Tunnels angelangt. Wenn Conan die Erinnerung nicht trog, waren sie schon einmal durch diesen Tunnel gelaufen und hatten einen Kreis beschrieben. Ein kleines Stück weiter vorn mußte eine glatte Wand kommen, auf der sich ein schmales Felsband entlangzog. Mehrere große Felsbrocken lagen auf diesem Vorsprung.

Ja, er hatte recht! Dort vorn erhob sich die Wand. Conan hatte schon längst das Schwert wieder in die Scheide gesteckt, um schneller laufen zu können. Jetzt zeigte er auf die Wand. »Da! Raufklettern!«

Tull brauchte keine langen Erklärungen. Er verschwendete auch keinen Atem mit einer Antwort, sondern nickte nur kurz.

Die beiden Männer stiegen in die Wand. Conan hatte schon in frühester Jugend im kalten Cimmerien gelernt, auf die höchsten Felsspitzen zu klettern. Wenn er auch nur den geringsten Halt für Finger oder Füße fand, war kein Fels unbezwinglich für ihn. Im Nu war er auf dem Felsvorsprung. Tull traf allerdings trotz des fortgeschrittenen Alters und der fehlenden Übung nicht viel später neben ihm ein. Die Wahl zwischen Klettern und Sterben verlieh dem Alten Kräfte, die Conan ihm nie zugetraut hätte.

»Und ... jetzt?« fragte Tull schweratmend. »Sie können uns nicht erreichen; aber wir sitzen in der Falle.«

Conan bewegte bereits einen Felsbrocken, welcher doppelt so groß war wie sein Kopf. »Vielleicht nicht. Ein harter Regen verscheucht sie vielleicht.«

Tull verstand den Cimmerier ohne weitere Erklärungen und schob sich ebenfalls an einen Stein heran, der nicht viel kleiner war.

Unten wanden sich die vier Riesenwürmer auf dem felsigen Untergrund. Einer schabte besonders laut über eine Steinplatte. Da merkte Conan, daß die so produzierten Geräusche wie Sprache klangen.

»K-kommt r-runter!« schien das Kratzen zu sagen. Conan hatte diese Sprache vor einigen Jahren in Hyperborea gehört, daher verstand er die Worte.

Jetzt hob er den Stein über den Kopf und beugte sich etwas vor. Dann schleuderte er den Felsbrocken auf die Würmer hinunter.

Er traf den Wurm, welcher ganz dicht an der Wand lag, direkt auf den Kopf. Dunkler Schleim spritzte auf, als das Tier sich in den letzten Todeszuckungen krümmte.

Auch Tulls Stein verfehlte sein Ziel nicht. Er richtete zwar weniger Schaden an, führte aber dennoch zum Tod des dicken Wurms. Dieser schlug noch mehrmals wild mit dem Schwanz und wälzte sich halb durch die Höhle, ehe er leblos liegenblieb.

Die beiden überlebenden Würmer zogen sich bis zu einem, wie sie glaubten, sicheren Punkt zurück. Conan fand noch einen Stein, der so groß wie der erste war, und schleuderte ihn auf die zwei. Er traf keinen; aber der Stein flog über sie hinaus, worauf beide Würmer sich schnell noch weiter zurückzogen, um sich anscheinend zu beraten.

Dann rutschte der eine Wurm wieder auf einer Felsplatte hin und her und schickte eine Botschaft an Conan und Tull.

»W-wir k-kommen w-wieder.«

Danach schlängelten sich die Würmer davon.

»Was denkst du?« fragte Tull und blickte den Würmern hinterher, die im Tunnel verschwunden waren.

Conan zuckte mit den Schultern. »Vielleicht holen sie Verstärkung. Oder sie haben sich daran erinnert, daß sie eigentlich die Gemächer der Hexe bewachen sollen. Im Grunde ist es gleich. Komm, wir verziehen uns!«

Dann kletterte der Cimmerier die Felswand hinab. Tull stand währenddessen mit einem Stein in der Hand Wache. Als Conan sicher unten war, zückte er das Schwert und sah zu, wie Tull ebenfalls herabstieg. Die Würmer kamen nicht wieder.

»Ich hoffe, daß Elashi und dieser Narr genügend Zeit hatten«, sagte Tull.

»Ja, mehr Zeit können wir ihnen nicht verschaffen. Komm, gehen wir zum Treffpunkt!«

Elashi und Lalo standen vor dem Hauptproblem aller Reichen: Wo lasse ich die Schätze? Wenn sie ein Packtier gehabt hätten, wäre dieses unter der Last der Schätze zusammengebrochen, welche die beiden ihm aufgeladen hätten. In den Gemächern der Hexe lagerte eine Unmenge an kostbaren Steinen. Obwohl es in dem grünlichen Licht schwer war, die Juwelen genau zu erkennen, erklärte Lalo der staunenden Elashi, daß er ein Experte sei und es sich um Rubine, Smaragde, Diamanten, Saphire, Feueropale und Perlen handelte.

Die beiden stopften die Edelsteine in vier Lederbeutel, damit sie später leichter zu teilen und zu tragen waren.

Schließlich erklärte Elashi. »Jetzt reicht's.«

»Aber da liegt noch viel mehr.«

»Das Beutelleder ist naß und teilweise brüchig. Wenn wir zuviel hineinstopfen, platzen sie am Ende noch«, widersprach Elashi.

Dann packte jeder zwei der kopfgroßen Beutel und strebte dem Ausgang zu. Keine Sekunde zu früh. Denn kaum hatten sie die Privatgemächer der Hexe verlassen und liefen den Tunnel entlang, da tauchten plötzlich zwei Riesenwürmer auf. Zum Glück schienen die ekligen Biester Elashi und Lalo nicht gesehen zu haben. Die beiden duckten sich schnell in eine dunkle Nische, wo nur wenig Glühschwämme wuchsen.

»Dieses Abenteuer ist sehr viel besser verlaufen, als ich je gedacht hätte«, bemerkte Lalo.

»Vielleicht, aber noch ist es nicht vorüber«, gab Elashi zu bedenken. »Spar dir deine Selbstbeweihräucherung auf, bis sie angebracht ist.«

Lalo betrachtete die Tochter der Wüste mit dem immerwährenden Lächeln. »Könnte es sein, daß auch du mit dem gleichen Fluch belegt wurdest wie ich, liebste Lady?«

»Still, du Narr! Hör! Was ist das?«

Sie hörten, wie sich schwere Schritte näherten.

Die beiden schmiegten sich noch enger an die dunkle Felswand. Von hier aus konnten sie den Tunnel gut überblicken.

Gleich darauf tauchte ein Riesenwurm auf. Irgendwie hielt er ein Seil fest, dessen Ende um die Handgelenke eines Zyklopen gewickelt war. Offenbar hatte der Wurm den einäugigen buckligen Riesen gefangengenommen.

Elashi beobachtete nur aus dem Augenwinkel heraus, wie das seltsame Paar vorbeizog. Ihre Hauptaufmerksamkeit galt Lalo. Tatsächlich, der Kerl holte tief Luft und öffnete den Mund, um eine Beleidigung auszustoßen. Blitzschnell ließ die Tochter der Wüste einen Beutel fallen und legte die Hand über Lalos Lippen. Überrascht vergaß er jede Äußerung.

Nachdem der Wurm und der Zyklop außer Sicht waren, nahm Elashi die Hand wieder weg.

»Für eine unglaublich anmaßende, nein — *aufdringliche* — Frau, bist du gar nicht übel.« Er grinste.

Das kam einem Kompliment so nahe, wie Elashi es noch nie von ihm gehört hatte. Sie lächelte ebenfalls.

»Komm jetzt! Wir müssen Conan und Tull finden.«

Deek und Wikkell trafen beim Eingang zu den Privatgemächern der Hexe auf zwei furchtbar aufgeregte Wachwürmer. Der Zyklop stand schweigend dabei, während sich die drei Würmer in einer Sprache verständigten, die für ihn beinahe unhörbar war. Nach kurzer Zeit ruckte Deek am Seil und führte Wikkell ins Allerheiligste.

Sobald sie so weit waren, daß die Wachen sie nicht mehr hören konnten, fragte Wikkell: »Was war denn los?«

»P-probleme f-für d-die H-hexe. Z-zwei M-männer s-sind h-hier aufg-getaucht. V-vier W-wachen h-haben s-sie v-verf-folgt.«

»Vier Wachen? Ich habe nur die beiden gesehen.«

»D-die an-nderen s-sind t-tot. D-die M-männer h-haben S-steine g-ges-schleudert.«

»Wie scheußlich.« Wikkell überlegte kurz. »Aber eigentlich ist es für uns gut. Es tut mir wegen deiner Brüder natürlich leid; aber die Sache trägt nicht dazu bei, das Ansehen der Hexe zu heben.«

»S-stimmt.«

Wikkell blickte umher. »Du kennst dich hier besser aus als ich. Was sollen wir stehlen?«

»D-da d-drüben.«

Wikkell folgte dem Wurm zu einer Kommode. Dabei trat der Zyklop auf einen spitzen Gegenstand, der sogar durch seine schwieligen Sohlen drang. Er blieb stehen und stieß das Ding mit dem Fuß beiseite. »Hm, ein geschliffener Edelstein. Schau!« Er hob das Juwel auf und zeigte es Deek. »Läßt deine Herrin immer derartige Kostbarkeiten auf dem Boden herumliegen?«

»N-nein.«

Wikkell dachte nach. »Du hast gesagt, daß die Wachen zwei Männer gesehen haben. Aber, wenn ich mich recht erinnere, waren es doch mehr Menschen.«

»J-a, m-mindes-stens n-noch einer.«

»Es würde mich nicht wundern, wenn die Hexe Besucher gehabt hätte, während die Wachen die beiden Männer verfolgten.«

»D-die W-wachen s-sind Nar-ren. In d-den H-höhlen g-gibt es üb-berall D-diebe.«

Wikkell lachte. »Komm, Deek, alter Halunke, machen wir uns an die Arbeit! Such etwas, womit wir unsere Hälse — du hast doch auch einen Hals, oder? — retten können.«

Neunzehn

Der Harskeel traf bei den Gemächern gerade noch rechtzeitig ein, um zu sehen, wie ein Riesenwurm einen gefesselten Zyklopen an zwei anderen gigantischen Würmern vorbeiführte, die offenbar Wache hielten. Der Harskeel wich ein kleines Stück zurück und rief Roter herbei. »Was sollte das bedeuten?« fragte er.

»Du gehst zu langsam«, sagte Roter nur. »Die Menschen sind schon wieder weg.«

Der Harskeel knirschte vor Wut mit den Zähnen. »Und wohin sind sie gegangen?«

»Nicht weit. Anscheinend wollen sich die vier in der Nähe treffen. Meine Späher haben mir gemeldet, daß zwei die Wurmwächter von hier fortlockten. In dieser Zeit drang das anderer Paar in die Gemächer der Hexe ein und kam etwas später mit Lederbeuteln wieder heraus.«

Der Harskeel schüttelte den Kopf. Diebe! Und verdammt tollkühne, wenn sie sich ins Allerheiligste der Hexe gewagt hatten! Aber das war im Augenblick unwichtig. Wenn er die vier getötet hatte, gehörte ihm sowieso alles, was sie besaßen. Und das würde bald geschehen, wenn er den Fledermäusen glauben konnte.

»Also, welchen Tunnel?« fragte der Harskeel.

»Folge mir!« antwortete Roter.

Conan und Tull brauchten am Treffpunkt nicht lange zu warten. Bereits nach wenigen Minuten kamen Elashi und Lalo. Beide trugen prall gefüllte Lederbeutel.

»Erstaunlich«, meinte Lalo grinsend. »Ich war sicher, daß ihr beide euch verirrt hättet und niemals den Weg hierher fändet.«

Tull knirschte mit den Zähnen, aber Conan grinste nur. »Wie ich sehe, war euer Raubzug erfolgreich.«

»Genug, um ein Königreich zu kaufen«, sagte Elashi. »Und ich gestatte dir sogar, meinen Anteil für mich zu tragen.« Damit warf sie dem Cimmerier zwei Beutel zu.

Conan schüttelte nur lächelnd den Kopf. »Ich möchte meinen Schwertarm lieber frei haben«, erklärte er. »Es könnte ja sein, daß ich ihn brauche.« Er nahm einen Beutel und warf ihn über die Schulter. Unglücklicherweise platzte das brüchige Leder gerade in diesem Augenblick, so daß sich die Juwelen wie ein glitzerndes Rinnsal auf den Boden ergossen.

»Schau dir an, was du angerichtet hast! Wie kann man nur so ungeschickt sein?« schimpfte Elashi.

Conan würdigte sie keines Wortes. Er bückte sich nur und sammelte eine Handvoll Edelsteine ein. Diese verstaute er in dem kleinen Beutel am Gürtel. Dann stand er wieder auf.

»Was ist mit dem Rest?« fragte Tull und zeigte auf die verstreuten Juwelen.

»Ich habe so viel, wie ich bequem tragen kann«, antwortete der Cimmerier. »Wie Elashi mir immer vor Augen hält: Es ist nicht gut, wenn man zu habgierig ist. Davon wird man nur schwachsinnig.«

»Aber dieser ungeheure Reichtum …«

»… ist völlig wertlos, wenn wir nicht aus diesen Höhlen hinauskommen. Falls ich angegriffen werde, möchte ich nicht durch Reichtum oder irgend etwas anderes in meiner Bewegungsfreiheit behindert werden.«

»Schaut, da ist eine Fledermaus!« sagte Lalo und zeigte nach oben.

Conan warf einen Blick auf den Blutsauger, welcher sofort abdrehte und wieder in dem Tunnel verschwand, aus dem er gekommen war. »Eine ist keine Bedrohung; aber vielleicht sind noch mehr da«, sagte er. »Es ist besser, wenn wir weitermarschieren.« Damit drehte er sich um und stapfte los.

Tull, Elashi und Lalo betrachteten noch einen Augenblick lang die Juwelen am Boden, dann folgten sie widerstrebend dem Cimmerier. Elashi bückte sich und hob einen besonders schön geschliffenen großen Smaragd auf. Dann lief sie an Conans Seite und hielt ihm das Juwel hin. »Dieser Smaragd ist einfach zu schön, als daß ich ihn liegenlassen könnte.«

Conan betrachtete den Stein. Ja, das war in der Tat

ein Prachtstück. Er nahm den Smaragd. Einen Augenblick lang empfand er ein leicht prickelndes Gefühl in den Fingern. Dann steckte er den Stein in den Beutel und dachte nicht länger daran.

Das Zauberinsekt der Hexe kehrte zu seiner Herrin zurück und meldete, daß der Zauberer mit erstaunlicher Eile in die andere Richtung marschierte. Das gefiel Chuntha ganz und gar nicht! Sollte Rey der Blitz treffen! Jetzt hatten der Rivale und der hübsche Barbar einen derartig großen Vorsprung, den sie mit dem Würmerfloß auch bei Höchstgeschwindigkeit nicht mehr aufholen konnte.

Aber kein Problem war unüberwindlich! In diesem Fall war die Lösung allerdings ziemlich gefährlich. Aber Chuntha mußte die beiden einholen. Bis jetzt hatte die Hexe diese Methode nicht anwenden wollen, doch nun war der Zeitpunkt gekommen, alles zu versuchen. Sie hatte bei diesem Ausflug in den Höhlen bereits mehr gefährliche Situationen erlebt als je im Leben zuvor. Da spielte es auch keine Rolle mehr, wenn sie jetzt alles riskierte, um zu retten, was noch zu retten war.

Chuntha steuerte ihr lebendiges Floß an ein sanft ansteigendes Ufer, aber mit so großer Geschwindigkeit, daß es ein Stück weit aufs Land geschleudert wurde. Danach löste sie mit Hilfe von Magie das Bindemittel, welches die Würmer zusammenhielt, so daß ihre Diener wieder Einzelwesen wurden.

»Kriecht so schnell wie möglich zurück zu meiner Residenz!« befahl sie.

Die Würmer brachen auf und suchten nach Verbindungstunneln, welche sie heimführten. Die Hexe holte aus dem Gepäck einen Zauber, den sie in den letzten zweihundert Jahren nur ein einziges Mal verwendet hatte. Das Pergament, auf dem der Zauberspruch stand, stammte von der Schuppenhaut eines fliegenden Reptils, welches in der Welt der Menschen schon längst ausgestorben war. Das Biest hatte als letztes seiner Art in einem verborgenen Tal im heißen Dschungel der Schwarzen Königreiche gehaust, tief im Süden, östlich von Xuchotl. Seine Flügelspanne machte die des größten noch lebenden Vogels winzig klein. Lediglich der Vogel Roc konnte sich mit ihm messen. Der Kopf mit den scharfen Zähnen ähnelte einem Krokodil. Die scharfen schwarzen Klauen an den Füßen waren wie Dolche.

Wenn Chuntha die magischen Worte richtig aussprach, verwandelte sich das Pergament in einen Umhang. Wenn man diesen umlegte, verwandelte man sich metaphorisch in eine beinahe exakte Nachbildung des fliegenden Reptils mit den Krokodilzähnen. Das Monster war so wild, daß es keine irdischen Feinde zu scheuen brauchte. Unglücklicherweise hatte der Zauber einen Haken: Man wußte nicht, wie lange der magische Umhang wirkte. Manchmal trug er den Besitzer, bis dieser ihn nach Stunden oder Tagen ablegte; aber manchmal verflog die Magie nach wenigen Minuten jählings. Dann befand sich der unglückliche Träger vielleicht hoch in der Luft, jedoch ohne die Fähigkeit zu fliegen. Bei diesem Risiko mußte man mit dem Zauber vorsichtig umgehen. Einen Fehler in großer Höhe konnte man sich nur ein einziges Mal im Leben leisten.

Trotz des großen Vorrats verfügte Chuntha nur über diesen einzigen Flugzauber. Sie konnte nichts tun, um einen Absturz zu verhindern, sollte der Umhang plötzlich seine Magie verlieren. Es gab zwar einen sehr komplizierten Zauber, mit welchem sie ihr Gewicht auf das einer Feder reduzieren konnte; aber bis sie die ersten Worte davon hervorgestoßen hatte, war sie wahrscheinlich schon ein blutiger Brei am Boden. Doch jetzt erschien es ihr jedenfalls besser, das tödliche Risiko einzugehen als den Barbaren aufzugeben.

Die Hexe suchte sich einen hohen Stalagmiten, kletterte hinauf und trug nur das Reptilpergament bei sich. Diese Wesen aus grauer Vorzeit waren hervorragende Flieger gewesen, hatten aber Schwierigkeiten gehabt, vom Boden aufzusteigen. Daher hielt Chuntha es für sinnvoll, aus einer gewissen Höhe zu starten.

Auf der hohen Tropfsteinsäule ging sie in die Hocke und entrollte das Pergament. Dann las sie die magischen Worte laut vor.

Katamay Rey konnte nicht behaupten, daß er mit der Situation sehr glücklich war. Trotzdem war er zuversichtlich. Eine seiner Suchwespen hatte gemeldet, daß die Hexe mit dem Würmerfloß weit hinter ihm übers Sonnenlose Meer fuhr. Wenn sie ihren Irrtum bemerkte, waren er und die von beiden Gesuchten bestimmt außer Chunthas Reichweite.

Gleich darauf strich ein seltsamer Schatten über den Zauberer dahin. Er blickte nach oben; aber die Luft unter der hohen Decke in der Höhle schien leer zu sein. Nein, Moment mal … dort … dort vorn … was war das? Ehe Rey die schemenhafte Gestalt genauer betrachten konnte, war sie schon wieder verschwunden.

»Was war das?« fragte er laut.

Der rechte Zyklop hatte wie sein Herr und Meister

ebenfalls etwas gesehen. »Vielleicht eine Fledermaus«, meinte er.

»Das wäre die größte Fledermaus, die es je gab«, erklärte Rey. »Das glaube ich nicht.« Aber was war es dann, wenn keine Fledermaus?

Vielleicht hatte diese Erscheinung nichts zu bedeuten. Vielleicht stellte sie keine Bedrohung dar. Vielleicht war sie nur eine Ausgeburt seiner Phantasie gewesen. Aber tief im schurkischen Herzen traf Rey die Angst wie ein Dolchstich.

Deek und Wikkell waren überaus zufrieden mit sich. Der erste Teil ihres Plans war so glatt wie die Oberseite eines Babywurms verlaufen. In Wikkells Gürtel steckte jetzt ein magischer Gegenstand aus der Waffenkammer der Hexe. Beim ersten geeigneten Untergrund in sicherer Entfernung von Chunthas Behausung hielten die beiden an, und Deek erklärte die Anwendung.

Das magische Instrument sah wie ein dickes Brett aus, ungefähr so groß wie die Spielkarten, welche die Menschen benutzten. An einem Ende befand sich ein winziges Loch, an einer Seite ein Hebel.

»R-richte es a-auf d-die W-wand d-da d-drüben und d-d-drück auf d-den H-hebel«, verlangte Deek.

Wikkell gehorchte. Plötzlich spuckte das Ding einen feinen Faden in die Luft. Das Ende blieb an der Felswand kleben. Immer mehr Fäden folgten, bis alles ein bizarr geformtes spinnwebartiges Knäuel bildete. Wikkell stellte den Hebel wieder auf die ursprüngliche Position. Sofort brach der Faden ab.

Der Zyklop war nicht übermäßig beeindruckt. »Na und? Das Ding fertigt ein Spinnennetz. Das hilft uns auch nicht viel weiter.«

»V-vers-such, h-hind-durchz-zug-gehen!«

Wikkell trat auf das Knäuel zu. Im Nu war er darin gefangen. Je mehr er um sich schlug, desto tiefer verstrickte er sich in dem magischen Fadengewirr, bis er sich sehr bald überhaupt nicht mehr bewegen konnte.

»In Ordnung, ich bin tief beeindruckt. Wie befreie ich mich jetzt wieder aus dem Zeug?«

»D-den H-hebel z-zurücks-stellen.«

Wikkell gelang dies mit Mühe. Sofort schlüpfte das Spinnengewebe zurück ins Loch des kleinen Holzbretts. Innerhalb von Minuten war der ganze Spuk verschwunden, und der Zyklop konnte sich wieder frei bewegen.

»Es is-st n-nicht ein-ner d-der k-kräftigs-sten Z-zauber, aber l-leicht z-zu b-bed-dienen«, erklärte Deek.

»Das ist ein nicht zu unterschätzender Vorteil«, meinte Wikkell. »Wenn unsere Beute beim Zauberer ebensogut ausfällt, können wir unsere Völker bestimmt beeindrucken und für unseren Plan gewinnen.«

»G-gut, m-machen w-wir w-weiter.«

Damit zogen die beiden ungleichen Freunde von dannen.

Der Harskeel konnte den Erfolg bereits riechen. Eine Fledermaus war soeben mit der Nachricht zurückgekommen, daß die von ihm Gesuchten nur wenige Minuten vor ihm seien. Die Versuchung, schnell hinzulaufen, war groß. Der Harskeel wollte jedoch nicht im letzten Augenblick alles aufs Spiel setzen. Es war klüger, vorsichtig vorzugehen und den rechten Augenblick abzupassen.

Jetzt marschierte der Harskeel durch eine Höhle,

deren Boden aus Kies bestand. Zufällig blickte er hinunter. Seltsam, wie die Kiesel in dem grünlichen Lichtschein glitzerten. Er hob einen Stein auf.

Verblüfft betrachtete er den Stein. Ja, es war ein Stein; aber normalerweise lag diese Sorte nicht in einer Höhle herum. Wenn er sich nicht irrte — und das war höchst unwahrscheinlich, da der Harskeel etwas von Edelsteinkunde verstand —, war dieser fingerkuppengroße Stein ein geschliffener Rubin feinster Qualität.

Rasch bückte er sich und betrachtete die anderen Steine auf dem Boden. Tatsächlich! Überall lagen teure Juwelen verstreut. Da der Harskeel nie abgeneigt war, mit wenig Arbeit und Mühe seinen Reichtum zu vermehren, machte er eine Pause bei der Verfolgung, bis er die meisten Juwelen eingesammelt hatte. Offenbar hatten Conan und seine Gefährten nicht bemerkt, daß ihnen der Schatz aus der Tasche oder dem Beutel fiel; denn niemand ließe absichtlich derartig kostbare Edelsteine zurück. Nein, soviel Zeit mußte sein!

Hoch droben unter der gewölbten Decke der dunklen Höhle schlug eine riesige Flugechse mit den lederartigen Schwingen. Sie sauste durch die Luft, um das Ziel möglichst schnell zu erreichen, vor allem ehe die Magie, welche sie in der Luft hielt, aufhörte zu wirken.

Chuntha spürte im Umhang die Kraft und Macht des Wesens, welches Millionen von Jahren auf der Erde geherrscht hatte, noch ehe die Menschen dort lebten. Dieses schwerelose Gefühl, durch die Luft zu stürmen, war verführerisch. Man konnte nach dieser sinnlichen Befriedigung direkt süchtig werden ... Das Risiko war jedoch größer als der Genuß. Chuntha kannte außerdem noch andere Möglichkeiten, warme sinnliche Freuden zu genießen. Sie brauchte dazu keinen Todesflug.

Die Hexe stellte sich in Gedanken vor, wie sie dem hübschen Barbaren diese sinnlichen Freuden nahebringen würde. Gut, er überlebte diese Genüsse nicht; aber er würde sein Ende in höchster Ekstase verbringen …

Zwanzig

Der Cimmerier führte die Freunde durch einen langen gewundenen Tunnel mit sehr hoher Decke. Da geschah etwas Seltsames. Hinter ihm sagte Lalo: »Ich fürchte, du Narr führst uns in den sicheren Untergang.«

Diese Beleidigung war nur eine aus dem ständigen Strom ähnlicher Bemerkungen. Conan hatte gelernt, sie wegzustecken, ohne wütend zu werden. Doch diesmal folgte der Beleidigung noch ein Satz, als wäre er ein Echo: *Ich wünschte, ich wäre Conan und könnte mich wie er, nur mit seinem Mut und dem Schwert in der Hand, jeder Gefahr stellen!*

Conan blieb stehen und drehte sich zu Lalo um. »Was hast du gerade gesagt?«

»Wieso? Sind deine Ohren verstopft? Bist du jetzt nicht nur blöde, sondern auch taub?«

Wieder folgte die andere Stimme leise: *Ich wünschte, ich könnte meine Bewunderung für dich offen aussprechen, Conan. Ich hasse es, dich immer nur beleidigen zu müssen.*

Der Cimmerier stellte fest, daß die Stimme zwar eindeutig Lalo gehörte, er sie aber nicht mit dem Gehör auffing, sondern mit dem Kopf, wie vorher die Stimmen der Netzspinner.

»Schon gut, vergiß es«, sagte Conan und ging weiter. Was war das für ein Zauber? Er hatte Lalo sprechen gehört, war aber sicher, daß die Stimme in seinem Kopf wiedergab, was der grinsende Mann wirklich dachte, als er die Beleidigung ausgesprochen hatte.

Irgend etwas geschah hier, und er verstand nicht ganz, was es war. Conan hielt es jedoch für klüger, nicht darüber zu sprechen. Vielleicht spielte ihm seine Phantasie auch nur einen Streich.

Gleich darauf stolperte Elashi über einen Stein und fiel ziemlich unsanft auf ihr Hinterteil. Dabei rutschten ihr Umhang und Rock so weit hoch, daß man ihre wohlgeformten Beine in voller Länge sah. Conan bewunderte diese Aussicht.

Elashi schaute zum Cimmerier auf. Als sie sah, daß er lächelte, fauchte sie: »Du Lüstling! Kannst du an gar nichts anderes denken?«

Doch sofort danach kam wieder die unheimliche Stimme in Conans Kopf: *Ach, wie schön wäre es, wenn wir ein paar Augenblicke für uns allein hätten, Conan. Die ganze Aufregung hat meine Lust ungemein erregt.*

Conan blickte schnell zu den anderen. Er war sicher, daß sie Elashis Worte auch gehört hatten. Aber offensichtlich hatten weder Tull noch Lalo den zweiten Teil ihrer Rede vernommen. Jetzt war der Cimmerier überzeugt, daß es Elashis Gedanken gewesen waren.

Wieso konnte er plötzlich Gedanken lesen? Hatte jemand ihn verzaubert?

Je mehr er über diese Möglichkeit nachdachte, desto unwahrscheinlicher erschien ihm das. Was konnte der Zweck eines Zaubers sein, der doch eindeutig ihm einen Vorteil verschaffte, nicht aber seinem Gegner?

Zu wissen, was ein Mann oder eine Frau dachte, ganz gleich, was sie laut sagten, war ein Machtmittel.

Was soll's? Wichtig war doch nur, daß es geschehen war. Über das Warum und Wie konnte er sich immer noch den Kopf zerbrechen, wenn er mehr Zeit hatte. Wenn du mit einem dicken Seil gefesselt bist und dir jemand ein scharfes Messer reicht, machst du dir auch keine Gedanken, woher das Messer stammt oder wie der Schmied heißt, der es gefertigt hat, sondern du schneidest die Fesseln durch.

Der Cimmerier war durch und durch praktisch veranlagt.

Aber vielleicht war es besser, wenn er den anderen noch nicht sagte, über welches neue Talent er verfügte.

»Sie befinden sich unmittelbar vor uns«, meldete Roter dem Harskeel. »Die vier sind hinter der nächsten Biegung.«

»Seid ihr alle zum Angriff bereit?«

»Wir wollen endlich die Sache hinter uns bringen und den Blutzauber bekommen, den du uns versprochen hast. Ja, wir sind bereit.«

»Gut, dann wollen wir diese unangenehme Angelegenheit abschließen.«

Der Harskeel eilte auf die Biegung zu, die kaum zwanzig Schritte vor ihm lag.

Chuntha landete, immer noch in Gestalt des fliegenden Reptils, vor ihren Gemächern, direkt vor den verblüfften Wachwürmern.

Erschreckt wichen sie zurück, bis die Hexe den Zaubermantel zurückschlug und ihnen ihre wahre Gestalt enthüllte.

Die Würmer waren erleichtert. Dann berichtete der eine von ihrer Begegnung mit dem Barbaren. »Er m-muß ein D-dämon s-sein! Er h-hat C-cook und T-tuma get-tötet.«

Chuntha gebot den Würmern zu schweigen. Der Verlust der beiden Wachen war zu verschmerzen. Wichtig war, daß der hübsche Barbar sich in der Nähe aufhielt. Sie mußte sofort wieder aufbrechen und weiterfliegen.

Alles andere war nicht wichtig. Daher stellte sie auch den Würmern keine weiteren Fragen.

Chuntha kletterte auf den Schwanz des größeren Wurms. »Wenn ich mich wieder in das fliegende Ungeheuer verwandelt habe, setzt du alle deine Muskeln ein und schleuderst mich in die Luft. In diese Richtung!« Sie zeigte mit der Hand.

Ohne auf Antwort zu warten, hüllte sie sich in den Umhang und nahm wieder die Gestalt seines früheren Besitzers an.

Verblüfft peitschte der Wurmwächter mit der Schwanzspitze und katapultierte die Hexe in die Luft, als sei sie ein Stein und er die Schleuder. Die ledrigen Schwingen flatterten, und Chuntha segelte den langen Tunnel hinunter.

Es gab mehrere Gänge, in welchen der junge Barbar stecken konnte; aber die Hexe wußte genau, daß einer nicht in Frage kam. Auch andere schieden ihrer Meinung aus. Sie spürte, daß er ihr nahe war. Bald würde sie ihn haben!

Katamay Rey war schon vor einiger Zeit ans Ufer gelangt. Jetzt trugen ihn seine Zyklopen auf schnellstem Weg nach Hause. Der Zauberer hatte das sichere Gefühl, zu spät zum Fest zu kommen. Und in diesem

Fall konnte die Verspätung seinen Untergang bedeuten.

»Schneller, ihr nichtsnutzigen Fleischklöße!«

Deek und Wikkell konnten ihren Plan noch leichter weiter verwirklichen, als sie je geglaubt hatten. Die beiden Zyklopen, welche Reys Privatgemächer bewachten, kannten Wikkells Funktion und hätten es nie gewagt, ihm Fragen über sein Kommen und Gehen zu stellen. Offenbar hatte der Zauberer sich bisher nicht die Mühe gemacht, ihnen mitzuteilen, daß Wikkell in Ungnade gefallen war. Mit dieser Nachlässigkeit hatte Wikkell insgeheim gerechnet. Rey hielt alle Zyklopen für Tölpel und hielt es daher fast nie für nötig, ihnen etwas mitzuteilen, was sie nicht unmittelbar betraf. Wikkell wußte, daß auch er in Reys Augen eine unwichtige Kreatur war. Daher hatte er eigentlich keine Angst gehabt, daß die Wachen ihn aufhalten könnten.

Mit Deek an der Leine betrat er die Privatgemächer des Zauberers.

Wie schon bei Chuntha wählten der schurkische Zyklop und der abtrünnige Wurm einen Talisman und verließen die Räume schnell wieder. Sobald sie in sicherer Entfernung von den Wachposten waren, demonstrierte Wikkell dem Wurm, wozu der Gegenstand diente, den sie gestohlen hatten.

Deek fand, daß die kleine Dose aus grauem Stein unbedeutend aussah. Wikkell entnahm ihr eine Prise helles Pulver und streute einen glitzernden Regen auf den Boden vor den Wurm.

»W-was b-bew-wirkt d-das Z-zeug?«

»Kriech drüber und überzeug dich selbst!«

Hätte Deek Schultern besessen, hätte er damit gezuckt. So schlängelte er sich nur und kroch auf den hellen Staub zu. Sehr schnell mußte er feststellen, daß er sich auf dem spiegelglatten Grund nicht halten konnte. Er konnte zwar die Muskeln zusammenziehen, aber es bestand keine Reibung zwischen seinem Körper und dem felsigen Boden. Es war, als läge ein Luftkissen darauf.

Wikkell grinste den Freund an. »Ein magisches Schmiermittel«, erklärte er. »Wenn der Boden damit bedeckt ist, kannst du darauf nur herumrutschen. Schau, so!«

Wikkell beugte sich hinab und versetzte Deek einen leichten Stoß. Der Wurm glitt leichter über den Boden als ihr seidenes Boot über das Wasser des Sonnenlosen Meers. Dann rutschte er auf festes Gestein und schlängelte so schnell wie möglich darauf zu.

»Eind-drucksv-voll«, schabte Deek. »Blei-eibt d-die W-wirkung b-bestehen?«

»Nein, nach ungefähr einer Stunde verschwindet der Zauber. Aber wenn wir unseren Brüdern diese beiden magischen Gegenstände vorführen, sollte das genügen, um ihre Unterstützung zu gewinnen.«

»Z-zweifel-l-los.«

»Dann wollen wir keine Zeit verlieren. Mein Volk oder deins?«

»M-meins lebt n-näher von hier.«

»Dann führ uns, Freund!«

Conans scharfes Gehör fing das Geräusch der schnatternden Fledermäuse sehr viel früher auf als seine Freunde. Der Cimmerier zückte das Schwert und fuhr herum.

»Conan, was ist …«, begann Elashi.

»Fledermäuse! Hinter uns!« unterbrach Conan sie.

Über ein Dutzend Blutsauger tauchte im grünen Lichtschein auf und flog direkt auf die vier zu. Sie befanden sich in einer ziemlich großen hohen Höhle. Allerdings waren es nur noch ein paar Schritte vom Standort Conans aus bis zu einer engen Tunnelöffnung, durch welche die Fledermäuse nur als Tandems fliegen konnten.

Tull zog seinen Dolch heraus, Elashi ihr Krummschwert. Lalo hob einen faustgroßen Stein auf.

»In den Tunnel!« befahl Conan. »Ich halte sie auf, bis ihr drinnen seid.«

»Conan ...«, setzte Elashi an.

»Tu, was ich sage! Schnell!«

Die drei gehorchten. Conan konnte ihre ängstlichen Gedanken hören und daß sie ihn nicht allein gegen die Fledermäuse kämpfen lassen wollten. Unwillkürlich mußte er über diese Gabe des Gedankenlesens lächeln. Doch dann hob er das Schwert, um die erste Fledermaus zu töten.

In zwei Hälften fiel der Blutsauger zu Boden. Dem zweiten und dritten Angreifer erging es nicht besser. Ein Rückhandschlag mit der scharfen Klinge trennte den Kopf von den pelzigen Schultern des einen und der nächste Hieb die Hinterbeine vom Körper des anderen.

Aber es waren zu viele Fledermäuse. Ehe Conan das Schwert wieder schwingen konnte, hatten sich bereits vier der Kreaturen auf ihn gestürzt. Obgleich sie viel leichter als er waren, reichte ihr gemeinsamer Anprall, um ihn aus dem Gleichgewicht zu bringen. Beim Fall stach er nach oben und durchbohrte einen der Blutsauger.

Ein anderer riß ihm mit den Krallen die Schulter auf und versenkte den Saugrüssel in der Wunde, um das

Blut des Cimmeriers zu trinken. Conan packte das kleine Ungeheuer im Genick und drückte ihm den Hals zusammen. Dann schleuderte er das tote Wesen von sich.

Dann sah er hinter den flatternden Fledermäusen den Harskeel. Der Cimmerier hatte vermutet, daß dieser Schurke sich immer noch in den Höhlen herumtrieb.

Der Zwitter stürzte sich mit gezücktem Schwert auf den Cimmerier; aber er konnte die schmale lange Klinge nicht benutzen, weil überall Fledermäuse umherflatterten.

Jetzt hörte Conan Tull, Elashi und Lalo rufen:

»Wir kommen, Conan!«

Als der Cimmerier einer Fledermaus mit der Faust die Zähne einschlug, fand er, daß die Chancen gar nicht so schlecht standen. Noch ein paar Blutsauger, ein Mann, damit würden sie leicht fertig werden ...

Da ertönte ein Schrei.

Noch nie hatte Conan ein derartiges Geräusch gehört: ein heiseres Brüllen, das aus keiner irdischen Kehle stammen konnte. Ihm stellten sich vor Grauen die Nackenhaare auf. Dieser gräßliche Schrei kam von oben. Er riskierte einen Blick zur Decke. Auch der Harskeel und die Fledermäuse schauten hinauf.

Ein fliegendes Ungeheuer stieß auf den Cimmerier herab. Es hatte einen langen schmalen Kopf. Die spitzen Zähne im aufgerissenen Maul waren so lang wie die Finger eines ausgewachsenen Mannes. Die Flügel schienen sich durch die halbe Höhle zu spannen.

Conan riß das Schwert hoch, um sich gegen das Monster zu wehren — Crom, war das Biest groß! In diesem Augenblick flatterte eine Fledermaus in blinder Flucht vor dem fliegenden Ungeheuer hinter ihm hoch. Seine Schwertspitze durchbohrte den Kopf des Blutsaugers, dem damit alle Gedanken an Rettung vergingen. Unglücklicherweise reichte das Gewicht der Fledermaus aus, um dem verblüfften Cimmerier das Schwert nach hinten aus der Hand zu reißen.

Jetzt blieb Conan nur noch schneller Rückzug. Er lief auf die Freunde zu, aber es war zu spät. Das fliegende Ungeheuer hatte ihn erreicht. Eine Klaue schlug sich in seinen Arm, die andere verkrallte sich im Gürtel. Der junge Hüne wurde wie ein neugeborenes Kind von der Mutter weg und nach oben gezogen. Die riesigen Schwingen peitschten die Luft. Der Staub von Jahrtausenden wirbelte in der Höhle auf.

»Lauft weg!« rief Conan den Freunden zu.

Als Antwort warf Lalo mit dem Stein. Leider zielte er schlecht und traf nur den Schenkel des Cimmeriers.

»Weg!« schrie Conan.

Jetzt war er schon so hoch in der Luft, daß die Freunde ihn unmöglich erreichen konnten. Da liefen die drei zurück in den engen Tunnel. Das Dämonenwesen schleppte Conan durch die Lüfte.

Unter ihm schrie der Harskeel plötzlich auf. Seine tiefe Stimme ging in das Kreischen einer Frau über. »Neiiiin!«

Das Monster flog mit Conan nach links. Der Cimmerier wehrte sich nicht. Ein Sturz aus dieser Höhe auf den Felsboden würde sein Leben kaum verlängern. Besser war es abzuwarten, wohin ihn das Monster entführte. Er hatte keine Lust, als blutiger Brei zu enden.

Als der Harskeel erkannte, daß die Blutstropfen, welche von oben fielen, von Conan stammten, war seine Wut wie weggeblasen. Gut, es waren nur wenige Tropfen; aber eigentlich müßten sie reichen. Das Schwert des Hünen steckte noch im Kopf einer Fledermaus, welche keine drei Schritte von ihm entfernt lag.

Der Harskeel eilte zum Schwert. Da landete Roter direkt vor ihm auf dem Boden.

»Mach Platz!« befahl der Harskeel.

»Wir haben jetzt lange genug für dich geschuftet«, erklärte Roter und flatterte aufgebracht mit den Flügeln. »Gib uns jetzt unseren Blutzauber, aber ein bißchen plötzlich!«

»Ja, ja, einen Augenblick nur. Ich muß erst das Schwert holen und ...«

»Jetzt!«

Das war zuviel! Er ließ sich von einer blöden Fledermaus nicht aufhalten, wenn das Ziel zum Greifen nahe war! Der Harskeel vollführte einen flachen Bogen mit der Klinge. Er legte seine gesamte Kraft in die Schulter und den Oberarm. Ein Blutstrom schoß aus dem Kopf von Roter, als er wie ein Ball durch die Luft flog und zweimal auf dem Höhlenboden aufprallte.

Die sechs nicht verwundeten Fledermäuse, welche noch übrig waren, tauschten rasche Blicke aus. Dann schauten sie den Harskeel an.

»Hat es noch jemand besonders eilig?«

Nein, keine der Fledermäuse schien es eilig zu haben.

Der Harskeel trat zu Conans Schwert und riß es aus dem Kopf der toten Fledermaus. Die Worte des Lösungszaubers hatten sich in den vielen Jahren der Suche wie mit Feuer in seinen Kopf eingebrannt, so daß er keine Mühe hatte, sich daran zu erinnern. Der Harskeel kratzte vorsichtig einige Blutstropfen des Cimmeriers vom Boden und strich sie auf die Schwertspitze. Dann richtete er die Spitze gegen sich und ritzte mit zitternden Händen eine dünne Furche von der Stirn bis zur Schamgegend.

Jetzt stieß er die letzten Worte des Zaubers aus.

Die Luft um den Harskeel leuchtete auf. Er spürte, wie ungeahnte Freude in ihm aufstieg. Ja, es wirkte! Schon jetzt fühlte er — nein, *sie beide* —, wie er wieder zu zwei getrennten Hälften wurde. Der männliche Teil konzentrierte sich bei den Zauberworten auf rechts, der weibliche auf links, als die Furche, gezogen mit dem Schwert und dem Blut eines wahrhaft tapferen Mannes, langsam zwei Menschen formte, wo vorher nur einer gewesen war.

Staunend sahen die Fledermäuse dieser Verwandlung zu. Jetzt lachte der Harskeel. Das Lachen kam aus zwei Kehlen und zwei Mündern. Erfolg! Er hatte Hunderte wahllos abgeschlachtet, beraubt, belogen und nun, nach so vielen Jahren, hatte er sein — nein, hatten sie ihr — Ziel erreicht! Die Liebenden würden wieder zu zwei Wesen werden, wie sie es einst gewesen waren.

Der Körper des Harskeel dehnte sich, als bestünde er aus weichem Lehm. Gleich darauf standen sich ein Mann und eine Frau gegenüber. Beide lächelten strahlend.

»Was ist denn das?« ertönte plötzlich eine Stimme hinter ihnen.

Die beiden drehten sich um. Der Mann hielt Conans Schwert, die Frau die schmale Klinge, welche dem Harskeel gehört hatte.

Vor ihnen stand der mächtige Zauberer Katamay Rey.

»Wer seid ihr?« fragte Rey barsch.

»Das geht dich gar nichts an«, antwortete die Frau schnippisch.

»Hüte deine Zunge«, sagte der Mann neben ihr.

»Nach so vielen Jahren? Nein!«

»Mit deinen unüberlegten Worten hast du damals das Unglück verursacht«, warnte der Mann.

»Wie bitte? *Du* warst es doch, der ...«

»Schweigt!« rief der Zauberer. »Ich habe für euer Gezänk keine Zeit.«

»Wenn wir schnell sind, können wir ihn töten«, flüsterte die Frau.

»Du bist verrückt!« flüsterte der Mann zurück.

»Jetzt!« schrie die Frau und lief mit gezückter Klinge auf den Zauberer los. Der Mann, welcher vor kurzem noch innig vereint mit ihr gewesen war, schüttelte den Kopf und folgte ihr. Ein weiterer Mord würde auch nicht viel mehr Probleme schaffen.

Hinter Rey standen zwei Zyklopen; aber sie waren so weit entfernt, daß sie nicht mehr rechtzeitig eingreifen konnten.

Der Zauberer hob die Hände und bewegte die Finger. Dabei sprach er hart klingende Worte.

Der Mann, welcher der halbe Harskeel gewesen war, wollte mit einem mächtigen Schwerthieb den Zauberer niedermachen; aber er kam keinen Schritt vorwärts. Er hatte das Gefühl, als wären seine Füße plötzlich flüssig. Schnell blickte er hinunter. Bestürzt sah er, daß sich seine Beine in der Tat *verflüssigten!* Bis über die Knöchel stand er in einer Pfütze, wo früher seine Füße gewesen waren. Er spürte keine Schmerzen; aber die Pfütze stank entsetzlich.

Der Mann drehte sich um und schaute zu der Frau hin, mit welcher er bis vor kurzem noch so innig vereint gewesen war. Ihre untere Hälfte bestand ebenfalls aus einer stinkenden Pfütze. Mit großen erstaunten Augen löste sie sich immer weiter auf.

»Siehst du, was du angerichtet hast!« beklagte sie sich laut.

»Ich? *Ich* habe nichts getan.«

Das waren die letzten Worte des Mannes. Danach blieb ihm als letzter Gedanke nur noch: Verflucht seien alle Götter!

Gleich darauf war von den beiden Menschen, die den Harskeel von Loplain gebildet hatten, nur noch eine blasenwerfende stinkende Pfütze aus Schleim auf dem Boden der Höhle übrig.

Einundzwanzig

Als Deek in Begleitung eines Zyklops auftauchte, reagierten seine Artgenossen ziemlich aufgeregt und nervös.

»D-deek! W-was s-soll d-das?«

»W-was w-will d-der Einäug-gige h-hier?«

»V-völlig v-ver-rückt?«

Die anschließende Demonstration, in welcher der Wurm mehrere seiner Brüder in die Fäden einwickelte und anschließend den Boden zu geöltem Eis werden ließ, verblüffte sie noch mehr.

»B-bei al-len G-göt-tern ...«

»Entf-fern d-das Z-zeug!«

»Glaubst du, daß sie uns jetzt zuhören?« fragte Wikkell.

»S-sieht s-so aus.«

Ja, die Würmer hörten aufmerksam zu, als Deek und Wikkell ihren Plan darlegten. Es kam zwar nicht zu einem begeisterten Aufschrei der Massen, in einer Revolution die Hexe zu entmachten; aber es wurden einige Stimmen laut, welche früher immer geschwiegen hatten. Niemand war über Chunthas Schreckensherrschaft glücklich; aber niemand hatte mit der Möglichkeit gerechnet, sie abzuschütteln. Jetzt, wenn sich die Riesenwürmer mit allen Zyklopen vereinigten, konnte es gelingen. Da es Deek und Wikkell gelungen war, der Hexe und dem Zauberer die beiden Talismane zu stehlen, bewies dies, daß die beiden in der Tat nicht unverwundbar waren.

Die Diskussion wurde hitzig. Lange Reden wurden geschwungen. Am Ende erreichten die Würmer folgenden Konsens: Wenn Deek und Wikkell die Teilnahme der Einäugigen garantieren konnten, würden die Würmer sich bereiterklären, Seite an Seite mitzukämpfen.

Deek und Wikkell sahen sich an. Jeder wußte, wie sehr der andere im Innern jubilierte. Erfolg!

Nun, um ehrlich zu sein, es war erst ein halber Erfolg. Doch mit dem Versprechen der Würmer hatten sie ein zugkräftiges Argument, um die Zyklopen auf ihre Seite zu ziehen.

Deek und Wikkell verließen die Höhlen der Würmer und machten sich auf den Weg zu den Zyklopen.

Als der Cimmerier unter den ledernen Schwingen des Ungeheuers durch die Höhlen segelte, überlegte er, wem er diese mißliche Lage wohl zu verdanken hatte. War es der Zauberer oder die Hexe? Einer der beiden mußte diesen fliegenden Dämonen geschickt haben, das wußte er sicher. Anscheinend wollten er oder sie ihn lebendig, denn andernfalls wäre er längst tot gewesen. Das Ungeheuer mußte nur die Klauen lockern, und Conan würde in den sicheren Tod stürzen.

Die Antwort auf die Frage des Cimmeriers ließ

nicht lange auf sich warten. In seinem Kopf wurde wieder eine Stimme laut. *Bald sind wir zu Hause, mein bildschöner Barbar!*

Diese Stimme war eindeutig weiblich, und da sie aus dem fliegenden Reptil zu kommen schien, mußte wohl die Hexe irgendwo in dieser Kreatur stecken.

So war es in der Tat! Die Höhle wurde niedriger und enger. Das Ungeheuer flog hinab, und dann ging es durch ihm bekannte Tunnel bis über den Eingang von Chunthas Privatgemächern. Zwei Riesenwürmer hielten vor dem Portal Wache. Da für Conan alle Würmer gleich aussahen, war er nicht sicher, ob es die beiden waren, die er schon kannte; aber er vermutete es.

Das fliegende Reptil mit den spitzen scharfen Zähnen landete und entließ den Cimmerier aus den Klauen. Allerdings waren die Wurmwächter ganz nahe. Conan vermied jede hastige Bewegung, weil er keine Lust hatte, nähere Bekanntschaft mit den kräftigen Schwänzen der Würmer zu machen.

Doch dann verflog jeder Gedanke an Flucht. Das Reptil veränderte plötzlich die Gestalt. Eine Lichtwolke schimmerte, dann erblickte Conan zum erstenmal die Hexe mit eigenen Augen. Er hatte ein altes Weib erwartet, mit Runzeln, einem Buckel und krächzender Stimme. Nein, so sah Chuntha wirklich nicht aus!

Crom, war dieses Weib schön! Und nackt! Das Gesicht, die Brüste, die langen wohlgeformten Beine, das dunkle seidige Haar ... alles an ihr war einfach wunderschön!

Die Hexe lächelte ihm aufreizend und einladend zu.

»Ich suche dich schon lange«, sagte sie. »Wir haben viel zu ... besprechen.«

Conan starrte die nackte Frau in stummer Bewunderung an. Eine Frau, die so aussah, konnte unmöglich so böse sein, wie man ihm hatte weismachen wollen.

»Komm mit in meine Gemächer«, sagte sie. »Du bist bestimmt von dem Kampf mit den Fledermäusen erschöpft. Du kannst dich auf mein Bett legen und ... ausruhen.«

Ausruhen stand in diesem Augenblick nicht ganz oben auf Conans Liste von Tätigkeiten. Ein Mann konnte nicht neben einer Frau wie dieser stehen und an Ausruhen denken, höchstens rein theoretisch und in sehr ferner Zukunft. Ausruhen! Später, viel später! Jetzt meldete sich wieder das feine Stimmchen in seinem Kopf: *Wir werden uns in meinem Bett lieben, mein starker Barbar. Und ich werde dir Wonnen zeigen, von denen du bis jetzt nicht einmal geträumt hast.*

Chuntha drehte sich um. Conan fand ihren Rücken ebenso hübsch wie die Vorderseite. Sie wiegte sich beim Gehen in den Hüften. Conan fand es sehr interessant, wie sich die Muskeln unter der glatten seidenweichen Haut bewegten.

Ohne weitere Aufforderung folgte ihr der Cimmerier. Zwar erinnerte er sich an Tulls Warnung vor der Hexe; aber angesichts der Realität verblaßte diese Warnung. Die Frau war einzigartig schön.

Der Tunnel, durch welchen Elashi, Tull und Lalo fliehen wollten, endete plötzlich als Sackgasse vor einer glatten Felswand. Es blieb ihnen keine andere Wahl als umzukehren.

Die drei waren aber nicht weit gekommen, als sie jäh stehenblieben. Zwei Zyklopen standen da und blockierten den Ausgang. Dann traten sie beiseite und gaben den Blick auf Katamay Rey frei.

»Ah, meine Freunde!« rief der Zauberer. »Ihr habt euch so plötzlich verabschiedet, daß wir keine Zeit hatten, unsere Unterhaltung zu beenden. Und was sehe ich? Es ist noch jemand zu euch gestoßen.« Rey nickte Lalo zu. »Habe ich dich nicht schon irgendwo gesehen?«

»Ich bin gerade erst hereingeschneit«, erklärte Lalo, wie immer mit breitem Grinsen.

»Hm, natürlich. Jetzt weiß ich es wieder. Chuntha hat dich geschickt, nicht wahr?«

»Nein, du Schwachkopf mit einem Gehirn, so klein wie eine Erbse.«

Überrascht hob der Zauberer die Hand, hielt dann aber inne. »Du hast etwas an dir ... Ja, jetzt habe ich's! Du stehst unter einem Fluch. Mein Bruder Mambaya Rey benutzte öfter diesen Zauber. Vielleicht kennst du ihn?«

Zum erstenmal brachte Lalo kein Wort über die Lippen.

»Nun, es spielt keine Rolle. Ich sehe, daß euer hünenhafter Freund euch verlassen hat. Wo ist er?«

Keiner der drei antwortete.

Der Zauberer grinste. »Na schön. Wir können darüber in Ruhe in meinen Gemächern sprechen. Ihr kommt doch mit?« Dann winkte er den Zyklopen. Sofort näherten sie sich den drei Freunden.

Tull und Elashi schauten sich an. Der Graubart schüttelte den Kopf. Ein Dolch und ein Schwert würden gegen diese Riesen nichts ausrichten, Lalos Kampfsportkünste ebenfalls nicht. Sie waren Reys Gefangene. Conan war verschwunden. Ihre Lage sah keineswegs rosig aus.

Wikkells Brüder waren anfangs skeptischer als Deeks Artgenossen. Aber die Anwesenheit des großen Wurms erregte natürlich ihr Interesse.

»Reden ist billig«, meinte einer der Zyklopen.

»In der Tat«, antwortete Wikkell. Er hob das Zauberbrett und zielte auf den Skeptiker. Der dünne Faden schoß hervor.

»He!«

Im nächsten Augenblick war der Zweifler so dicht eingesponnen, daß er sich nicht mehr bewegen konnte.

»Helft mir!«

Ein halbes Dutzend Zyklopen lief herbei. Doch da verwandelte Wikkell den Boden unter ihren Füßen in eine spiegelglatte Fläche, so daß sie hinfielen und hilflos umherrutschten.

»J-jetzt h-haben w-wir ihre Aufm-merks-samkeit!«

»Ja, allerdings.«

Nach mehreren Stunden Diskussion kamen sie zu folgender Schlußfolgerung: Ja, die Zyklopen würden den Würmern helfen, Zauberer und Hexe zu entmachten. Wie lautete nun der genaue Schlachtplan? Und wie sollte er ausgeführt werden?

Wikkell richtete sich zu voller Größe auf und sagte: »Deek und ich haben alles geplant. Als erstes müßt ihr einen Kriegsrat wählen und die Führer bestimmen. Die Würmer tun das gleiche. Danach werden wir beide den Führern beider Völker unseren Plan in allen Einzelheiten darlegen. Das erspart lästige Wiederholungen. Selbstverständlich werden Deek und ich das Oberkommando über unsere jeweiligen Truppen übernehmen.«

Danach marschierte Wikkell davon. Deek folgte

ihm. Das Gezänk der Zyklopen um wichtige Posten verfolgte die beiden noch durch den langen Tunnel.

Als sie in sicherer Entfernung waren, wo niemand sie belauschen konnte, suchte sich Deek einen zum Sprechen geeigneten Felsen. »W-was f-für ein P-plan? B-bis jetzt h-habe ich n-noch n-nichts von einem P-plan geh-hört.«

»Na, irgend etwas mußte ich doch sagen! Offen gestanden, habe ich bis jetzt unsere Aussicht auf Erfolg eher gering eingeschätzt. Ich habe nie wirklich geglaubt, daß wir es schaffen würden, unsere Leute für eine Revolution gegen Zauberer und Hexe zu begeistern.«

»J-ja, aber j-jetzt h-haben w-wir es g-ges-schafft. W-was f-fangen w-wir jetzt an?«

»Wir müssen einen Schlachtplan entwerfen. Hast du irgendwelche Ideen?«

»L-langs-sam bed-daure ich, d-daß ich je aus d-dem Ei g-ges-schlüpft b-bin!« schabte Deek. Wenn es einem Wurm möglich war, beim Schaben auf einem Felsen Traurigkeit in die Stimme zu bringen, dann jetzt.

»Kopf hoch, Deek, alter Kumpel! Wir sind nicht schlimmer dran als zuvor. Wer weiß? Vielleicht gewinnen wir sogar.«

»Ich w-würde m-mein N-nest n-nicht d-darauf v-verw-wetten!«

Die Hexe trat zu dem großen Bett in der Mitte des Raums, kletterte hinauf und legte sich auf den Rükken. Dann lächelte sie den Cimmerier an. »Komm her, mein wunderschöner Barbar! Ich möchte deine Wärme neben mir spüren.«

Conan war zwar noch jung, hatte aber schon mit

vielen Frauen geschlafen, doch niemals hatte ihn eine so zu sich gerufen. Sein Mund war trocken, als er zum Bett ging.

Da ertönte wieder die Stimme in seinem Kopf: *Komm und genieß die totale Wonne, du Riese! Gib mir deine Stärke! Es wird dein größtes Vergnügen sein, aber auch dein letztes.*

Verwirrt blieb der Cimmerier stehen. Sein letztes?

»Warum läßt du mich warten? Bin ich nicht begehrenswert?«

Ergieß deine Manneskraft in mich und damit auch deine Lebenskraft. Schnell, ich dürste danach!

Conan ging weiter auf die Frau zu. Sie war keineswegs weniger schön oder verführerisch als soeben, aber ein Warnsignal klingelte in ihm. Diese Worte in seinem Kopf waren ihre Gedanken und die Wahrheit — und nicht das, was sie laut sprach. Ihm wurde bewußt, daß es sein Todesurteil bedeutete, wenn er sich mit diesem Geschöpf ganz der Lust hingab. Schließlich war Chuntha eine Hexe. Aber was tun? Sie begehrte ihn, und wenn er ihr diesen Wunsch verwehrte, wußte niemand, was sie als nächstes unternehmen würde. Schon jede normale Frau war gefährlich, wenn man ihr einen Korb gab. Was würde dann erst eine Hexe ersinnen?

Was hatte sie gesagt? Sie wollte seine Manneskraft? Seinen Samen? Nun, wenn er es irgendwie schaffte, ihr diesen Wunsch zu versagen, hatte er vielleicht eine Überlebenschance.

Aber wie er das schaffen sollte, war eine ganz andere Frage. Aber für wenige Augenblicke der Lust mit dem Tod zu bezahlen, war ein schlechter Handel. Crom würde kaum einen Mann willkommen heißen, welcher sich so hatte übertölpeln lassen. Man konnte diesen Tod wirklich nicht mit dem auf dem Schlachtfeld vergleichen, wo ein Krieger mit dem Schwert in der Hand starb.

Conan rief sich in der Erinnerung zurück, wie es war, durch Frost und Schnee zu gehen oder durch einen eiskalten Gebirgsbach zu waten.

Diese Gedanken halfen ihm nur wenig.

»Du bist eigentlich recht hübsch«, sagte Rey zu Elashi.

Die Tochter der Wüste stand neben Tull und Lalo. Der Zauberer hatte ihnen die Waffen abgenommen, und sie befanden sich jetzt in seinen Privatgemächern. Zwei Zyklopen hielten vor der Tür Wache.

»Seit vielen Jahren habe ich kein Bedürfnis nach Frauen«, fuhr Rey fort. »Aber für eine wie dich könnte ich das alte Feuer wieder entzünden.«

»Lieber würde ich in siedendem Öl verschmoren, als daß ich deine Aufmerksamkeiten erdulde«, fuhr Elashi auf.

»Was?«!

»Sind deine Ohren mit Schimmel verstopft?« fragte Lalo. »Die Lady findet dich abstoßend, und ich teile dieses Gefühl aus ganzem Herzen.«

»Könnt ihr beide nicht den Mund halten?« fragte Tull leise. »Ihr dürft ihn auf keinen Falle erzürnen. Er ist sehr mächtig.«

»Das sind weise Worte«, sagte Rey. »Dafür sollst du einen schnellen Tod bekommen, Alter. Die beiden anderen werden etwas länger leiden, nachdem sie mir gesagt haben, wo sich dieser Conan aufhält.«

»Ich glaube, daß Conan längst die Höhlen verlassen hat und weder du noch die Hexe ihm noch etwa antun können«, sagte Elashi.

»Ich wünschte, es wäre so«, meinte Rey. »Denn er

ist gefährlich. Aber ich kann nicht riskieren, daß er frei hier unten herumläuft. Ihr werdet mir helfen, ihn gefangenzunehmen, ob ihr wollt oder nicht. Ich bin kein Mann, den man an der Nase herumführt. Das werdet ihr auch feststellen.«

Tull, Elashi und Lalo blickten sich an. Ihr Lage war wirklich nicht rosig. Elashi machte sich um Conan mehr Sorgen als um ihr eigenes Leben. Sie fürchtete, daß der Cimmerier nicht mehr unter den Lebenden weilte.

Zweiundzwanzig

»W-werden d-die F-flederm-mäuse und W-weißen m-mitm-achen?«

Zögernd drehte Wikkell sich zu Deek um. Sie waren in einer Höhle, wo die Zyklopen zu baden pflegten. Ein kleiner Wasserfall plätscherte von dem Felsvorsprung, auf dem Wikkell und Deek saßen, in einen Teich hinab. Das Rauschen des Wassers übertönte die Stimmen der weiblichen Zyklopen, die sich im Teich vergnügten. Die meisten sahen wirklich gut aus, stellte Wikkell fest. Er wäre viel lieber dort unten bei den Frauen als hier oben mit Deek gewesen.

»W-wikkell?«

»Was? Oh, tut mir leid, Deek. Ja, ich bin sicher, daß sie mitmachen. Die Pflanzen werden uns nicht viel nutzen; aber sie werden keinen Widerstand leisten, wenn sie sehen, wie viele wir sind. Der erste Angriff wird meiner Meinung nach zu großen Verlusten bei Fledermäusen und Weißen führen; aber wenn sie weiterhin in den Höhlen leben wollen, müssen sie sich auch beim Risiko unserer Mission beteiligen.«

»M-man k-kann k-keinen P-pilzw-wein m-machen, ohne auch ein p-paar F-fliegenp-pilze zu z-zerdrükken.«

»Gut gesagt, Deek. Wir müssen bald losschlagen, wenn wir unsere Absicht geheimhalten wollen.« Wikkell schaute wieder zu den Zyklopenmädchen hinab. Eines winkte ihm zu. Er winkte zurück.

»K-kennst d-du d-die n-näher?«

»Noch nicht. Aber wenn wir die Schlacht überleben, hoffe ich, sie sehr viel näher kennenzulernen.«

»F-für eine Einäug-gige ist s-sie s-ehr h-hübsch.«

»Ich wußte schon immer, daß du ein Wurm mit viel Geschmack bist. Du mußt mich deinen Nestpartnern vorstellen, wenn alles vorbei ist.«

»J-ja, w-wenn alles v-vorbei ist.«

Mehrere Stunden waren vergangen, doch Conan kamen sie wie Tage vor, bis die Hexe endlich erschöpft in einen — der Cimmerier hoffte *langen* — Schlaf fiel.

Auch er hatte sich schon einmal besser gefühlt, als er eilig seine Kleider zusammensuchte. Der Beutel fiel herab und machte ein schrecklich lautes Geräusch. Conan blieb wie erstarrt stehen. Mehrere Juwelen rollten heraus und über den Fußboden. Conan ließ sie liegen, obwohl eines der große Edelstein war, den Elashi ihm gegeben hatte.

Chuntha regte sich nicht. Wie betäubt schlief sie. Leise huschte der Cimmerier aus dem Schlafgemach.

Während er sich im nächsten Zimmer anzog, überlegte er, wie er an den Wurmwächtern vorbeikommen sollte. Sein Schwert lag in der Höhle, wo er mit den Freunden gegen die Fledermäuse gekämpft hatte. Ein Kampf mit bloßer Hand gegen die Riesenwürmer war nicht nach seinem Geschmack. Aber wie kam er an den Ungeheuern vorbei? Hm, die beiden sollten die Privatgemächer Chunthas vor Eindringlingen schützen, nicht aber vor Personen, welche hinausgingen. Wenn er die Überraschung ausnutzte und blitzschnell vorbeistürmte, ehe die beiden richtig kapierten, was geschah, konnte er einen Riesenvorsprung herausholen. Er wußte ja, daß er schneller lief, als die Würmer schlängeln konnten.

Aber vielleicht würden sie ihn gar nicht verfolgen. Sie brauchten nur in die Höhle zu gehen und Chuntha aufzuwecken. Conan hegte berechtigte Zweifel, daß er dem fliegenden Monster davonlaufen könnte, in welches die Hexe sich verwandeln würde. In der Tat eine schwierige Situation.

Schließlich entschied er sich für tollkühne Frechheit. Er verstand nicht nur einen Großteil der Worte, welche die Würmer von sich gaben, sondern konnte auch einige sprechen. Der Cimmerier holte tief Luft und trat hinaus.

»He, Wachen!« rief er in der Sprache der Würmer.

Die beiden Riesenwürmer richteten sich auf. Sie sahen wie angriffslustige Schlangen aus.

»Chuntha schläft und wünscht unter keinen Umständen gestört zu werden«, sagte Conan. »Ich soll ihr etwas holen. Macht Platz!«

Conan setzte darauf, daß die Würmer auf seine lässige Art hereinfallen würden und ihm Glauben schenkten. Er bezweifelte, daß je ein Gast die Hexe verlassen hatte, und wenn, dann bestimmt nicht ohne ihre ausdrückliche Erlaubnis. Auch die Wachen wußten dies und hatten Angst, gegen Chunthas Anordnungen zu verstoßen.

Die beiden Würmer schienen sich anzusehen. Welche Organe die Funktionen der Augen hatten, wußte der Cimmerier allerdings nicht. Die Spannung wurde beinahe unerträglich ...

Dann fielen die Wurmwächter wieder in die frühere Pose zurück.

Conan stolzierte, als gehöre ihm jeder Zoll dieser Höhlen, langsam von dannen. Er blickte sich auch nicht um.

Kaum war er an der ersten Biegung, fing er an zu rennen. Er war zwar den fleischlichen Verlockungen der Hexe entkommen, mußte aber seine Freunde wiederfinden. Vor allem mußte er so schnell und so weit wie möglich von der Behausung der Hexe fortlaufen.

Doch schon hinter der nächsten Biegung lief er in ein dichtes Netz. So sehr er sich auch bemühte, er konnte sich von den klebrigen Fäden nicht befreien. Je mehr er sich bewegte, desto tiefer verstrickte er sich. Selbst seine starken Muskeln konnten die Fäden nicht zerreißen. Dann sah er einen Zyklopen und einen Wurm, welche ihn betrachteten.

Und jetzt? dachte er.

»Ich w-weiß n-nicht, ich w-weiß n-nicht.« Deek musterte den Mann, der gegen die magischen Fäden kämpfte.

Wikkell neben ihm nickte. »Ich verstehe deine Bedenken. Aber irgendwie ist der Mann die Ursache von allem. Dein Herr und Meister und meine Herrin wollten ihn beide unbedingt haben und ...«

»Exm-meister und Ex-H-herrin«, verbesserte Deek ihn.

»Ja, ja, stimmt. Mein *Exherr* und deine *Exherrin* halten ihn anscheinend für sehr wichtig. Und wie wir selbst gesehen haben, ist er sehr erfindungsreich. Er ist aus eigener Kraft sowohl dem Zauberer wie auch der Hexe entkommen. Das ist nicht leicht.«

»Ab-ber k-können w-wir ihm t-trauen?«

»Auf alle Fälle habe ich ihn lieber auf unserer Seite als gegen uns. Mit Sicherheit hegt er für Rey und Chuntha keine wärmeren Gefühle als wir. Außerdem haben wir etwas anzubieten, oder?«

»J-ja.«

»Dann komm. Laß uns mit ihm sprechen.«

Rey verhörte Elashi in seinen Privatgemächern. Zwei Zyklopen hielten die Tochter der Wüste auf seinen Befehl hin fest, während er ein etwas rostiges Messer mit einem Schleifstein wetzte. Nur das kratzende Geräusch des Steins durchbrach die eisige Stille im Raum. Tull und Lalo standen an der Wand. Man hatte ihnen um Hände und Füße Ketten gelegt, auf denen dicke Rostflocken prangten. Leider hatte das Eisen nichts von seiner Festigkeit verloren.

Jetzt war Rey mit dem Schleifen fertig und überprüfte die Schärfe der Klinge mit dem Daumen. Er schien zufrieden zu sein. Bösartig grinsend wandte er sich Elashi zu und schwang das Messer, welches im grünlichen Licht unheimlich glänzte.

Die Zyklopen hielten Elashis Arme fest, jedoch nicht die schlanken, aber kräftigen Beine. Das sollte Rey schlecht bekommen. Kaum war der Zauberer nahe genug, trat die Tochter der Wüste zu.

Mit lautem Schmerzensschrei taumelte der Zauberer zurück. Tull und Lalo zollten Elashi lautstark Beifall.

Jedoch brachte der Tritt Elashi nur einen kurzen Aufschub und verbesserte Reys Laune nicht im geringsten.

»Haltet die Beine fest!« befahl er den Zyklopen, als er wieder atmen konnte.

Obwohl Elashi sich heftig wehrte, hatten die Zyklopen einen Augenblick später ihre Beine fest im Griff. Als Elashi horizontal ausgestreckt dalag, kam sie sich vor wie die ausgebreitete Decke bei dem alten Kinderspiel ›Wirf den Mann ganz hoch und fang ihn wieder‹.

Rey setzte das Messer an Elashis Gürtel an. Mit einer schnellen Drehung aus dem Handgelenk hatte er den Ledergurt zerschnitten. Dann packte der Zauberer den Saum ihres Rocks und schnitt den dicken Stoff bis zur Taille auf.

Noch zwei schnelle Schnitte, dann lag Elashi bis auf die Stiefel nackt ausgestreckt zwischen den Zyklopen da. Der Zauberer trat zwischen ihre gespreizten Beine und setzte die Messerspitze auf den Bauch. »Bist du jetzt bereit, mir zu sagen, wo dieser Conan ist?«

»In der tiefsten Hölle sollst du verfaulen«, sagte Elashi. Ihre Stimme zitterte etwas; aber sie verzog keine Miene.

Rey drehte das Messer um und preßte die Klinge gegen die Haut ...

»Warte!« rief Lalo. »Ich sage es dir!«

»Lalo, sag nichts!« rief Elashi.

Der Zauberer drehte sich um. »Ja? Ich höre.«

Lalos Grinsen wirkte schmerzlich. Die übliche Beleidigung fiel schwach aus. »Du Erzschurke, verschon die Frau, und ich sage dir alles, was du wissen willst.«

»Ich verschone keinen von euch. Aber ich kann ihren Tod schnell und schmerzlos machen.«

Lalo nickte. »Gut. Conan versteckt sich in einer kleinen Grotte nicht weit von hier entfernt. Tull wohnt darinnen schon seit mehreren Jahren.«

Tull und Elashi starrten Lalo staunend und ungläubig an. Der Zauberer nahm an, die beiden schauten so entsetzt, weil sie Lalos Verrat nicht fassen konnten.

»Erklär mir den Weg dorthin und die genaue Lage, dann lasse ich euch leben, bis meine Zyklopen mit dem Barbaren zurückkehren.«

Jetzt verstanden Tull und Elashi Lalos Plan.

»Sag nichts, du Verräter!« rief Tull.

»Ich hasse dich!« schrie Elashi.

Wie immer grinsend holte Lalo tief Luft und beschrieb dem Zauberer ausführlich, wie man zu Tulls Wohnhöhle gelangte.

Der Zauberer war mit der Beschreibung offenbar zufrieden, denn er ließ Elashi neben die beiden Männer an die Wand ketten. Die Tochter der Wüste wikkelte sich notdürftig in die zerfetzten Kleidungsstücke und setzte sich auf den felsigen Boden. Als Reaktion auf die schrecklichen Ereignisse zitterte sie am ganzen Körper.

Rey verließ das Gemach, um seinen Dienern Anweisungen zu geben, den Cimmerier zu fangen. Erst als der Zauberer mit Sicherheit außer Hörweite war, wagten die drei Gefangenen leise miteinander zu flüstern.

»Warum hast du ihm erzählt, Conan sei in meiner Höhle?« fragte Tull. »Als wie ihn zuletzt gesehen haben, da ...«

»... da hat ein Monster den Trottel weggeschleppt«, beendete Lalo den Satz. »Ja, das stimmt. Da aber dieses fliegende Reptil nicht von Rey kam, können wir beinahe sicher sein, daß die Hexe es geschickt hat. Wir konnten aber dem Zauberer kaum sagen: ›He, Rey, die Hexe hat Conan.‹ Dann wäre unser Schicksal sofort besiegelt gewesen.«

»Lalo hat recht«, flüsterte Elashi. »Wenigstens haben wir mit der Geschichte der Höhle ein bißchen Zeit geschunden.«

»Außerdem mußte ich doch irgend etwas sagen«, fuhr Lalo fort. »Ich konnte nicht zulassen, daß er dir weh tat.«

Obwohl Lalo wie immer grinste, schien es Elashi bei diesen Worten weniger abstoßend zu sein. Sie lächelte zurück. »Ich danke dir, Lalo.«

»Auch wenn du blöde und wertlos bist, Weib, nutzt du uns lebend mehr als tot.« Von seinen Lippen waren diese Worte praktisch ein Riesenkompliment. Elashi schüttelte verwundert den Kopf.

»Das Ganze geht mir langsam auf die Nerven«, meinte Tull. Keiner der beiden widersprach ihm.

»Was tun wir, wenn Rey herausfindet, daß Conan nicht dort ist, wo du behauptet hast?« fragte Elashi.

»Wir versuchen, ihn weiter zu betrügen«, flüsterte Lalo. »Wenn der Zauberer erklärt: ›Conan war nicht da!‹, antworten wir: ›Ja, natürlich ist er inzwischen weg. Er hat gesagt, daß er zum Wasserfall gehen wolle, wo er Tull zum erstenmal begegnete, wenn wir nicht bald auftauchen.‹ Und danach können wir Rey vielleicht noch woanders hinschicken.«

»Aber nach zwei oder drei Irrwegen, läßt er sich von uns nicht mehr an der Nase herumführen. Dann mögen uns die Götter gnädig sein. Der Plan ist sehr riskant«, sagte Tull.

»Aber besser als überhaupt kein Plan«, meinte Elashi. »Außerdem — was haben wir noch zu verlieren?«

Über diesen Punkt wollte keiner sprechen oder nachdenken ... nicht, solange sie an die kalte, nasse Wand in der Höhle eines schurkischen Zauberers gekettet waren.

Dreiundzwanzig

Conan sah die beiden Gestalten näher kommen, hatte aber keine Möglichkeit zur Gegenwehr oder Flucht. Zwei Spannen vor ihm hielt das ungleiche Paar an.

»Wir wollen mit dir reden«, erklärte der einäugige Zyklop.

Der Cimmerier warf einen Blick auf seine eingesponnenen Gliedmaßen. In dem klebrigen Gewebe blieb ihm keine andere Wahl, als dem Zyklopen und dem Wurm zuzuhören. »Ich höre«, sagte er hochmütig, als hätte er andere Möglichkeiten.

»Die Dinge in unserem Reich sind nicht so, wie wir sie gern hätten«, erklärte der einäugige Riese. »Wir haben vor, dieses zu ändern.«

»W-wir b-brauchen d-deine H-hilfe«, schabte der Wurm.

Dann erklärten die beiden Conan ihren Plan.

Eigentlich wollte Conan nur so schnell wie möglich die Freunde finden und dann mit ihnen diese verfluchten Höhlen verlassen. Doch in Anbetracht seines gegenwärtigen Zustands fand er die Alternative, welche ihm die beiden Höhlenbewohner vorschlugen, durchaus bedenkenswert.

»Das also ist unser Plan«, schloß der Zyklop. »Wenn du uns hilfst, ihn zu verwirklichen, lassen wir dich und deine Freunde mit unseren Segenswünschen ziehen, wohin ihr wollt.«

»Und wenn ich nicht mitmache?«

»W-wir k-können d-dich h-hier verf-faulen l-lassen«, meinte der Wurm mit kratzender Stimme.

Das ist ein durchaus zwingendes Argument, dachte der Cimmerier.

»Nun, ich erkläre mich einverstanden, euch zu helfen. Hexe und Zauberer haben mir nichts als Schaden zugefügt, seit ich in diese Höhlen geraten bin. Daher möchte ich sie bei der ersten Gelegenheit in der tiefsten Gehenna leiden sehen.«

Der Zyklop, der als Namen Wikkell angegeben hatte, nickte und wandte sich an den Wurm. »Siehst du? Ich habe dir gesagt, daß dieser Mensch vernünftig ist.«

Dann hielt der Zyklop ein kleines Holzbrett vor sich und richtete es auf Conan und das klebrige Gespinst. Im nächsten Augenblick lösten sich die Fäden und verschwanden auf unerklärliche Weise in dem Brettchen. Es war, als sauge dieses alle in sich hinein. Nach wenigen Sekunden war vom Netz, in dem der Cimmerier gefangen gewesen war, nichts mehr zu sehen oder zu spüren.

Hexerei, daran bestand kein Zweifel. Conan gefiel das überhaupt nicht. Aber, wie gesagt, ihm blieb keine große Wahl. Außerdem war der Cimmerier ein Mann, der stets sein Wort hielt. Einmal gegeben, aus welchem Grund auch immer, bräche er es nie.

»Aus sicherer Quelle wissen wir, daß deine Freunde vom Zauberer Rey gefangengenommen wurden«, sagte Wikkell.

»Sind sie unverletzt?«

»Höchstwahrscheinlich ja … so lange Rey glaubt, daß sie ihn zu dir führen.«

»Warum bin ich für Hexe und Zauberer nur so wichtig?«

»W-wer w-weiß«, gab der Wurm, welcher Deek hieß, von sich.

»Ich glaube, daß es mit irgendeiner Prophezeihung zusammenhängt«, sagte Wikkell. »Irgendwie hat der Zauberer vor dir Angst — und die Hexe ebenfalls.«

»Ich verstehe einfach nicht, warum. Ich verfüge über keine Magie, sondern bin ein ganz gewöhnlicher Mensch.«

»Ein Mensch vielleicht schon; aber keineswegs ein gewöhnlicher Mann. Noch nie ist es einem Mann gelungen, dem Zauberer zu entfliehen und danach der Hexe, vor allem nachdem er das Bett mit ihr geteilt hat.«

»W-wegen d-dir ist al-les überh-haupt p-passiert.«

Conan zuckte mit den Schultern. »Ich glaube, daß ich nur zur falschen Zeit am falschen Platz war.«

»Was auch immer der ursprüngliche Grund gewesen sein mag«, sagte Wikkell, »jetzt spielt er keine Rolle mehr.«

Die drei bewegten sich durch den Tunnel. Conan überdachte, was sie ihm erzählt hatten. Sie wollten ihm helfen, die Freunde zu befreien. Zweifellos käme es zu einem Kampf. Vielleicht ergäbe sich in dem Getümmel eine Gelegenheit, ganz nebenbei den Zauberer zu töten. Dieser Gedanke behagte ihm sehr.

Deek und Wikkell berichteten von ihren Aktivitäten während der letzten Tage, und Conan erzählte ihnen von seinen Abenteuern. Die beiden schienen beeindruckt, obwohl er alles ohne Prahlen vortrug.

Gleich darauf kamen ihnen mehrere Blinde Weiße entgegen. Conan blieb sofort stehen; aber Wikkell versicherte ihm, daß kein Grund zur Beunruhigung bestehe. Die Weißen waren jetzt mit den Zyklopen und Würmern verbündet. Hexe und Zauberer standen vor einer ausgewachsenen Revolution.

Ein Weißer sagte etwas zu Wikkell in einer Sprache, die der Cimmerier nicht verstand. Dann winkte der Zyklop noch einen Weißen näher.

Dieser Weiße trug einen Gegenstand über der

Schulter, welchen Conan mit Freude erkannte: sein Schwert!

Der Weiße übergab Wikkell die Klinge. Der Zyklop hielt das Langschwert so, wie ein Mann ein Brotmesser hielte. »Hier, Conan. Das gefällt dir vielleicht«, sagte er. »Die Weißen fanden es zwischen zwei stinkenden Pfützen auf dem Boden der Höhle, wo dich Chuntha gefangennahm.« Bei diesen Worten überlief Wikkell ein Schauder.

»Ist irgend etwas nicht in Ordnung?«

Wikkell schüttelte den Kopf. »Ich habe so eine Ahnung, was diese Pfützen bedeuten. Sie wecken bei mir eine ziemlich unangenehme Erinnerung.«

Der Cimmerier nahm das Schwert an sich und fragte nicht nach dem Grund der Erinnerung des Zyklopen. Allerdings war ihm aufgefallen, daß ihm die Fähigkeit, die Gedanken anderer zu hören, abhanden gekommen war. Er vermutete, daß dieses besondere Talent irgendwie mit einem der Juwelen zusammenhing, welche sie Chuntha gestohlen hatten und die er bei der hastigen Flucht aus ihren Gemächern verloren hatte. Einerseits war es schade, daß er diese Fähigkeit nicht mehr besaß, andererseits war das Magie, und Magie richtete auf lange Sicht mehr Schaden als Nutzen an. Aufgrund seiner allerdings begrenzten Erfahrung mit Zauberei wußte er, daß selbst diejenigen, welche mit Zaubergegenständen umzugehen verstanden, oft durch dieselben Dinge in Schwierigkeiten gerieten. Für ihn stand fest, daß es Dinge gab, von denen die Menschen die Finger lassen sollten.

Conan wiegte das Schwert in der Hand und lächelte. Ja, das war etwas, worauf sich ein Mann verlassen konnte! Ein starker Arm, kalter Stahl und Können … Ja, das alles war viel besser als diese Zauberkünste.

Chuntha erwachte aus einem langen Schlaf. Sie lächelte, als sie sich streckte und reckte …

Dann setzte sie sich jäh auf. Wo war der Barbar? Warum lag er nicht tot neben ihr? Die Anstrengung mußte ihn doch tödlich erschöpft haben.

Jetzt war die Hexe wach. Sie spürte jedoch nicht die Energiesteigerung in ihrem Körper, welche sie sonst immer hatte, nachdem sie einen Mann seines Lebenssafts beraubt hatte. Befriedigt, ja; aber gekräftigt, nein! Was war geschehen?

Chuntha sprang auf und lief nackt zum Ausgang des Gemachs. Draußen lagen die Wurmwächter schlaff auf den kalten Steinen.

»Wo ist der Mann?« fuhr Chuntha die beiden wütend an.

»W-weg, um z-zu h-holen, w-was d-du g-gewwünscht h-hast«, antwortete ein Wurm. »Auf d-deinen B-befehl, H-herrin, h-hat er g-gesagt.«

»Und ihr habt ihn einfach laufen lassen? Ihr unfähigen Narren! Ich werde euch in die Kalkgruben werfen!« Chuntha fuhr herum und lief wutentbrannt zurück in ihre Gemächer. Niemand hatte *jemals* ihr Bett geteilt und war dann auf und davon marschiert! Niemand! Sie war nachsichtig gewesen. Sie hatte ihn möglichst lange genießen wollen. Das war ihr Fehler gewesen. Nun, sie würde ihn zurückholen, und dann würde ihm keine noch so abgefeimte Manipulation helfen. Ganz gleich, wie angenehm es sein mochte. Conan war ein toter Mann.

Rey hatte immer noch eine schwache Hoffnung, daß alles irgendwie gut für ihn ausgehen werde. Schließlich hatte er drei der in den Höhlen umherwandernden Menschen gefangen und zwei weitere schmelzen lassen. Seines Wissens war nur noch der eine, dieser Conan, in Freiheit. Zwar schien sich die Prophezeihung auf diesen Mann bezogen zu haben; aber jetzt marschierten sechs seiner Zyklopen eiligst dahin, um den Barbaren zu fangen. Rey wäre selbst mitgegangen; aber er hatte eine dunkle Ahnung, daß er im Augenblick besser in seiner Residenz weilen sollte. Sobald man Conan brächte, wollte er alle vier Unruhestifter töten und damit der gesamten ekelhaften Episode ein Ende bereiten. Der Zauberer hatte kurz überlegt, ob er das Ende genüßlich ausdehnen sollte. Aber dann hatte er es zu gefährlich gefunden. Alle zu Pfützen verflüssigen, dann war die Sache ein für allemal erledigt, und er konnte wieder sein gewohntes Leben aufnehmen.

Chuntha nahm das Risiko auf sich, nochmals den Zauber der Reptilienmetamorphose anzuwenden. Sie schwang sich in die Luft. Wut und Scham erfüllte sie, weil ein gewöhnlicher Mann — noch dazu ein Barbar! — sie in dem Spiel geschlagen hatte, in dem sie Meisterin war.

Mit scharfen Augen flog das Ungeheuer dahin und hielt nach der Beute Ausschau.

Conan und seine zwei neuen Begleiter bewegten sich durch die Gänge. Plötzlich trafen sie auf sechs Zyklopen. Als der größte Einäugige, offenbar der Anführer, den Cimmerier sah, rief er einen Befehl. Seine fünf Kameraden schwärmten aus und liefen auf Conan zu.

Der Cimmerier zog das Schwert und sah dem Tod unerschrocken ins Auge. Vielleicht mußte er jetzt in die Grauen Länder überwechseln; aber — bei

Crom! — er würde nicht gehen, ohne ein paar dieser Ungeheuer mitzunehmen!

»Das ist unnötig«, sagte Wikkell und hob einen Arm.

Der junge Barbar hielt das Schwert beidhändig und zielte auf die Kehle des Zyklopen, welcher sie als erster erreichte. Trotz der Bemerkung Wikkells behielt er die Kampfstellung bei.

Wikkell trat vor und rief dem Anführer der Zyklopen etwas in einer rauhen, abgehackten Sprache zu, die Conan nicht verstand. Der Anführer antwortete. Es folgte ein kurzes Zwiegespräch mit dem Ergebnis, daß der Anführer den Zyklopen stehenzubleiben befahl.

Conan senkte die Klinge. »Was hast du zu ihm gesagt?«

»Ich habe ihm erklärt, daß es bald zu einer Revolution gegen den Zauberer und die Hexe kommen wird und daß jeder, welcher sich der Bewegung widersetzt, sterben muß. Auch jeder, der meinem kleinen Freund mit dem Schwert — das bist du — weh tut. Jalouri, der Anführer von Reys Garde, teilte mir mit, daß seine Loyalität dem Zauberer gegenüber nie sehr stark gewesen sei und daß er und seine Truppen sich glücklich schätzen, uns auf jede nur erdenkliche Art zu unterstützen.«

»Das ist nett von ihm«, meinte Conan.

»Man muß kein Fisch sein, um zu wissen, in welche Richtung der Strom fließt«, erklärte Wikkell.

Conan steckte das Schwert in die Scheide. »Übernimm die Führung, mein Freund.«

Die Gruppe war nun durch die sechs Zyklopen verstärkt und marschierte weiter.

»Ich glaube, daß ich die Hände aus diesen Handschellen befreien kann«, sagte Elashi. »Sie sind am Gelenk ziemlich weit.«

»Eine selten dämliche Idee«, meinte Lalo. »Weder Tull noch ich können das, und was nutzt es uns, wenn nur du frei bist? Glaubst du etwa, du könntest dich am Zauberer und den Wächtern vorbeischleichen?«

»Das vielleicht nicht«, erwiderte Elashi wütend. »Aber vielleicht gibt es etwas hier im Raum, mit dem ich euch befreien kann. Wenn wir eine Waffe finden, können wir zumindest den Zauberer niederschlagen.«

»Ihre Idee ist gar nicht übel«, sagte Tull. »Ich möchte gern ein paar von den Kerlen mitnehmen, wenn ich dieses Leben verlassen muß.«

Lalo zuckte mit den Schultern und verzog ungläubig das Gesicht. Das war eine seiner kleineren Beleidigungen.

Elashi zerrte und drehte ihr rechtes Handgelenk. Die Haut schälte sich an dem rostigen Metall. Blut kam. Doch dieses wirkte wie ein Schmiermittel. Gebannt sahen die beiden Männer, wie sie endlich eine Hand herauszog. Bei der linken ging es leichter, da sie mit der rechten Hand nachhelfen konnte. Aber trotzdem ging es nicht ohne Blutvergießen ab. Die Handgelenke schmerzten, aber es war zu ertragen, vor allem wenn man an die Alternative dachte.

Leise und behutsam schlich die Tochter der Wüste zu einer großen Truhe auf der anderen Seite des Gemachs. Vielleicht lag darin etwas, das sie benutzen konnte.

Elashi dachte an Conan. Hatte ihn das Ende in den Zähnen des Monsters ereilt, das ihn mit sich in die Luft gerissen hatte? Sie hoffte nicht. Trotz aller Fehler mochte sie den Cimmerier mehr als nur ein bißchen. Natürlich war er nicht so witzig wie Lalo, welcher, trotz des Fluches, ein amüsanter und gescheiter Reisegefährte war. Aber Conan tot? Nein, dieser Gedanke war schrecklich. Sie hatten so viel gemeinsam durchgestanden und waren noch so jung. Es wäre wirklich eine Verschwendung gewesen.

Zerbrich dir jetzt nicht über Conan den Kopf, Elashi! ermahnte sie sich. Was auch immer ihm zugestoßen ist, jetzt mußte du alles tun, um selbst am Leben zu bleiben.

Schnell lief sie zur Truhe.

Vierundzwanzig

Conan stand auf einem Felsvorsprung in der größten Höhle, die er bis jetzt gesehen hatte, und schaute auf die Tausende von Bewohnern hinab: Würmer, Zyklopen, Blutfledermäuse und Blinde Weiße. Die meisten hatten sich zu Gruppen zusammengefunden. Nur einige mischten sich unter die Vertreter anderer Arten. Ein tiefes Grollen erfüllte die Höhle, als die Menge miteinander sprach.

Wikkell und Deek kamen neben ihn. Dann holte der Zyklop tief Luft und rief der Versammlung zu:

»He, Brüder! Hört mir zu!«

Das Stimmengewirr verstummte. Alle schauten zu Wikkell herauf. Der Zyklop machte eine Pause, um die erwartungsvolle Spannung der Zuhörer zu verstärken. Erst dann sprach er weiter.

»Die Zeit ist gekommen, daß wir unsere Welt wieder zu der machen, die sie einst war!« rief er. Seine

Stimme hallte laut und drang bis in die letzten Winkel der Höhle. »Diejenigen, welche uns so lange schon wie Sklaven unterdrücken, müssen entfernt werden — für immer!«

Lauter Jubel brach in der Menge aus. Pfiffe und hohe gellende Schreie wurden laut. Der Zyklop hatte eindeutig die Aufmerksamkeit aller.

»Eure Anführer werden euch sagen, was ihr zu tun habt. Die Hexe und der Zauberer werden ihre Herrschaft nicht ohne weiteres abgeben, und sie sind sehr mächtig; aber jetzt ist unsere Zeit gekommen!«

Wieder Jubel, diesmal noch lauter als zuvor. Wikkell drehte sich um.

»G-gute R-rede!« meinte Deek.

»Ich hoffe, es war nicht meine letzte«, sagte Wikkell. Dann blickte er den Barbaren an. »Bereit?«

Conan nickte. »Jawohl.« Er grinste. Das war eine Situation so recht nach seinem Herzen: Kampf ohne große Verwicklungen.

Die Weißen sollten gleichzeitig die Residenzen von Hexe und Zauberer angreifen, gefolgt von den Fledermäusen. Danach eine Mischung aus Würmern und Zyklopen. Außerdem sollten die Fledermäuse hin- und herfliegen und alle notwendigen Meldungen überbringen. Irgendwo in diesem Getümmel würde Conan seine Freunde finden und befreien. Alles war ganz einfach. Ein hervorragender Plan, fand er. Vielleicht mißlang er, aber dann nicht wegen irgendeiner komplizierten Windung.

Conan führte Wikkell und Deek den Pfad hinab zu Katamay Reys Höhle.

Elashi wühlte in der Truhe und legte Dinge beiseite, die sie ihrer Meinung nach nicht gebrauchen konnte.

Dann nahm sie eine verschlossene Phiole und zeigte sie Tull und Lalo.

»Soll ich das Gefäß öffnen?«

»Besser nicht«, warnte Lalo. »Wir wissen nicht, was es enthält. Vielleicht ist es etwas, das wir lieber nicht näher kennenlernen wollen.«

Elashi nickte und warf die Phiole auf ein Bündel Kleider, das sie aus der Truhe geholt hatte.

Die weitere Suche erbrachte einen glänzenden Metallstab. Das Ding war so dick wie Elashis kleiner Finger und so lang wie die Entfernung zwischen ihrem Daumen und Zeigefinger. An einem Ende war eine knopfartige Verdickung. Neugierig drückte Elashi auf den Knopf. Zum Glück war das andere Ende nicht auf sie gerichtet, sondern auf den Kleiderhaufen. Ein greller Blitzstrahl zischte knisternd aus dem Stab, und die Kleider gingen sofort in Flammen auf.

Elashi ließ den Stab fallen. »Mitra!«

»Laß lieber die Finger von dem Ding«, warnte Tull.

»Nein, du Trottel«, sagte Lalo. »Bring's her!«

»Du willst, daß ich das Ding nochmals anfasse? Und was ist, wenn es wieder einen Blitz herausschleudert?«

»Ich hoffe, daß das geschieht«, sagte Lalo. »Und zwar auf die Ketten, die uns fesseln. Wo ist dein Verstand, Weib? Beeil dich, falls der Zauberer den Lärm gehört hat und nachsehen kommt.«

Die brennenden Kleider erfüllten das Gemach mit orangerotem Schein. Elashi nahm den Stab und eilte zu Lalo und Tull.

Chuntha flog in Gestalt des Reptils hoch oben durch die Höhlen. Als sie um eine Windung kam, sah sie etwas höchst Erstaunliches unten: Eine Gruppe Blinder

Weißer lief durch den Gang, und darüber und dahinter flatterten Blutfledermäuse!

Was war nur geschehen? Weiße und Fledermäuse gemeinsam unterwegs?

Chuntha war über dieses unerhörte Vorkommnis sehr erstaunt.

Dann ging es weiter: Hinter den beiden Gruppen schoben sich Massen von Riesenwürmern dahin — und Zyklopen! Hunderte! Alle marschierten einträchtig miteinander, als wären sie von derselben Mutter geboren worden und nicht seit ewigen Zeiten Erzfeinde!

Sensha!

Chuntha wußte zwar nicht, wie es zu dieser erstaunlichen Zusammenarbeit der Höhlenbewohner gekommen war, aber eins stand fest: Zu *ihrem* Vorteil war das bestimmt nicht! Sie dachte kurz nach. Nein, es konnte nur Schlimmes bedeuten. Die ganze Meute zog in Richtung ihrer Residenz, und wie es aussah, hatten sie nicht vor, sich vor Chuntha zu verneigen und sie anzubeten.

Sollte Sensha alle verfluchen! Diese Prophezeihung eines namenlosen Unglücks erfüllte sich trotz ihrer Anstrengungen, sie aufzuhalten.

Chuntha befand sich in einer mißlichen Lage. Sie konnte sich auf die Dauer des Flugzaubers, der sie im Augenblick durch die Lüfte führte, nicht verlassen und hatte auch nicht den Wunsch, sich mit der unruhigen Menge unter ihr anzulegen und zu erproben, ob ihre Magie stark genug war, alle zu bezwingen. Außerdem lagen die meisten ihrer magischen Hilfsmittel in ihren Privatgemächern.

Hatte Rey das getan? Nein, das war unwahrscheinlich.

Conan war der Verursacher, wie die Prophezeihung es angedeutet hatte. Wie konnte ein Mann, der offenbar über keinerlei Zauberkräfte verfügte, so etwas fertigbringen? Er hatte ihrer sinnlichen Magie widerstanden — und jetzt das? Die Hexe bekam Angst.

Eine wahrhaft kluge Hexe weiß, wann es Zeit ist zu bleiben und wann zu gehen, und jetzt war es zweifellos Zeit zu gehen. Am besten vergaß sie diesen Conan, den Zauberer, die Höhlen und alles, was damit zusammenhing. Chuntha war über die Vorstellung einer Niederlage nicht begeistert; aber noch weniger gefiel ihr der Gedanke an den Tod.

Ohne von den Massen im Tunnel gesehen zu werden, flog das magische Reptil eiligst davon.

Elashi zielte mit dem Stabende auf die Ketten, die Lalo an die Wand fesselten. Dann schloß sie die Augen und drückte auf den Knopf.

Nichts geschah.

Die Tochter der Wüste öffnete die Augen wieder. Dann drückte sie nochmals auf den Knopf. Ein leises Wimmern ertönte aus dem Stab.

»Damit können wir diese Idee vergessen«, sagte Tull. »Offenbar enthielt der Stab nur einen einzigen Blitz.«

»Vielleicht nicht«, meinte Lalo. »Vielleicht braucht er nur eine gewisse Zeit, um sich magisch aufzuladen. Wart ein paar Minuten, Elashi, und versuch es dann nochmals ... Es sei denn, du hast anderswo dringendere Geschäfte zu erledigen.«

Nach kurzer Zeit zielte Elashi wieder mit dem Stab auf Lalos Ketten und drückte auf den Knopf. Sie erwartete nichts, aber Lalos Annahme erwies sich als richtig: Ein Blitz schoß hervor und traf die Eisenglieder. Elashi ließ den Stab sofort fallen; aber die magische Kraft hatte bereits die Arbeit getan. Klirrend fielen die Ketten herab, mit denen Lalo an den Eisenring in der Wand gefesselt war.

»Der Zauberer muß taub sein«, sagte Tull, als Lalo den Stab aufhob.

»Vielleicht ist er weggegangen und sucht nach Fliegen, denen er die Flügel ausreißen kann«, meinte Lalo. Neugierig betrachtete er den Stab. »Nur Geduld, Tull, alter Trottel! In ein paar Minuten habe ich dich auch befreit.«

Lalo wartete eine seiner Meinung nach angemessene Zeit ab. Dann betätigte er das Zauberinstrument erneut. Wieder gelang es, und Tulls Ketten fielen ab. Sie waren frei!

Rey hatte tief geschlafen; aber der Einsatz von starker Magie so nahe hatte ihn geweckt. Er spürte die Blitze mehr, als daß er sie hörte. Als erstes bemerkte er den Brandgeruch. Was war geschehen? In den Höhlen gab es fast nie ein Feuer, da alles viel zu feucht war und nur mühsam in Brand gesteckt werden konnte. Aber er roch eindeutig brennende Wolle, und zwar ganz in der Nähe!

Die Gefangenen! Sie hatten offenbar etwas getan, was sie nicht tun sollten.

Rey seufzte. Konnte man nicht einmal ein paar Minuten schlafen, ohne gestört zu werden? Jetzt reichte es ihm. Eigentlich hatte er ihnen als Unterpfand für das Einfangen ihres Kameraden das Leben lassen wollen; aber nicht, wenn es bedeutete, daß er zu leiden hatte. Jetzt würde er sie auf der Stelle töten und dann auf den Barbaren warten.

Rey erhob sich rasch von seinem Lager und eilte zu

dem Gemach, wo er die Gefangenen zurückgelassen hatte.

Beinahe wäre er mit ihnen zusammengeprallt.

Irgendwie war es den drei gelungen, sich von den Ketten zu befreien. Sie standen unmittelbar vor ihm, als er das Gemach betrat. Er hob die Hand zu einem Bannfluch.

»Sofort stehenbleiben!« befahl er.

Einer — der fluchbeladene, grinsende Mann — hob einen glänzenden Gegenstand und zielte in Reys Richtung. Sofort erkannte der Zauberer seinen Blitzstab. Wenn dieser ausreichend aufgeladen war, konnte ihm das schlecht bekommen.

»Heiß!« schrie Rey und zuckte mit den Fingern.

Der Grinsende ließ mit einem Schmerzensschrei den Stab fallen, der jetzt aufgrund von Reys Zauber glühte.

»Ihr habt mir genug Ärger bereitet«, erklärte der Zauberer. »Ich werde mich eurer entledigen. Überbringt meine Grüße an die Seelen der Verdammten in der Gehenna.«

Doch als er wieder die Hände hob, um die drei zu zerschmelzen, unterbrach Lärm seine Konzentration. Es klang, als nähere sich jemand durch den Hauptgang dem Portal zu seinen Gemächern. Nein, es waren offenbar mehrere. Sollten die Zyklopen bereits mit Conan zurückkehren? Unmöglich, es war zu früh. Aber wer dann?

Der Lärm wurde stärker und wuchs zu einer Art dumpfem Gesang an.

Am besten sah er nach, was draußen vor sich ging. Die beiden Wachposten vor dem Eingang waren nur fähig, sich den Bauch vollzustopfen und ihn wieder zu entleeren.

»Ihr bleibt hier!« befahl Rey. »Wenn ihr auch nur einen Schritt durch das Portal tut, werdet ihr es bitter bereuen.«

Dann machte Rey kehrt, um zu sehen, was der Lärm zu bedeuten hatte.

Chuntha kannte mehrere Wege hinauf zur Oberwelt. Es tat ihr leid, daß sie nicht mehr zurück in ihre Gemächer fliegen konnte, um einige Lieblingssachen zu holen; aber sie schätzte sich glücklich, daß ihr die Flucht so leicht gelungen war. Gewiß, sie hätte auch einen längeren Angriff abwehren können, wenn sie ihn rechtzeitig hätte kommen sehen. Zweifellos hätte sie auch eine große Zahl der Aufrührer im Kampf töten können; aber letztendlich hätte es keine Rolle gespielt, ob sie Hunderte erledigt hätte; denn am Ende wäre sie überwältigt worden.

Während sie dahinflog, betete sie zu dunklen Gottheiten, daß der Flugzauber so lange dauern möge, bis sie in Sicherheit wäre. Chuntha fragte sich, wie es Conan nur gelungen war, diese Revolte zu entfachen.

Eines der verborgenen Schlupflöcher zur Oberwelt lag unweit von Reys Residenz. Es war sogar im Augenblick für Chuntha das nächste. Die Hexe fühlte sich in ihrer gegenwärtigen Gestalt so sicher, daß sie das Risiko einging. Warum nicht? Es würde ihre schwarze Seele wärmen, wenn sie sah, daß ihr Widersacher ebenso tief in Schwierigkeiten steckte wie sie.

Das Flugreptil, eigentlich die Hexe, änderte bei der nächsten Gabelung die Richtung und flog in den großen Haupttunnel ab.

Katamay Rey kam zum Portal und erstarrte.

Der Anblick entsetzte den Zauberer und jagte ihm

Angst ein: Eine Horde Blinder Weißer schob sich auf ihn zu, gefolgt von einem Schwarm Blutfledermäuse, die so zahlreich waren, daß sie den grünlichen Lichtschein verdunkelten.

Bei Sets Scrotum! Was war das?

Von den beiden Wachposten, die hier stehen sollten, war nichts zu sehen.

Rey lief schnell wieder hinein. Einen Augenblick lang überkam ihn Panik. Jedoch hätte er nicht so viele Jahrhunderte überlebt, wenn er ein völliger Narr gewesen wäre. Er dachte kurz nach: Man wollte ihn angreifen. Wenn er also noch weitere Jahrhunderte erleben wollte, mußte er etwas unternehmen. Und zwar schnell!

Vielleicht war er im Lauf der Jahre etwas hochmütig geworden? Als der Zauberer vor mehreren hundert Jahren in diese Höhlen gekommen war, war er vorsichtiger gewesen. Er hatte Fallen aufgestellt, um sich gegen einen derartigen Angriff zu schützen; aber in den folgenden Dekaden und Jahrhunderten hatte er nicht mehr daran gedacht. Daher waren die meisten Schutzvorrichtungen verfallen oder hatten ihre magische Wirkung verloren. Doch eine gab es, die noch Energie besaß.

Schnell ging Rey im Kopf noch einmal den alten Zauberspruch durch, um sicherzugehen, daß er sich an die Worte korrekt erinnerte. Dann trat er wieder hinaus und stellte sich den anstürmenden Rebellen. Die Weißen konnten nicht sehen, nahmen aber seine Anwesenheit aufgrund ihres Geruchs- und Gehörsinns wahr.

Schreiend liefen sie auf ihn los. Die Fledermäuse flatterten über und hinter den Reihen der Weißen.

Rey sprach laut die Worte des uralten Zaubers und

beschrieb mit den Händen Gesten in Richtung der Tunneldecke.

Plötzlich erbebte der Tunnel unter dem Dröhnen riesiger Steinbrocken, welche sich von der Decke lösten und herabprasselten. Gleich darauf schrien die Opfer. Es stürzte nicht die gesamte Decke herab, sondern nur Brocken, und diese nicht alle auf einmal, sondern nacheinander und an verschiedenen Stellen. Da die Angreifer jedoch so dichtgedrängt waren, konnten sie der Steinlawine nicht entgehen. Trotz der Feuchtigkeit in den Höhlen wirbelte uralter Staub auf. Die zermalmten Opfer stöhnten und schrien vor Schmerzen. Blut spritzte und bedeckte die Wände. Es war in der Tat ein sehr harter Regen!

Nachdem der letzte Steinbrocken gefallen war, hatte sich das Profil des Tunnels verändert. Die Decke war höher und der Boden ebenfalls, da er durch Leichen und Steine aufgeschüttet war. Es flatterten auch noch einige Fledermäuse umher; aber der Angriff war abgeschlagen.

Rey grinste. Er war höchst zufrieden mit sich ... bis er die ersten Reihen der Würmer und Zyklopen erblickte, die sich über die Steinbrocken schoben. Set und alle Semidämonen sollte sie holen!

Fünfundzwanzig

Das Feuer im Kleiderbündel war schon ziemlich herabgebrannt, als es plötzlich einen lauten Knall gab.

Elashi, Lalo und Tull zuckten erschreckt zusammen und starrten auf den glimmenden und rauchenden Haufen Kleider.

»Was war das?« fragte Tull.

Elashi schüttelte nur den Kopf.

»Das muß die Phiole gewesen sein, die du auf die Kleider geworfen hast«, erklärte Lalo. »Vielleicht ist sie im Feuer geplatzt.«

Kaum hatte Lalo ausgesprochen, stieg von der Glut ein unheilverheißender schwarzer Rauch auf, der allerdings nicht wie gewöhnlicher Rauch aussah. Vor den Augen der drei Freunde wirbelte er auf und pulsierte wie nach einem unhörbarem Rhythmus. Dann wälzte er sich auf die drei zu.

»He, das gefällt mir aber gar nicht«, sagte Tull.

»Was können wir tun?« fragte Elashi. »Der Zauberer hat gedroht, uns umzubringen, sobald wir diesen Raum verlassen.«

»Ich kämpfe lieber gegen einen Dämonen, den ich kenne, als gegen einen unbekannte«, meinte Lalo und nickte zu der Rauchwolke, die langsam immer näher kam. »Außerdem klingt es, als sei der Zauberer im Augenblick sehr beschäftigt.«

Weder Elashi noch Tull hatten Lust, über Lalos Einschätzung ihrer Lage lange zu diskutieren. Die schwarze Wolke wurde immer größer. Jetzt erfüllte sie bereits den halben Raum.

Die drei liefen zum Eingang.

Conan bewegte sich neben Wikkell und Deek durch den Tunnel. Vor ihnen war soeben die Decke herabgedonnert und hatte die Vorhut der Weißen und Fledermäuse unter sich begraben. Offenbar besaß der Zauberer gewisse Verteidigungsanlagen. Der Cimmerier steckte das Schwert in die Scheide, um leichter über die Felsbrocken klettern zu können, die auf dem Boden herumlagen.

Die Hexe, immer noch in Gestalt des Flugreptils, näherte sich dem blutigen Schauplatz und flog zu einem Felsvorsprung hinab, von wo aus sie alles gut überblicken konnte. Mit Schadenfreude stellte sie fest, daß Rey in der Tat in einer mißlichen Situation steckte. Hätte das magische Ungeheuer grinsen können, hätte es dieses jetzt getan. Chuntha glaubte, so viel Zeit zu haben, daß sie einen Augenblick verweilen konnte, um zu sehen, wie sich die Dinge entwickelten. Offenbar hatte für den Zauberer das letzte Stündlein geschlagen, und diesen Spaß wollte sie unter gar keinen Umständen verpassen.

Reys Können war im Lauf der Jahre etwas in Vergessenheit geraten. Früher jedoch war er ein hervorragender Magier gewesen. Jetzt holte er aus der Erinnerung alte Flüche und Zauberformeln hervor und suchte nach einer Formel, mit welcher er diesen Angriff ein für allemal beenden könnte. Ja, da war eine Beschwörung von Dämonen, die er vor drei- oder vierhundert Jahren erfolgreich benutzt hatte. Wenn er sich recht erinnerte, war dieser Dämon nicht nur abgrundtief häßlich, sondern auch riesig und sehr böse gewesen. Ja, diesen bösen Geist würde er auf die elenden Würmer und verräterischen Zyklopen ansetzen. Mal sehen, wie ihnen das gefiel!

Aber wie lauteten die Worte des verdammten Zauberspruchs von damals ...?

Tull, Elashi und Lalo liefen ins Vorzimmer und blieben dort stehen. Der Zauberer war nirgends zu sehen.

»Draußen, er muß draußen im Tunnel sein«, meinte Elashi und zeigte auf das Portal.

»Wir können nicht nach draußen«, sagte Tull.

»Und der schwarze Rauch wird mit Sicherheit an der Schwelle des Raumes, den wir gerade verlassen haben, haltmachen«, erklärte Lalo mit ätzendem Zynismus in der Stimme.

Elashi schüttelte den Kopf. Lalo hatte recht. Was sollten sie nur tun?

Chuntha hatte von ihrem Beobachtungsposten aus einen hervorragenden Überblick. Dieser Schuft Rey hatte tatsächlich noch mehr Trümpfe im Ärmel, als sie ihm zugetraut hatte! Voller Respekt sah die Hexe, wie sich die Luft über dem hastig auf den Boden gekratzten Pentagramm zu drehen begann. Das magische Zeichen befand sich vor dem Eingang zu Reys Privatgemächern. Offensichtlich ein Beschwörungszauber. Rey holte übernatürlichen Beistand, und sie bezweifelte, daß dieser den angreifenden Rebellen angenehm wäre.

Warte! Was war das? Nein, *wer* war das? Conan! Der Barbar kletterte mit den Würmern und Zyklopen über die Steine!

Einen Augenblick lang war Chuntha so wütend, daß sie beinahe in die Luft geflogen wäre, um auf den verfluchten Barbaren niederzustoßen und ihn in blutige Fetzen zu zerreißen. Doch nein! Erst abwarten, was der Zauberer im Schild führt, dachte sie. Nur jetzt keine Dummheit begehen!

Katamay Rey hatte mit gutem Grund gerade diesen Ort von Tausenden von Höhlen für seine Residenz gewählt; denn hier hing die Magie, welche das Urgestein durchdrang, besonders stark und lange. Ein Zauber, welcher anderswo die magische Energie erschöpfte, zapfte hier kaum einen Bruchteil des vorhandenen Potentials ab. Daher hatte der Zauberer hier auch genügend Kraft, um den Dämonen zu beschwören.

Innerhalb der Grenzen des Pentagramms begann sich die Luft zu drehen. Dann färbte sie sich grell gelb und purpurrot, wie eine flüssige eitrige Beule. Ein plötzlicher Knall — und dann erschien Tunk in blendendhellem Licht. Er war einer der niederen Diener Sets, aber doppelt so groß wie die Zyklopen und dreimal so schwer. An Händen und Füßen hatte er dolchscharfe schwarze Klauen. Sein Mund — und es bestand kein Zweifel, daß er ein männliches Exemplar war, wenn man Augen im Kopf hatte —, sein Mund verzog sich zu einem widerwärtigen Grinsen. Danach stieß er ein grauenvolles Gebrüll aus, wobei man die ebergleichen Stoßzähne sah. Sein Schrei klang so, wie wenn man Eisenplatten mit aller Kraft gegeneinander schlug.

Beim Anblick Tunks blieben die Würmer und Zyklopen jählings stehen.

»Los, töte alle!« befahl Rey. »Ich nenne dich bei deinem wahren Namen, Tunk, und verlange, daß du mir gehorchst.«

Tunk hatte natürlich keine Wahl. Außerdem schnaubte er bereits vor Wut, weil man ihn für diesen Auftrag von einer sehr interessanten Begegnung mit einer niedlichen Dämonin in der Gehenna weggeholt hatte. Auch ohne Befehl war er in Stimmung, alle umzubringen. Der Dämon sprang aus dem Pentagramm auf die vor Schreck starren Würmer und Zyklopen zu.

Wikkell holte tief Luft, als er das schreckliche Wesen, das vor dem Zauberer aufgetaucht war, plötzlich in seine Richtung springen sah. Auch die kleine Gestalt

Conans dazwischen flößte ihm nicht die Zuversicht ein, daß er lange leben würde, sobald dieses *Ding* ihn packte. Panik stieg in ihm auf. Der Zyklop griff zum Gürtel und suchte nach einer Waffe, irgendeiner Waffe, mit der er sich verteidigen konnte.

Der Zyklop dachte natürlich, daß der Cimmerier ebenso verängstigt war wie er. Aber der Mann, welcher kaum ein Drittel so groß wie der Dämon war, zückte das Schwert.

Es war erstaunlich: Dieses Menschlein wagte es, sich mit einem Eisensplitter diesem anstürmenden Berserker entgegenzustellen! Das Schicksal des Tapferen war zwar besiegelt, aber dennoch konnte ihm der Zyklop seine Bewunderung nicht versagen, auch wenn er verblüfft war, daß jemand so töricht sein konnte, gegen diesen Feind siegen zu wollen.

Das Ungeheuer kam an die Basis der Aufschüttung, auf der Conan stand. Langsam stapfte er hinauf.

Sobald es den Cimmerier zermalmt hätte, wären Wikkell und Deek die nächsten Opfer.

Die schwarze Rauchwolke quoll über die Schwelle des inneren Raums und schob sich wie eine dicke Flüssigkeit über den Boden auf die drei Freunde zu.

Tull, Elashi und Lalo flohen in Richtung des Portals. Jetzt sahen sie den Zauberer draußen. Er dirigierte ein Höllenmonster gegen einen Haufen von Würmern, Zyklopen — und Conan!

Allerdings hatte er gegen den Dämon keine Chance. Das riesige Ungeheuer ließ den Cimmerier mit hocherhobenem Schwert auf dem Felsen wie einen Zwerg aussehen. Dann stieß es ein gräßliches Geheul aus und griff an.

Rey lächelte triumphierend. *Den* werdet ihr nie besiegen, ihr einfältigen Toren! dachte er, als Tunk auf Conan und seine Gefährten zuging.

Chuntha versuchte, ruhig zu bleiben; aber es gelang ihr nicht. Zu groß war die Aufregung und die Freude, daß der Dämon jetzt Conan und die Rebellen vernichten würde. Sie erwartete ein blutiges Schauspiel ... und ein äußerst amüsantes.

»T-tu etw-was!« schabte Deek aufgeregt.

Wikkell holte die Dose aus Grünstein mit dem hellen Staub heraus, welche sie dem Zauberer gestohlen hatten. Nein, das war nicht gut. Einen Augenblick! Vielleicht half es doch!

Wikkell wußte, daß er nur eine einzige Gelegenheit hatte und daß diese sehr gering war. Der Zeitpunkt mußte vollkommen richtig gewählt werden. Jeder Fehler war tödlich. Aber hatte er denn viele Möglichkeiten? Lieber eine kleine Möglichkeit als gar keine.

»Conan!« rief Wikkell. »Wenn ich wieder rufe, spring beiseite!«

»Was?« Der Cimmerier drehte sich nicht um, sondern ließ den Dämon nicht aus den Augen.

»Tu es einfach! Ich habe einen Plan.«

Conan kalkulierte seine Chancen. Er konnte diesem Ding, das auf ihn zukam, mit Sicherheit eine üble Wunde zufügen; aber er hatte wenig Hoffnung, daß er es töten könnte, ehe ihm diese Klauen an Händen oder Füßen die Eingeweide herausrissen. Wenn Wikkell einen Plan hatte, wollte er ihn nicht davon abhalten. Er konnte später immer noch mit hocherhobener Klinge sterben.

»Verstanden!« brüllte Conan. Dann ging er in die Hocke.

Rey sah begeistert, wie sein Dämon zum Angriff vorging. Noch ein Sprung, dann hatte er Conan, und der Barbar war erledigt. Wirklich kein Verlust ...!

»Jetzt, Conan, jetzt!« schrie der Zyklop.

Ist das nicht Wikkell, mein alter Assistent? dachte Rey. Ich hatte ihn für tot gehalten ...

Blitzschnell warf der Cimmerier sich auf die Seite, stolperte und rollte über die Steine. Im Augenblick war er außer Reichweite des Dämonen. Aber das spielte keine Rolle. Tunk konnte sich um Conan kümmern, nachdem er die Zyklopen und Würmer getötet hatte.

Dann hob Wikkell den Arm und schien etwas zu schleudern. Was tat er? Rey konnte es nicht genau sehen. Nein, doch, da glitzerte etwas im grünlichen Licht, eine Art Staub.

Der Zyklop sprang nach rechts, der Wurm neben ihm glitt schnell in die andere Richtung, so daß Tunk mitten zwischen ihnen landete, an der Stelle, wo soeben noch Conan gestanden hatte.

Tunk rutschte aus und fiel auf den Rücken. Bei Tunks Gewicht hätte er reglos liegenbleiben müssen; aber der Dämon glitt über den Boden wie ein flacher Stein, den man übers Wasser hüpfen läßt. Einmal — zweimal — dreimal. Beim dritten Mal sauste das Monster wie ein Vogel durch die Luft. Doch Pech für Tunk! Er war kein Vogel, sondern fiel wie ein Felsbrocken zurück auf den Boden.

Der Dämon hatte insgesamt über fünfzig Schritte durch die Luft zurückgelegt, bis er aufschlug.

Rey spürte, wie der Boden unter seinen Füßen bebte, als Tunk auf den Höhlenboden donnerte. Jeder gewöhnliche Mensch wäre bei einem derartigen Sturz ums Leben gekommen, wahrscheinlich auch jedes übernatürliche Wesen. Selbst ein Dämon konnte einen derartigen Aufprall nicht ohne ernsten Schaden aushalten, solange er einen fleischlichen Körper trug.

Da aber Tunk ein Dämon *war,* konnte er sich nur unter Schmerzen erholen, aber nach wenigen Minuten würde er wieder aufstehen und noch wütender als zuvor weiterkämpfen. Als weiteres Ergebnis von Tunks Aufprall hatten sich mehrere von den großen Steinen, die bisher dem Zauber Reys widerstanden hatten, in der Decke des Tunnels gelockert.

Zwei riesige Brocken stürzten herab. Der erste landete auf dem ausgestreckten Tunk und trieb ihn in den Boden, als schlüge jemand mit einem Vorschlaghammer einen Pflock ein.

Der zweite Felsen war noch größer als der erste und traf direkt auf den Vorgänger. Wie ein riesiger Pilz lag er da.

Rey wußte, daß auch die Kraft eines Dämonen begrenzt war. Unter diesen Gesteinsmassen konnte sich Tunk niemals herausgraben.

Dann sah der Zauberer, wie Conan das Schwert schwang, und hielt es für das beste, sich in seine Gemächer zurückzuziehen. Dort konnte er die nächsten Schritte überlegen. Er verlor keine Zeit und lief zurück.

Der undurchdringliche schwarze Rauchwirbel erfüllte beinahe das ganze Vorzimmer. Elashi, Tull und Lalo kauerten neben dem Eingang und sahen, wie das dunkle Verhängnis immer näher kam. Schließlich sagte Lalo: »Wir müssen hier hinaus, und zwar sofort!«

Alle drei sprangen auf und wollten durch das Portal hinausstürmen, als der Zauberer gerade eintrat. Die vier stießen zusammen und stürzten zu Boden.

Zum Glück war das vereinte Gewicht der drei Gefangenen ausreichend, daß alle vor den Gemächern landeten. Während sie sich entwirrten, hörten sie ein markdurchdringendes Kreischen. Sofort erkannten sie den Schrei wieder: das fliegende Reptil, das Conan entführt hatte!

Chuntha konnte es nicht länger ertragen. Dieser Narr namens Rey! Er hatte es nicht geschafft, Conan zu töten und den Angriff abzuschlagen. Sein Dämon lag platt wie eine Flunder unter den Felsbrocken, und Conan — dieser schändliche, elende, bildschöne Barbar — lebte immer noch.

Das war zuviel! Der einzige Mann, welcher sie je im Bett beschämt hatte, mußte sterben! Und zwar jetzt auf der Stelle! Die Hexe schwang sich in die Luft. Dann wollte sie herabstoßen und die Klauen in Conans Herz schlagen.

Mit grellem Wutschrei begab sich das Flugreptil in den Sturzflug ...

Conan lief auf seine drei Freunde und den am Boden liegenden Zauberer zu. Zehn Schritte, noch fünf, gleich würde er dem verfluchten Magier mit dem Schwert den Kopf abschlagen. Bei Crom! Schon hob er die Klinge ...

Da hörte er den Schrei in der Luft. Er schaute hinauf und sah, wie die verwandelte Hexe herabschoß. Sofort war ihm klar, daß er den Zauberer nicht erreichte, ehe das Flugreptil ihn packen würde. Also mußte er zuerst den Kampf mit der Hexe aufnehmen.

Mit etwas Glück konnte er dem Reptil einen Flügel abschlagen. Allerdings sah es eher so aus, als würde die krokodilähnliche Schnauze mit den spitzen Zähnen ihn vorher erwischen. Nun, wie auch immer! Er würde als Mann mit erhobenem Schwert in der Hand sterben. Entschlossen schaute er der Gefahr ins Auge.

Jetzt habe ich ihn! dachte Chuntha. Bereite dich aufs Sterben vor, Conan!

Fünf Armlängen trennten die Hexe noch vom Cimmerier, als der Flugzauber plötzlich aufhörte, so daß Chuntha in ihrer wahren Gestalt durch die Luft flog.

Soeben war sie noch ein Furcht und Schrecken verbreitendes Reptil aus der Urzeit der Menschheit gewesen, und im nächsten Moment war die lederne Haut verschwunden. Chuntha schrie mit der Stimme einer Frau weiter.

Verblüfft sah Conan die Verwandlung, die schneller als ein Wimpernschlag erfolgte. Das Schuppenmonster wurde zu einer nackten Frau, welche mit wehendem Haar auf ihn herabstürzte. Dann sprang er behende beiseite, hielt jedoch das Schwert ausgestreckt, um der Hexe den Todesstoß zu versetzen.

Aber dann brauchte er das Schwert doch nicht mehr.

Chuntha, die Hexe, schlug zwar nicht mit solcher Wucht wie Reys Dämon auf dem felsigen Grund auf; aber es reichte, damit sie ihr irdisches Leben aushauchte. Sie brach sich das Rückgrat und zerschmetterte sich das Gesicht.

Vor Conans Augen schrumpfte der schöne glatte Körper wie ein Blatt, das man in ein heißes Feuer wirft. Einen Augenblick später war nur noch ein

Häuflein schwarze Asche von der Gestalt übrig, welche viel zu lange künstlich am Leben erhalten worden war.

Die Hexe Chuntha gab es nicht mehr.

Jetzt wandte sich Conan wieder dem Zauberer zu. Er lebte noch, und wenn der Cimmerier das nicht schnell änderte, konnte ihm von der Hand des schurkischen Zauberers das gleiche Schicksal blühen, wie Chuntha es soeben erlitten hatte.

Lalo und Tull halfen Elashi, vom Portal wegzukriechen. Dann stand der Zauberer auf. Er warf einen Blick auf den Cimmerier, schüttelte den Kopf und verschwand mit einem Satz in seinen Gemächern.

Conan verfolgte den Zauberer. Er wollte Rey pakken, ehe dieser den nächsten magischen Angriff auslösen konnte.

»Nein, Conan, nein!« schrie Elashi. »Geh nicht hinein!«

Der Cimmerier war nur noch wenige Schritte vom Portal entfernt, als er Elashis Warnung hörte. Irgend etwas in ihrer Stimme sagte ihm, daß große Gefahr drohe. Er wollte stehenbleiben, rutschte aber weiter. Dann mußte er das Schwert fallen lassen, um sich mit beiden Händen an der Wand neben dem Portal abzustützen, sonst wäre er dagegengeprallt. Da hörte er, wie der Zauberer gellend aufschrie. Es klang grauenvoll. Irgend etwas hatte ihn erwischt.

Welch schreckliches Monster lag da drinnen auf der Lauer?

Im nächsten Moment taumelte Katamay Rey an Conan vorbei nach draußen.

Auf den ersten Blick war Conan nicht sicher, ob es der Zauberer war. Das Ding, das an ihm vorbeistolperte, war in eine schwarze Flamme gehüllt, welche ihn zu verzehren schien. Sein Fleisch brutzelte wie Fett in einer heißen Pfanne, und der Mann schrie unaufhörlich.

Conan nahm sein Schwert wieder auf und lief auf den Zauberer zu. Ihn zu töten, wäre eine Tat der Barmherzigkeit gewesen. Allerdings entsprang Conans Absicht nicht dieser Vorstellung.

Der Cimmerier hob das Schwert.

Rey wußte, daß er starb. Gegen die Schwarze Flamme gab es kein Heilmittel. Sehr bald würde er vollständig verbrannt sein. Auch nicht der kraftvollste Zauberspruch, den er kannte, würde dieses Ende eine Sekunde lang verhindern können.

Unter Schmerzen nahm Rey sein Ende hin. Aber seine Wut war unermeßlich. Gut, er mußte sterben; aber bei Set! Er würde alle in seiner Nähe mit in die Gehenna nehmen!

Selbst ein sterbender Zauberer hat noch Macht. Und Zauberer sterben nicht schnell, auch nicht durch die Schwarze Flamme. Er hatte noch ausreichend Zeit, alle zu töten und die Höhle über ihnen zum Einstürzen zu bringen.

Mit diesen letzten bewußten Gedanken entfesselte Rey seine gesamte Kraft. Wenn diese Mächte nicht aufgehalten wurden, konnte ihre Energie alles innerhalb eines halben Tagesmarsches in sämtlichen Richtungen vernichten.

Conans Klinge blieb mitten im Schlag hängen, als hätte er gegen eine Wand dicht gepackter Federn geschlagen. Er kam sich vor wie in seiner rauhen Heimat, wenn der Wintersturm so stark blies, daß ein kräftiger Mann sich dagegenlehnen konnte, ohne umzufallen. Eine unsichtbare Barriere schien ihn zurückzudrücken. Was ...?

Jetzt begann der Zauberer in den schwarzen Flammen zu glühen. Rote, gelbe, blaue Lichtstrahlen gingen von ihm aus und erleuchteten die Höhle so hell wie mit Tageslicht. Allerdings hatte noch nie ein Sterblicher ein derartiges Tageslicht gesehen.

Dann ertönte dumpfes Grollen. Steine schossen aus der Umgebung des Zauberers hoch und flogen durch die Luft.

Dann setzte ein seltsames Summen ein — wie von Millionen Bienen.

Conan spürte, wie seine Arme und Beine bleischwer wurden. Er wollte nur noch eines: sich hinlegen und schlafen ...

Dann brach ein Blitz von der Stelle los, wo Conan das Gesicht des Zauberer vermutete, und bohrte sich in einen Zyklopen weiter hinten im Tunnel. Der Zyklop zersprang wie Glas in tausend Stücke.

Plötzlich schien die Luft um Conan von Eis erfüllt zu sein, so kalt war es. Doch gleich darauf spürte er glühende Hitze, als stünde er vor einem geöffneten Ofen. Dann verging die Hitze ... Aber Conan konnte sich immer noch nicht bewegen.

Der Cimmerier erkannte die große Gefahr, welche ihm drohte. Der Zauberer war trotz seines elenden Zustands immer noch äußerst gefährlich. Er mußte ihn vernichten — sonst würden sie alle sterben.

Wieder stemmte Conan sich gegen die unsichtbare Barriere. Er drang einen, zwei, dann drei Zoll weit vor. Dann wurde er jedoch gnadenlos zurückgestoßen. Mit jeder Sekunde fühlte er sich schwächer. Wenn er sich nur einen Moment lang ausruhte, dann könnte er ...

Nein! rief er sich zu. Jede Ruhepause wäre seine letzte!

Das Summen wurde stärker, die Lichtstrahlen greller. Man konnte den Zauberer nicht mehr ansehen, ohne blind zu werden. Pausenlos zuckten die Blitze und ließen Würmer und Zyklopen explodieren. Ein Strahl streifte beinahe den Cimmerier. Conan spürte die Hitze. Unter ihm grollte es im Boden, auch Wände und Decke gaben seltsame Geräusche von sich.

Conan schloß die Augen. Selbst durch die Lider sah er noch die strahlende Lichtquelle, in die sich der Zauberer verwandelt hatte. Wieder preßte er sich gegen die unsichtbare Barriere. Er setzte seine gesamte Kraft ein. Diesmal gelang es dem jungen Barbaren, die Klinge zu senken. Er drückte gegen die magische Wand aus Federn, stemmte sich gegen den Wind und schaffte einen Schritt nach vorn. Die Muskeln an Armen und Beinen wölbten sich, die Sehnen dehnten sich — und wieder kam er einen Schritt weiter.

Felsbrocken fielen von der Decke. Der Cimmerier beachtete sie nicht. Noch ein winziger Schritt, wie der eines Kleinkindes. Seine Stiefel glitten zurück; aber er zwang sich, weiterzumachen und wieder festen Boden zu gewinnen.

Hinter Conan stürzte ein Teil der Wand ein, gefolgt von Steinen aus der Decke. Er spürte, wie sich der Boden unter ihm hob und senkte. Im nächsten Augenblick würde wohl ein Erdbeben alles begraben.

Trotz aller Bemühungen kam der Cimmerier nicht näher an den Zauberer heran. Die Schwertspitze war nur noch eine Handspanne von dem strahlenden Rey entfernt; aber genausogut hätten es tausend Meilen sein können.

Da übertönte die übernatürlichen Geräusche, die

der sterbende Zauberer hervorbrachte, eine Stimme. Es war Lalo, der Fluchbeladene.

»Ich wußte, daß er es nicht schafft! So ein Schwächling!«

Conan konnte seine Wut nicht länger bezähmen. Alle früheren Beleidigungen Lalos kamen ihm in den Sinn und vergrößerten seinen Zorn. Diese letzte war der Tropfen, welcher den Krug überlaufen ließ. Schwächling? Schwächling! Ich werde dir zeigen, wer hier ein Schwächling ist!

Der Cimmerier spannte nochmals alle Muskel zu einer letzten Kraftanstrengung an. Er warf sich vor. Zwar entsprach es nicht seiner üblichen Geschwindigkeit; aber er schaffte den Schritt.

Die Schwertspitze des Cimmeriers berührte die verbrennende Gestalt des Zauberers. Conan traf genau die Brust über dem schwarzen Herz. Nur eine Sekunde lang zögerte er, dann stach er zu und durchbohrte das Herz. Blut spritzte wie aus einer Fontäne und bedeckte den Cimmerier.

Es kam allen wie eine Ewigkeit vor, bis Katamay Rey endlich zusammenbrach.

Die Lichter erloschen, das Summen verstummte, Wände und Decken wurden ruhig.

Die Stille nach dem Tod des Zauberers war beinahe greifbar.

Lalo brach das Schweigen. Ohne eine Spur von Ironie sagte er leise: »Ja, da habe ich mich geirrt.«

Niemand sprach.

Sechsundzwanzig

Wikkell und Deek bewegten sich zu der Stelle hin, wo die Überreste des Zauberers auf den Felsen lagen, und starrten hinab. Dünner schwarzer Staub bedeckte den Boden. Das war alles, was von dem einst so mächtigen Katamay Rey noch übrig war.

Weitere Zyklopen und Würmer näherten sich neugierig, um den Staub zu betrachten, der einst Hexe und Zauberer gewesen war.

»Wir haben gewonnen«, sagte Wikkell.

»In d-der T-tat.«

Einige Zyklopen traten zu Wikkell, und mehrere Würmer krochen zu Deek.

»Was tun wir jetzt?« lautete ihre Frage.

Im Handumdrehen befanden Wikkell und Deek sich in den Rollen der Herrscher über die Höhlen.

Conan steckte das Schwert in die Scheide und trat zu seinen Freunden.

Lalo stand da und schaute in die Gemächer des Zauberers. »Der schwarze Rauch ist verschwunden«, sagte er. »Zauberer und Hexe sind beide tot. Das verdanken wir dir, Conan. Du bist wirklich ein schlauer und tapferer Kerl.«

Der Cimmerier schüttelte den Kopf. Konnte er seinen Ohren trauen? Hatte Lalo ihm soeben ein Lob ausgesprochen, ohne eine Beleidigung einzuflechten? Er wartete noch auf einen Seitenhieb, es kam jedoch keiner. Dann blickte Lalo die anderen an. Es war etwas Erstaunliches geschehen:

Lalo grinste nicht mehr.

Elashi sprach als erste: »Lalo! Dein Gesicht!«

Lalo berührte den Mund. Das Lächeln kehrte zurück; aber es war anders als vorher. »Der Tod des Zauberers muß das geschafft haben.«

Conan nickte. Er sah, wie Elashi und Lalo sich in den Armen lagen; aber er spürte keine Eifersucht. Die beiden schienen füreinander bestimmt zu sein, und sein Weg hätte sich von dem der Tochter der Wüste ohnehin bald getrennt.

Lalo und Elashi lösten sich und blickten Conan an. Dann schlugen beide verlegen die Augen zu Boden.

Der Cimmerier grinste. »Nein, nein, ich gebe euch beide meinen Segen.« Bei sich dachte er: Du wirst eines Tages feststellen, daß Elashis Zunge auch ohne Fluch so scharf ist, wie deine früher war.

Wikkell und Deek kamen zum Cimmerier. Der Zyklop lächelte. »Wir schulden dir viel, Conan. Ohne dich wären wir immer noch versklavt. Wie können wir es dir danken?«

Die Antwort auf diese Frage erforderte kein langes Nachdenken. »Zeigt uns den Weg an die Oberwelt!« verlangte Conan.

»S-sof-fort«, schabte der Wurm.

Sie führten Conan, Tull, Elashi und Lalo einen langen gewundenen Tunnel entlang, welcher langsam anstieg. Dann drang durch den grünlichen Schimmer der Pilze ein beinahe greller weißer Lichtstrahl: Sonnenschein von der Welt oben.

»Dort«, erklärte Wikkell, »ist der Eingang zu eurer Welt.« Conan nickte und streckte die Hand aus. Der Zyklop verstand die Geste. Seine riesige Pranke umschloß die Hand des Cimmeriers und drückte sie. Beide lächelten einander an. »Geh in Frieden, Conan.«

»L-leb w-wohl«, fügte Deek hinzu.

Tull, Elashi und Lalo waren bereits den Abhang

hinauf und aus der Höhle gelaufen, als der Cimmerier den Wurm und den Zyklopen verließ und auch dem Ausgang zustrebte. In dem Beutel am Gürtel hatte er immer noch eine Handvoll kostbarer Edelsteine, die er mit den anderen teilen wollte. Es war nicht genug, um reich zu sein; aber sie konnten sich eine Zeitlang ohne Sorgen etwas zu essen und zu trinken kaufen. Sie waren zwar durch den Kampf mit dem Zauberer und der Hexe erschöpft, aber sie hatten alles heil überstanden und lebten noch. Es hätte alles viel schlimmer ausgehen können. Trotzdem war der Cimmerier noch nie so froh gewesen, das Ende eines Abenteuers erreicht zu haben.

Mit großen Schritten verließ der kühne Conan aus Cimmerien die dunklen Höhlen und trat hinaus in die Sonne. In der ungewohnten Helligkeit mußte er blinzeln.

Nur wenige Schritte weiter warteten seine Freunde auf ihn. Aber einen Augenblick lang war der junge Barbar zufrieden, nur dazustehen und die Wärme der Sonne auf dem Gesicht zu spüren. Kalter Wind blähte die rabenschwarze Mähne. Frei! Endlich frei!

Dann lächelte der Cimmerier und eilte vom Eingang zu dem riesigen Höhlensystem weg. Er blickte nicht zurück.

CONAN-SAGA

Robert E. Howard / Lin Carter / Lyon Sprague de Camp ·
Conan · 06/3202

Andrew J. Offutt · Conan und der Zauberer · 06/4006

Andrew J. Offutt · Conan der Söldner · 06/4020

Andrew J. Offutt · Conan und das Schwert von Skelos · 06/3941

Lyon Sprague de Camp · Conan und der Spinnengott · 06/4029

Robert E. Howard / Lin Carter / Lyon Sprague de Camp ·
Conan von Cimmerien · 06/3206

Poul Anderson · Conan der Rebell · 06/4037

Robert E. Howard / Lyon Sprague de Camp ·
Conan der Pirat · 06/3210

Karl Edward Wagner · Conan und die Straße der Könige · 06/3968

Robert E. Howard / Lin Carter / Lyon Sprague de Camp ·
Conan der Wanderer · 06/3236

Robert E. Howard / Lyon Sprague de Camp ·
Conan der Abenteurer · 06/3245

Lyon Sprague de Camp / Lin Carter · Conan der Freibeuter · 06/3972
(urspr. 1972 erschienen als Conan der Bukanier unter der Nummer 06/3303)

Robert E. Howard / Lyon Sprague de Camp ·
Conan der Krieger · 06/3258

Lyon Sprague de Camp / Lin Carter / Björn Nyberg ·
Conan der Schwertkämpfer · 06/3895

Robert E. Howard / Lyon Sprague de Camp ·
Conan der Thronräuber · 06/3263
(urspr. 1971 erschienen als Conan der Usurpator unter derselben Nummer)

Lin Carter / Lyon Sprague de Camp · Conan der Befreier · 06/3909

Robert E. Howard / Lyon Sprague de Camp ·
Conan der Eroberer · 06/3275

Robert E. Howard / Björn Nyberg / Lyon Sprague de Camp ·
Conan der Rächer · 06/3283

Lyon Sprague de Camp / Lin Carter · Conan von Aquilonien · 06/4113

CONAN-SAGA

Lyon Sprague de Camp / Lin Carter · Conan von den Inseln · 06/3295
Lyon Sprague de Camp / Lin Carter · Conan der Barbar · 06/3889
Robert Jordan · Conan der Verteidiger · 06/4163
Robert Jordan · Conan der Unbesiegbare · 06/4172
Robert Jordan · Conan der Zerstörer · 01/6281
Robert Jordan · Conan der Unüberwindliche · 06/4203
Robert Jordan · Conan der Siegreiche · 06/4232
Robert Jordan · Conan der Prächtige · 06/4344
Robert Jordan · Conan der Glorreiche · 06/4345
John Maddox Roberts · Conan der Tapfere · 06/4346
Steve Perry · Conan der Furchtlose · 06/4663
Leonard Carpenter · Conan der Renegat · 06/4664
John Maddox Roberts · Conan der Champion · 06/4701
Steve Perry · Conan der Herausforderer · 06/4745
John Maddox Roberts · Conan der Marodeur · 06/4781
Robert E. Howard · Conan und der Schatz des Tranicos · 06/4915
Robert E. Howard / Lyon Sprague de Camp ·
Conan und die Flammenklinge · 06/4930
John Maddox Roberts · Conan der Draufgänger · 06/4959
Roland Green · Conan der Wagemutige · 06/4988
Leonard Carpenter · Conan der Kriegsherr · 06/5044
Leonard Carpenter · Conan der Held · 06/5081
Steve Perry · Conan der Unbezähmbare · 06/5098
Leonard Carpenter · Conan der Angreifer · 06/5143 (in Vorb.)
Steve Perry · Conan der Landsknecht · (in Vorb.)
Steve Perry · Conan der Schreckliche · (in Vorb.)
Leonard Carpenter · Conan der Große · (in Vorb.)
Roland J. Green · Conan der Beschützer · (in Vorb.)
John Maddox Roberts · Conan das Schlitzohr · (in Vorb.)
DAS CONAN UNIVERSUM von *Erhard Ringer* · 06/4908